OBRAS COMPLETAS

MARIA JUDITE DE CARVALHO

VI

Título:
Obras Completas de Maria Judite de Carvalho – vol. VI
Diários de Emília Bravo

Autora:
Maria Judite de Carvalho

Capa: FBA
Na capa: reprodução de quadro da autoria de Maria Judite de Carvalho
Imagem de capa © Maria Isabel Tavares Rodrigues Alves Fraga
Fotografia de Sounds & Bytes

Biblioteca Nacional de Portugal – Catalogação na Publicação

CARVALHO, Maria Judite de, 1921-1998

Obras completas de Maria Judite de Carvalho. – (Obras completas de Maria Judite de Carvalho; 6)
ISBN 978-989-8866-74-5

CDU 821.134.3-34"19"

Depósito Legal n.º 441592/18

Paginação:
Aresta Criativa – Artes Gráficas

Impressão e acabamento:
Forma Certa Gráfica Digital

para
Minotauro
Maio de 2024

MINOTAURO, uma chancela de Edições Almedina, S.A.
LEAP CENTER – Espaço Amoreiras
Rua D. João V, n.º 24, 1.03 – 1250-091 Lisboa – Portugal
e-mail: editoras@grupoalmedina.net

OBRAS COMPLETAS

MARIA JUDITE DE CARVALHO

VI

Diários de Emília Bravo

MINOTAURO

ÍNDICE

ÍNDICE

NOTA À PRESENTE EDIÇÃO

A presente obra foi inicialmente publicada em junho de 2002, resultando de uma organização de Ruth Navas. Foram, contudo, feitas agora correções ao texto de acordo com emendas manuscritas pela Autora sobre os originais publicados, tendo sido igualmente alterados pequenos outros lapsos por ela não detetados e gerados durante todo o processo.

INTRODUÇÃO

Quando Maria Judite de Carvalho começou a participar regularmente com crónicas jornalísticas no *Diário de Lisboa,* já era reconhecida pelas obras publicadas desde 1959. Com o primeiro livro de contos, intitulado *Tanta Gente, Mariana,* a crítica fora unânime em considerar a autora uma revelação na área da literatura. Óscar Lopes diria num ensaio editado no final dos anos sessenta que os contos eram «verdadeiramente excecionais»[1]. E, em 1996, Manuel Gusmão referiu-se à escrita de Maria Judite de Carvalho como «uma arte não sentimental do desamparo, da solidão contida ou quase desatinada»[2].

As primeiras crónicas publicadas no *Diário de Lisboa,* nos finais dos anos sessenta (1968), sob o título genérico «Retângulos da Vida», anunciavam uma arte invulgar de escrever sobre a realidade. Porque, ao contrário dos noticiários que relatavam acontecimentos sucessivos sobre os avanços do Homem no espaço e nas ciências médicas, Maria Judite de Carvalho demonstrava, nas histórias, que os caminhos da vida impossibilitavam o Homem de vencer o tempo e a morte. Será a partir deste ponto de vista que a autora descreve

---

[1] Cf. Óscar Lopes, «A infância e a adolescência na ficção portuguesa», in *Modo de Ler – Crítica e Interpretação Literária/2,* Editorial Inova, Porto, 1972, p. 139.

[2] Cf. Manuel Gusmão, «A arte narrativa de Maria Judite de Carvalho», in *Jornal de Letras, Artes e Ideias,* 22 de maio a 4 de junho de 1996.

as vivências do dia a dia, apresentando uma encenação perfeita do (nosso) drama irresolúvel. Por isso, a expressão lapidar *Havemos de Rir!* (1998), título da sua única peça de teatro, lembrará para sempre o tom irónico com que representou o papel de narradora do quotidiano vivido por tanta gente:

> Certa noite acordei porque ao longe, no silêncio daquela hora vazia, sem rádios a funcionar, uma mulher chorava. [...] A mulher chorava baixo, quase já não se ouvia, a sua voz acabou por se diluir na noite. Talvez tivesse adormecido de cansaço ou de dor. Pela manhã devo ter lido nos jornais que dois carros chocaram um no outro e houve várias mortes, que lá longe, no teto do mundo, um avião desapareceu com noventa pessoas a bordo. Da mulher, nada.[3]

A cronista comentava os estados interiores dos portugueses no mesmo jornal onde se exaltavam, através das notícias, certos acontecimentos exteriores. A possibilidade de escrever a realidade, sob dois pontos de vista diferentes, proporcionava uma multiplicidade de hipóteses para contar as situações problemáticas da vida quotidiana. Desvendavam-se casos dramáticos das realidades humanas, como o do homem que «lia o jornal para não acreditar naquilo que lia porque só lhe interessava negar, era a sua maneira de estar vivo»[4], ou o da mulher que «era capaz de ser uma mulher feliz e realizada por entre máquinas de lavar, grelhar, torrar, moer, bater, etc., etc., etc.»[5], ou ainda o caso da velhinha que «era magra e desidratada pelos vendavais da vida, que tantas vezes secam os corpos e almas»[6].

---

[3] Cf. Maria Judite de Carvalho, *O Homem no Arame,* p. 81.

[4] *Ibid.,* p. 53.

[5] *Ibid.,* p. 85.

[6] Cf. Maria Judite de Carvalho, *Este Tempo,* p. 233.

E será neste tom dramático que a narradora tece calmamente o fio das emoções e dos afetos, até ao fim.

Quem ler as crónicas dos jornais *Diário de Lisboa* e *O Jornal,* compiladas nos três volumes *Janela Fingida, Homem no Arame* e *Este Tempo,* pensa sobretudo nas encenações da vida real onde se ouvem vozes sentidas e tão verdadeiras que nos perturbam. Enquanto as crónicas são citadas nos estudos e nos ensaios sobre a autora, os «Diários» de Emília Bravo nunca foram compilados em livro, nem o pseudónimo é conhecido pela maior parte dos críticos. Se consultarmos a lista dos textos publicados (e que se encontra no fim desta antologia), verificamos que estes foram designados com nomes genéricos diferentes: o «Diário de uma dona de casa», depois «Diário» e por fim textos titulados (crónicas) assinados por Emília Bravo. Ao longo dos quatro anos, nos diferentes textos do suplemento «Mulher» do *Diário de Lisboa,* o leitor depara-se com uma subtil crítica aos hábitos das mulheres citadinas. A narradora fala na primeira pessoa (eu ou nós) e cria uma relação privilegiada com o destinatário: leitoras atentas às revistas de moda, de saúde e de culinária, mães de filhos, empregadas, donas de casa, solteiras e casadas e que também são espectadoras de televisão (sobretudo da publicidade e de certas novelas). As intenções pedagógicas são claras – Emília Bravo comenta os programas televisivos e divulga, de uma forma persistente, os artigos das revistas estrangeiras, chamando a atenção para a importância do assunto: «Li um livro importante, *Le travail au féminin,* de Robert Gubbels, e não resisto a transcrever a seguinte passagem: "O comportamento da mulher evolui e ela adquire uma liberdade cada vez maior, principalmente de vestuário." E isto é importante.»[7]

A voz de Emília Bravo invade cautelosamente o quotidiano privado das leitoras do suplemento «Mulher». No entanto, ao relermos

[7] Cf. «Diário», *in* suplemento «Mulher» do *Diário de Lisboa* (24-10-71).

os «Diários», reconhecemos, quase de imediato, os textos – porque, vendo bem, parece que estamos a ouvir as mesmas histórias dos retângulos da vida de tanta gente. E, por isso, com Maria Judite Carvalho descobrimos, entre muitas outras coisas, «que a realidade e a ficção nunca estão muito longe uma da outra».

Ruth Navas

DIÁRIOS DE EMÍLIA BRAVO

DIÁRIO DE UMA DONA DE CASA

13 de janeiro de 1971

DOMINGO. *A vida íntima de Sherlock Holmes,* de Billy Wilder, e duas horas de verão quase intenso – e agradável, pois claro – no São Jorge, cinema de calores de inverno e frios estivais. O calor era tanto que sabia bem olhar para aqueles nevoeiros tão refrescantes do *Loch Ness.* De resto, o filme – divertidíssimo – tem imagens de uma grande beleza.

SEGUNDA. Não sou contra a moda, longe disso. Mas estou cheia de curiosidade. Quem é que entre nós vai usar, esta primavera, os tais *hot pants* de que hoje se fala nos jornais? As rapariguinhas, claro. Mas as mulheres mais velhas ou, perdão, menos novas? Mas as senhoras eufemisticamente fortes e que gostam de seguir as leis dos grandes costureiros? Porque, segundo diz a Ursula Andress, os *hot pants* fazem com que a minissaia pareça um sobretudo.

TERÇA. Folheei hoje um livro que decerto será útil a muitos pais que têm dificuldade em elucidar os filhos sobre os chamados mistérios da vida. Intitula-se ele *A maravilhosa história do nascimento* e é da autoria de um médico canadiano, o Dr. Lionel Gendron. É um livro para crianças dos 7 aos 14 anos, com linguagem, portanto, acessível e muito bem ilustrado. Dirigindo-se ao seu jovem leitor, o Dr. Gendron escreve no prefácio: «Estou persuadido de que este relato sobre a vida, sobre o ovo humano, seu desenvolvimento e sobre o nascimento, contribuirá para te fazer adquirir uma atitude sã perante a sexualidade.»

QUARTA. Falemos um pouco de flores. Flores porquê? Porque sim. Vem no *L'Express* que em França se está a trabalhar para que a orquídea selvagem floresça em beleza. O que significa de certo modo a futura popularização dessa flor aristocrática que geralmente vemos por vaidade, em caixa própria, transparente, um pouco fúnebre, valha a verdade, e ao preço de 30$00. Mas para quê mais flores quando há tanta fome por esse mundo? Porque sim, porque há homens que se empenham em coisas tão diferentes como matar, salvar, roubar pão e fazer flores. E porque tudo isso é importante e, por assim dizer, vital.

QUINTA. Ouvi hoje uma avó (mas ser avó não é sinónimo de velhice nestes tempos que correm e esta avó até era «jovem») perguntar:

– Mas o que têm eles para atribuir a culpa de tudo aos pais? Eu nunca me lembrei de que os meus pais pudessem ter tido a culpa do que me aconteceu na vida, mas naturalmente tiveram mesmo. É que não há razão nenhuma para os meus pais estarem inocentes e os deles serem culpados!

SEXTA. Eis que me chega um livro pelo correio, e vale a pena falar um pouco dele. Chama-se *De Mãos Dadas, Estrada Fora* e é uma antologia de textos de grandes escritores portugueses e brasileiros, acessíveis à criança ou até escritos para ela e que Luísa Dacosta compilou e lhes apresenta e explica. Fá-lo de uma maneira simples e perfeita. «Já repararam, companheirinhos, como alcança longe o braço do homem?», pergunta ela antes de apresentar Fernando Pessoa. E prossegue: «Os astrónomos usam o telescópio para aproximar sóis, planetas e cometas; os biólogos, os microscópios para agrandar o que os nossos olhos não distinguem, e os poetas usam... "fingimento", que é parecido com o faz-de-conta das vossas brincadeiras e lhes permite vestir a pele humana dos outros.» O volume é lindamente ilustrado por Jorge Pinheiro. E encontramos nele a nossa amiga Rosalina, de Irene Lisboa, o cavalo gris, de Aquilino, a Irene preta, de Manuel Bandeira. E nomes inesperados como Mestre Gil, Bernardim, Almada.

SÁBADO. Procuro uma loja onde há meses (há meses ou há anos?) comprei uma água-de-colónia muito boa. Como se chamava a água-de-colónia? E a rua? Procuro-a, pois, e dou com o prédio. Só que o prédio não é o mesmo, e no lugar da modesta perfumaria encontro umas bonitas galerias todas paredes de vidro e luzes intensas refletindo em bonitos colares doirados, em lã verde-musgo, em veludos vermelho-alga.

Lisboa é uma cidade inquieta. É preciso estar sempre com atenção, não vá ela fugir-nos. É que os prédios morrem e renascem depois com uma velocidade quase tropical. Ou não serão feitos «para durar» os prédios de Lisboa? Ou não nascerão já, não crescerão sob o signo da vida curta de os outros que se arranjem, de *«après-moi le déluge»*? Que é, como quem diz, depois de mim, o tremor de terra...

20 de janeiro de 1971

DOMINGO. A casa tem paredes muito espessas, construção sólida. Daquelas paredes onde podem fazer-se nichos fundos, estás a ver? A porta também é de uma madeira forte, nem o elevador se ouve, é como se não existisse.

– E as crianças?

Têm os seus quartos, não é verdade? Não se dá por elas. De resto, não são barulhentas.

Eram duas mulheres sentadas ao meu lado numa *matinée* de domingo. A que falava era de meia-idade, a outra ainda nova. A primeira seria governanta ou costureira, talvez, numa casa abastada.

– Só as ricas podem dar-se a esse luxo! – disse então, suspirando, a outra.

– Que luxo?

– O silêncio.

SEGUNDA. Falemos de televisões, não de televisão. Há três meses que estou a fazer um tratamento de desintoxicação televisiva – forçada, diga-se em abono da verdade –, porque um dia o aparelho sentiu-se doente. Chamei um especialista. Enfim, julguei que o era. Levou o aparelho, trouxe-o um mês depois. Na mesma, só com uma peça cuja transplantação fizera entretanto. Porque era da peça. Não era. Continuava na mesma, ou pior. Que era da antena. Mudou-se a antena. Dois, três meses depois, tudo na mesma.

Lá funcionar é que não funcionava.

Mudei de «médico». Vamos a ver se este dá com o mal. Tenho a impressão de que há por aí muitos «falsos médicos». Mas como saber? Não deveria haver um documento que nos desse a certeza de que o especialista em questão percebe mesmo do caso?

TERÇA. Teatro francês. Uma peça excelente do inglês Pinter. Dois atores excecionais: Pitoëff e Dufilho. E uma certa tristeza, como sempre, por se tratar de teatro para poucos, e esses poucos serem os que com mais facilidade podem ir a Paris não ver teatro. Felizmente, este *Porteiro* já foi representado, há anos, por portugueses.

QUARTA. Já era assim no meu tempo de criança e, pelos vistos, assim continua. Mostraram-me hoje um texto elucidativo extraído do livro de leitura para a 4.ª classe, série escolar Educação. Intitula-se ele «Os impostos», mas não é de impostos que queria falar, embora este mês de janeiro… Enfim, adiante.

Trata-se de um pai que chega a casa, o pai do Luís, e a mulher mostra-lhe o aviso para pagar a contribuição e diz-lhe que não há dinheiro que mais chore. Trava-se então entre ambos, o pai e a mãe do Luís, o diálogo que se segue. Pergunta ele:

– Quando saímos à noite, não gostas que as ruas estejam bem claras?

– Está visto que sim.

– Logo, é preciso pagar a iluminação pública. E há dias não ficaste muito zangada porque ias torcendo um pé numa cova que havia na calçada?

– Está visto que sim, mas…

– Logo, é preciso pagar a conservação e consertos das ruas e outras vias públicas. E, quando temos ido fora da terra, e precisamos de atravessar de uma para a outra margem, não gostas de encontrar construída a ponte sobre o rio?

– Está visto que sim.

E continua por aqui fora, ele, o pai, a explicar, ela, a mãe, a dizer: «Está visto que sim.» No fim, a senhora, já elucidada, diz:

– A questão é que esse dinheiro seja bem aplicado.

– Está visto que sim – disse o marido por sua vez.

Uma certa sensatez, eis tudo o que é concedido à boa senhora. Mas quem sabe, quem explica, é só ele, o pai. O Luís vai aprendendo desde cedo que é assim. Em casa e também na escola. Ele e todos os Luíses da quarta classe.

QUINTA. Pois, caras leitoras que se lamentam e com razão, e com carradas de razão, por causa do preço do peixe (não falemos mesmo, não pensemos mesmo na lagosta que se tornou pura ficção nestes tempos que correm), pois, caras leitoras, dizia eu, consolem--se – é um modo de dizer – com a ideia futurológica de que dentro de alguns anos, não muitos, os produtos do mar serão decerto muito piores, mais raros e mais caros. Pois é. A notícia vem hoje dos Estados Unidos. Só em 1969 a poluição das águas matou 145 milhões de peixes nas costas norte-americanas, o que representa mais 170 por cento do que em 1968. Com o constante avanço da Tecnologia e a, por assim dizer, entusiástica poluição das águas por todas as fábricas e por todos os barcos deste mundo, só nos resta a esperança de que o Homem aprenda bem depressa a despoluir o que poluiu. Senão, é o fim.

SEXTA. Os portugueses começam a habituar-se a um certo exotismo de trajes e já não se espantam muito com o que veem. Mas, claro que os costumes não mudam assim de um dia para o outro e ainda às vezes há pessoas a quem nos cabelos compridos usar um colar ou um chapelão de abas largas causa um espanto demasiado visível. Essas pessoas lembram-me sempre uma história – autêntica – que aconteceu há uns bons vinte anos a um compatriota nosso recém-chegado a Paris. Ainda ele estava de malas na mão em plena gare de Lyon quando se deteve, estupefacto, ao ver um par de jovens que aí se beijava. Pois, daí a pouco, o português tinha à sua volta um grupo de pessoas que admiravam aquele homem que ainda se espantava. *Le bon souvage,* em suma.

SÁBADO. Maria Trigoso escreve no *magazine Eva* um artigo intitulado «O trabalho da mulher». De facto, a mulher não só não é ajudada pela sociedade como é, por assim dizer, incitada a continuar, como até agora, dona de casa e nada mais. A mulher com filhos pequenos e que trabalha fora de casa ou é, de facto, uma heroína ou não sabe fazer contas. Porque todo o seu ordenado se vai nos colégios, nas creches, na criada, nos carros. E ganhar a vida, direito inerente ao Homem (homem/mulher, portanto), torna-se um luxo que não está ao alcance de todas as bolsas.

27 de janeiro de 1971

DOMINGO. A maxissaia surgiu como reação à mini. Os *hot pants* serão decerto uma reação à maxi. Mas os *hot pants* já estão a ser contestados por um setor da alta-costura francesa, e vejo no último número do *Match* duas páginas com vestidos ultrarromânticos em *mousseline,* organdi, crinolina, calcule-se, todos eles folhos e mangas tufadas e até, vejam lá, acompanhados de coisas como sombrinhas, capelinas, *bretons*[8], toucas, etc. Um regresso ao tempo da bisavó, nem mais nem menos. Entre os calções futuristas e esta mascarada passadista, continuamos por enquanto sem saber o que vamos vestir neste verão.

SEGUNDA. A H., leitora de horóscopos, dizia-me há pouco: «Pois não é formidável? Pego no meu astrólogo preferido – escreve num semanário francês – e leio coisas que nunca são desagradáveis. São mesmo ditas de um modo tão bonito, tão "é impossível que as coisas corram mal", que até dispõe logo bem uma pessoa. Ora repare: "Movimento. Novos conhecimentos que a fascinam mas podem fazer ciúmes aos entes queridos (**ciúmes, entes queridos,** formidável.) Para quê colocar-se numa situação difícil só por causa de um entusiasmo passageiro? (Sim, porquê?) Procure os amigos, não tome decisões. Vida familiar calma. Não esqueça os aniversários." (Aqui, fiquei perplexa. Dir-se-ia que é a chave de ouro, o problema máximo. Não esquecer os aniversários. Ora, mas quem é que

[8] *Breton* – chapéu de senhora com abas levantadas à frente. (*N. da Org.*)

eu conheço que faz anos esta semana? Não consigo lembrar-me, acha que pode ser grave?)»

TERÇA. Falamos muito de moda prática, mas prático prático seria para nós, lisboetas de inverno, roupa impermeabilizada, botas de água e chapéu de oleado. Porque até o guarda-chuva passa a para-quedas com o vento. É que, em Lisboa, quando chove, chove mesmo, e o vento não é para graças.

QUARTA. Depois de ontem termos suportado Jacqueline Mailan no insuportável *Fature,* iremos ter essa peça representada pela Laura Alves? É, pelo menos, o que dá a entender uma notícia que hoje li no jornal. Aqui está um dos perigos de o teatro que nos vem de França trazer más peças. Já não caímos em ir vê-las em versão nacional. O original chegou. O que até não quer dizer que *Fature* não possa ser um êxito. Se em Paris tem sido…

QUINTA. A eletricidade faz parte do nosso mundo, já não nos imaginamos sem ela e quando falta sentimo-nos perdidos, angustiados à luz das velas. Parece-nos tão segura, a eletricidade, tão incapaz do crime de nos faltar, que nos desfizemos alegremente dos velhos candeeiros de petróleo herdados, que, quando bonitos, mandámos eletrificar. E se temos velas em casa é porque as velas estão na moda. Não são uma utilidade mas um requinte.

No entanto, de vez em quando há uma falha nas nossas certezas e surge um problema. Em Inglaterra, os pombos-correios entraram em ação; aqui as velas e também, claro, os candeeiros de petróleo de alguns pessimistas ou cuidadosos que ainda os têm. Vendo bem, creio que amanhã mesmo vou comprar um ou dois. A civilização é muito bonita mas de vez em quando tem destes desmaios inesperados, e os pessimistas (ou cuidadosos) é que têm, afinal, razão. Isto de estar a pensar que as velas se podem gastar antes do regresso da luz até pode fazer mal ao coração civilizado de cada um.

SEXTA. Claro que ninguém nasce com a vocação indómita de ser empregado de balcão (**empregada,** neste caso concreto). Quem sabe, portanto, se aquela rapariga que hoje me vendeu – por especial favor – um par de meias não gostaria de ter sido médica, advogada, professora ou atriz? Não, ninguém nasce com a vocação de estar ao balcão vendendo coisas. Mas acontece. E se acontece e se é aquela a maneira de se ganhar honestamente a vida, porque não afinal de contas? Não é um emprego que envergonhe ninguém, embora não seja decerto, admito-o, apaixonante. Mas porque não um esforçozinho, menina de balcão? Porque não apagar um pouco esse ar tão profundamente aborrecido e distraído, mesmo de quem mora ali porque não tem outro lugar e se está nas tintas para quem entra e sai? Claro que se está nas tintas, mas se fingisse um bocadinho... Então, um pequeno esforço no sorriso... Ora vê? Já parece outra coisa. Não custa nada ou tão pouco vender um par de meias a uma cliente!

SÁBADO. Leio no *L'Express* que numa universidade australiana foi descoberto por dois investigadores de fisiologia vegetal um raio laser que, atuando como um falso sol, acelera ou retarda o crescimento das plantas, induzindo-as, por assim dizer, em erro, fingindo dias pequenos ou dias grandes, inverno ou verão. Os dois cientistas já conseguiram coisas inesperadas, como fazer a cevada florir em pleno inverno. Será o começo de uma nova era em que os produtos que comemos deixarão de ter época própria?

Ao mesmo tempo... No mesmo jornal leio que as donas de casa norte-americanas souberam que o atum que compravam tinha mercúrio; o peru, pesticidas; o frango, arsénico; o queijo, antibióticos; a carne, hormonas; e algumas conservas, salmonelas. Isto, sem falar nos ciclamatos dos sumos de fruta e no DDT de praticamente tudo o que se come. Panorama animador, não é verdade?

3 de fevereiro de 1971

DOMINGO. Este é um velho rei sem orgulho. Ei-lo que se deita, consciente do seu poder absoluto, sobre o bloco em que me preparo para escrever. Ei-lo que fecha os olhos, ei-lo feliz. Eu, porém, tenho de escrever e afasto-o delicadamente, é certo, este gato obriga-nos a gestos delicados e atenciosos, tão delicado é e atencioso e silencioso. Vai-se então embora sem criar problemas de consciência que se vejam. Parte naturalmente, dá uma volta pela casa, volta para exigir um lugar sobre o bloco, que continua em branco.

Não pede, portanto, agradece, não se zanga. Só se assusta às vezes e então estende as unhas. Arranha sem remorsos nem medo porque a sua memória é curta e porque arranhar não é para ele uma interdição. Arranha, pois, desaparece, surge de novo em busca de lugar, junto de alguém momentaneamente sedentário, eu, que tenho de escrever e não sei o quê.

SEGUNDA. – Achas que a cor me fica bem? – perguntou a mais alta.

– Acho que sim, mas olha que este castanho também não é nada feio.

– Pois não, mas não dá com a mala nem com os sapatos, e nesta altura do inverno não vou comprar mais nada.

O empregado partira para outras paragens, desinteressara-se, claro, que havia o pobre homem de fazer? O pior é que cada uma das amostras estava em seu «livro» e havia várias pessoas à espera. Elas, porém, continuavam a folhear os dois volumes, imperturbáveis e atentas, conversando.

– Sempre gostei muito de verde. Escolho, escolho e acabo por ir lá parar. Mas não achas que a cor me fica bem? Ora vejamos quanto será preciso. É que este aqui, que também é bonito, já reparaste?, tem 1m e 40, e o outro só 80 centímetros...

Seguiram-se várias contas de cabeça e chegou-se à conclusão de que a coisa regulava. Entretanto, as pessoas que estavam à espera desistiram, resmungando um pouco, e foram substituídas por outras. Quando paguei e recebi o embrulho e saí, ainda a mais alta dizia à mais baixa:

– É que tu tens razão... O castanho é muito bonito. E se eu...

E se ela. Já não ouvi o resto.

TERÇA. Soube hoje, portanto com um indesculpável atraso de 15 dias, que a 11 de janeiro, às 6 e 30 da tarde, as feministas estiveram presentes num programa de televisão intitulado «A mulher na sociedade: tomada de consciência e rebelião». Falaram as norte-americanas Betty Friedan, autora de *A Mística da Mulher,* e Eva Figes, que escreveu *O Lugar da Mulher na Sociedade dos Homens.* Claro, claro, já lá chegamos. Foi na televisão mas na italiana.

QUARTA. No livro, recentemente traduzido entre nós, *Saber Maquilhar-se,* de Josette Obedin, aprendemos, entre outras coisas, que a mulher possui oito tipos e só oito, mais concretamente os tipos Marte, Saturno, Apolo, Júpiter, Mercúrio, Vénus, Lua e Terra. Dos homens não nos fala, como é óbvio, este volume. Antes de indicar pormenorizadamente quais as maquilhagens mais adequadas a estes tipos, Josette Obedin refere-se ao aspeto físico, à personalidade, ao caráter de cada um. É muito curioso porque todas as mulheres que conhecemos estão, de facto, incluídas numa destas divisões. E as nossas amigas Júpiter e Lua são, por exemplo, a mulher de pulso e de classe que já sabíamos e a rapariga idealista, sempre alheia às realidades quotidianas. E a primeira tem cabelo castanho-arruivado e boca rasgada, e a segunda é gorducha e de estatura média.

QUINTA. Porque continuarão os nossos filhos, tão atuais, tão *dans le vent,* a preferir, quando é preciso pensar em móveis, móveis antigos? Para estes noivos com quem hoje falei, eles são mesmo antigos, comprados em antiquários e leilões. Para outros noivos mais modestos e até muito mais modestos, basta-lhes a imitação *D. Maria* ou *Queen Anne.* Entre uns e outros, muitos e muitos móveis mais ou menos idosos e mais ou menos autênticos. Porquê? Porque não prefere toda a gente nova, mas só alguma, os móveis alegres, coloridos e frágeis, é certo, da sua era lunar? Pois bem, porque talvez ainda se sintam ameaçados pelo agressivo mundo moderno que aceitam na rua e no emprego, mas que em casa não os tranquilizaria. Os móveis antigos, resistentes ao tempo, são um pouco a calma, o colo materno, a proteção. Junto deles, neles, pode-se descansar.

SEXTA. A «gentil menina» Idalina, minha empregada doméstica, recebeu hoje carta do namorado. Era assim mesmo que vinha no sobrescrito: «Gentil Menina.» O pior – ou o melhor – é que ela é mesmo gentil na opinião de quem lhe escreveu, enquanto nós todos seremos excelentes – já não digo excelentíssimos – para uma só das pessoas que nos escrevem durante o ano.

SÁBADO. Leio uma notícia segundo a qual os investigadores que estudaram durante 12 anos estatísticas de longevidade através do *Who's who* americano excluíram desse estudo as mulheres por uma razão óbvia: elas não estavam inscritas no referido *Who's who* em número suficiente. O artigo foi publicado no boletim da American Psychiatric Association.

Ao mesmo tempo, os jornais deste dia trazem-nos de longe notícias de mulheres ou assuntos para elas. E anunciam-se, por exemplo, estampados com barquinhos e outras coisas encantadoras, de Dior; fala-se de um furacão ou tufão com nome, claro, de mulher; surgem mais duas *misses;* e o frio (27° abaixo de zero) não impediu uma jovem de chegar a um estúdio em biquíni ganhando assim vinte e cinco dólares em prata e um vestido do último modelo.

Enfim, continua tudo na mesma, para não variar.

10 de fevereiro de 1971

DOMINGO. Foi ontem descoberto, por mero acaso, graças à curiosidade muito construtiva de um transeunte, mais um matadouro clandestino, aqui mesmo nos arredores de Lisboa. O veterinário, chamado pela GNR, alertada pelo referido (e abençoado) transeunte, logo mandou cremar os animais encontrados na casa, que o próprio proprietário julgava abandonada. Mais um caso de envenenadores públicos. Quantas pessoas doentes, talvez com gravidade, sem saberem porquê, graças aos bons ofícios desses indivíduos sem escrúpulos? Há quanto tempo lhes duraria o negócio?

SEGUNDA. Lá vamos nós todos outra vez (e portanto também nós mulheres, também nós donas de casa) a caminho da Lua. Digo «nós» por causa daquela frasezinha tão habilidosa do Armstrong, em que falava da humanidade pondo a sua primeira pegada no nosso satélite. Cá vamos todos, portanto. Para quê? Isso é outra história. Parece que por enquanto não se sabe bem para quê mas supõe-se que é capaz de ser muito importante. Os descobridores também na altura... O velho do Restelo, lembram-se? Mas depois, mais tarde... Pronto, não se fala mais nisso. Os americanos, o médio e o submédio, porém, falam, queixam-se, fazem contas à vida e acham que estão a contribuir para toda essa caqueirada do espaço cuja utilidade imediata não veem nem compreendem. E há quem se queixe de coisas que não estão no futuro mas no presente, como a poluição, a fome no mundo, as guerras desnecessárias, as doenças incuráveis, as populações subdesenvolvidas, etc., etc., etc. Meu Deus, quantos etc. a precisarem de ser solucionados, aqui mesmo, no planeta azul chamado Terra.

TERÇA. Não sou grande cliente de saldos. Às vezes lá entro num estabelecimento que está a saldar, mas só por acaso. Um impulso de momento. Vou a passar e então… É que não tenho força física para lutar como é necessário com as clientes próximas e por isso não sou fã. De facto, é preciso bastante vigor e agilidade – não falamos já de obstinação – para abrir caminho, não dar passagem e não desistir logo às primeiras. Para mais, também é indispensável ter, por assim dizer, as medidas nos olhos, a fim de não chegar a casa com uma «pechincha» que, vendo bem, pensando bem, não foi tão barata como isso ou resulta mesmo cara porque não serve a ninguém e é, portanto, completamente inútil. Mas claro que há pessoas formidáveis. Olham, apanham com mão certeira, compram e quando chegam a casa verificam que é o número certo, nem mais nem menos. Para elas, os saldos são, pois claro, uma coisa formidável. A não perder. A época é disso.

QUARTA. Mas o que tenho eu a ver com o facto de uma mulher chamada Margarida (por acaso, princesa) e de um homem chamado Tony se divorciarem ou não, por causa disto ou daquilo? É que são coisas que dizem respeito à vida particular de ambos e eu nunca fui bisbilhoteira, a vida dos outros nunca me interessou nem um bocadinho. Os Jones vivem, ainda por cima, num mundo paralelo ao meu, não precisam de ganhar a vida (só o que isto representa!) e quando fazem as pazes vão até às Bahamas dar uma volta para espairecer. Ora isto de mundos paralelos é coisa de ficção científica, portanto…

Não há, porém, nada a fazer. Não me interessa quando me ponho a refletir no caso. Antes, porém, de refletir, leio. É que são as histórias de fadas (nem sempre com *happy end,* valha a verdade) do nosso tempo. As personagens ainda são – raramente – príncipes que casam com plebeias e princesas que casam com plebeus. Mais frequentemente, porém, eles são estrelas de cinema, *playboys,* manequins, armadores e outros milionários. Gente-fada, em suma.

QUINTA. Não, isto não tem nada a ver com essas recordações da infância embelezadas pelo tempo e na verdade falsas. É que nessa altura o pão era, de facto, muito bom. Houve também uns anos passados em país estrangeiro, já em idade adulta, e lá o pão era excelente. Agora este que desde fins de 1970 os padeiros nos vendem... Até doces recordações de pão doiradinho, a estalar, leve, aromático, acabado de sair do forno, pão com olhos, como diz (dizia) o povo. Coisa mais massuda, menos apetecível, este pão. Mas, como «para a vontade de comer não há mau pão», cá vamos comendo este. Até Deus querer. Até as entidades oficiais o desejarem ou consentirem no seu fabrico.

SEXTA. Fumamos atualmente mais do que os homens. Começámos tarde e então... sentimos que o cigarro nos consegue dar um ar evoluído, independente, moderno, em suma. Muitos homens já pensam duas vezes antes de fumar ou, pelo menos, reduzem o número dos cigarros diários. Nós, porém, ainda estamos tão entusiasmadas com a novidade – novidade, ora vejam –, com a liberdade – liberdade, calculem –, que nem queremos pensar nisso de estarmos a poluir entusiasticamente os pulmões, e os cigarros seguem-se uns aos outros. Muitas vezes sabemos o perigo que corremos, mas... todos temos que morrer um dia, não é verdade? Olhem a Fulana que nunca fumou e afinal... Olhem o Sicrano que sempre fumou como uma chaminé e já tem oitenta anos feitos...

De um artigo de António Vellani, que hoje li no *Tempo,* transcrevo com a devida vénia o seguinte parágrafo: «Uma das maiores dificuldades que encontra quem resolve persuadir um fumador a deixar de fumar consiste no facto de o referido fumador estar ao corrente do perigo do tabaco e agir por masoquismo. O fumador sente, de facto, prazer com o espetáculo da sua autodestruição.»

Vamos pensar nisto?

SÁBADO. Este inverno, aconteceu pela primeira vez na história da moda esta coisa sensacional: não houve moda. Sim, é certo que muitas mulheres aderiram ao longo. Mas e as outras, principalmente jovens (por exemplo, nos Estados Unidos), que preferiram continuar com o curto? E as que não gostando disto nem daquilo vestiram calças compridas e pronto? E as que baixaram um pouco as bainhas, só para não darem nas vistas? Enfim, houve para todos os gostos. Pela primeira vez taparam-se as pernas até aos pés e descobriram-se as pernas quase totalmente. Confusão nas ideias das mulheres ou súbito aceno de personalidade? Fraqueza dos criadores ou compreensão de que cada pessoa tem o seu gosto e o cliente tem sempre razão? A primavera trará de novo uma certa unidade?

Em todo o caso haverá, ao que parece, uma separação em idades: até aos vinte e cinco anos e depois dos vinte e cinco anos. Na primeira categoria estarão presentes os *shorts* e todas as pequenas e grandes loucuras; na segunda, a moda ajuizada que se chama *Occupation* e é nem mais nem menos do que o regresso (humor negro?) ao tempo da ocupação alemã, com chumaços nos ombros, sandálias com solas compensadas e presilha alta, turbantes. Mas, enfim, «*Hitler, connais-pas*», poderão dizer as de menos de 35 anos.

17 de fevereiro de 1971

DOMINGO. As empregadas domésticas vão acabando no mundo inteiro e entre nós já é bastante difícil consegui-las, sobretudo quando não temos meios para os ordenados que pedem. E depois? E depois quando elas faltarem mesmo? Estamos preparados para isso? Digo «preparados» porque o problema não é só das mulheres, mas também dos homens. Eles, além-Pirenéus, ajudam em casa a mulher ou a mãe, não só trabalhando mas dando também o menos trabalho possível. Mas os nossos homens, ainda tão perfecionistas no vestir, no comer? «Nós, os homens, em geral não cozinhamos, mas exigimos!», lá diz a publicidade. Pois é, pois é. Mas adiante. E haverá creches, restaurantes em conta, lavandarias, tinturarias? Filhos crescidos que, lá porque estudam, não se julguem diminuídos e até ofendidos gastando um pouco de tempo a fazer a cama, a pôr a mesa ou até a cozinhar? É que, na verdade, temos que nos ir mentalizando (como se diz no desporto) para este amanhã que não vem longe, que em muitos casos até já chegou. Só que, em muitos desses casos, a mulher-mãe é uma espécie de escrava (criada de servir não remunerada, sem férias nem possibilidade de mudar de patrões). E todos se fazem servir por ela sem remorsos e sem vergonha. Mais: com a consciência supertranquila de quem acha que ela existe para isso, para os servir.

SEGUNDA. Os jornais referiram-se há dias àquela pobre mulher com sete filhos e dois netos (todos a seu cargo), na iminência de receber ordem de despejo da barraca onde mora, na Quinta da Musgueira, Rua R, número 16, se não tiver pago até hoje, 8 de fevereiro, as rendas em atraso que já atingiram a soma, para ela decerto fabulosa, de 2200$00. A renda é baixíssima, quase simbólica, mas ela nunca conseguiu pagá-la. O que custará a essa infeliz mulher dar de comer a dez pessoas? Vale a pena pensarmos nisto, não para descobrirmos que somos felizes com o que temos, que somos até privilegiados (o que seria aproveitarmo-nos dela), mas para nos sentirmos, pelo contrário, culpados de qualquer coisa, envergonhados da nossa indiferença e do nosso olhar em frente.

*

Os brasileiros trouxeram-nos *A moreninha.* Fui ver. Mas para que a terão eles trazido de tão longe? – fico a pensar. Para nos consolar um pouco do mau cinema português, dizendo-nos que não estamos sós, ou para nos mostrar como é linda a ilha de Paquetá? Esperemos pelo resto deste festival que na verdade não começou bem.

TERÇA. Mais uma prestação, hoje. Ganhamos a vida mês a mês, e mês a mês pagamos a prestações as comodidades que a técnica ativamente realiza e a publicidade diariamente nos propõe. Que havemos de fazer senão aderir, melhor, ir na onda? Até parecia mal, retrógrado, se o não fizéssemos, não é assim? Acaba-se uma prestação e logo outra começa, porque o fogão está velho ou porque o frigorífico é pequeno ou porque o carro precisa de ser trocado antes de se desvalorizar de mais. As prestações são uma das características fundamentais desta escravizante sociedade de consumo que é a nossa e que não nos consente ter os pés assentes na terra, que é como quem diz, no soalho deste andar alugado – a mais antiga e inevitável das prestações.

QUARTA. E esta dona de casa voltou a ver televisão e verificou que há sempre uma série pior na programação da hora do almoço. Pensei em tempos – felizes tempos – que o *Ele e Ela* era inultrapassável em estupidez. É certo que depois surgiu um casamento de conveniência que funcionava, por assim dizer, no vácuo. Não, não, era impossível haver pior. E essa conclusão a que cheguei deu-me uma certa tranquilidade. Pois não tinha razão. Pode haver pior. Chama-se *Viver no Campo* ou qualquer coisa à volta disso. Que mais exportarão os Estados Unidos para nosso regalo espiritual? Que mais importará a TV?

QUINTA. Vou sentar-me a ver o festival. A ouvi-lo? A ouvi-lo, pois, mas… É que o *Zip,* a noiva do cançonetista, a flor na lapela, qual será a flor?, a *Philips*, como será a menina?, o chapéu, o apelido que desapareceu, o editor mais antigo, a concorrente mais jovem, o judoca, o *rugby-man,* a nova face da canção portuguesa, o Valentim de Carvalho, o Algueró, a *Movie-Play,* a *Miss,* o vestido do Sérgio, etc., etc., etc., tudo isto não irá abafar um bocado as canções propriamente ditas, música e versos, música e letra? Conseguiremos ouvi-las esquecendo todo este aparato publicitário?

SEXTA. Ouvi uma mesma ideia expressa em duas frases de vida longa. Há muitas mais, claro, tipicamente femininas (ou masculinas?), acomodadas, indiscutidas. Os anos passam, as gerações sucedem-se, vai-se outra vez à Lua, receia-se a poluição universal, está-se à beira do ano 2000, mas elas, as frases, continuam saudáveis.

Dizia uma das mulheres quando eu parei junto dela, estava o metropolitano quase a chegar:

– Ele é homem, está no seu papel. Ela, como mulher, é que devia…

– Pois claro – acudiu a outra. – Ele é homem, nada lhe fica mal.

O metropolitano parou e um homem, a quem nada ficava mal e que tinha muita pressa, empurrou uma delas para passar adiante. Ficou zangadíssima.

SÁBADO. Na opinião de Courrèges, a alta-costura terminou com a morte de Coco Chanel, e os criadores devem deixar de olhar melancolicamente para o passado, inspirando-se em tempos que já lá vão, como a *belle époque,* o cinema mudo ou até (como está a acontecer com algumas coleções deste ano) o tempo da ocupação. Segundo Courrèges, o que é necessário é viver no presente ou olhar mesmo para o futuro. Ele aderiu, pois, com entusiasmo, aos *shorts.* De resto, a sua moda tem sido sempre muito juvenil, moda para algumas rapariguinhas (um pouco loucas, um pouco ocas) da era lunar. Será bonita a moda de Courrèges? Será funcional? Será aconselhável? Isso é outra história. De resto, quem pensa em coisas dessas quando se trata de moda?

24 de fevereiro de 1971

DOMINGO. A notícia vem de Itália e diz que doze milhões de crianças com menos de cinco anos podem morrer de um dia para o outro devido a uma nutrição muito deficiente. Estas (se por acaso sobreviverem) e mais setenta milhões, não tão gravemente atingidas mas em todo o caso diminuídas, nunca crescerão como as outras crianças, as privilegiadas, e, na escola, aprenderão com dificuldade. Isto na era lunar, por este mundo fora, em países subdesenvolvidos. Chegou a esta conclusão – tristíssima – um grupo consultivo de proteínas que trabalha sob os auspícios das Nações Unidas e se encontra atualmente reunido em Roma. Se quisermos chamar as coisas pelo seu nome e não empregar eufemismos tranquilizadores, diremos que todas estas crianças passam fome e até morrem de fome.

SEGUNDA. Desde ontem à tarde que estamos todos raladíssimos com o encarecimento da bica. Pronto. Foi confusão. A bica continua na mesma. Com a bica acontece o mesmo – salvas as devidas proporções – que com os navegadores solitários. Todos se ralam muitíssimo quando um desses navegadores desaparece, ou talvez tenha desaparecido, e todos se estão nas tintas para os desaparecidos e mortos nas proximidades ou por esse mundo fora. Com a bica... Pois é. Sobe a carne, sobe o peixe, sobem os legumes. Quem fala nisso senão as pobres das donas de casa ao fim do dia, fazendo as contas? Mas pelas alminhas não toquem na bica. Não tocaram. Pode estar tranquila, leitora. O seu marido não virá maldisposto logo à tarde. É que essa coisa de ainda poder ter chávena, colher, café e saquinho de açúcar tudo por 1$60 dá-lhe uma certa confiança na vida. Quanto à carne e ao peixe... Não vamos pensar em coisas tristes, está bem?

TERÇA. Pois se talvez não haja de futuro – receia-se em Londres – quem cuide do Big Ben, com todo o seu peso de tradição, como é que eu hei de ficar aborrecida com o estofador que há dois meses ficou de vir «amanhã sem falta» consertar-me um sofá igual a tantos? É que isto da mão de obra não é de graça. Quem faça sofás ou outros móveis, ou janelas ou portas, por exemplo, é o que mais há. Agora haverá quem os conserte? Um dia destes temos de nos convencer de que tudo nesta sociedade de consumo passa a ser *disposable* mais tarde ou mais cedo. Enquanto serve, muito bem, quando não servir deita-se fora. Mas depois dinheiro para comprar coisas novas? Tudo isto é, na verdade, muitíssimo complicado. E eu vou continuar à espera que o estofador apareça «amanhã sem falta».

QUARTA. Leio no *Diário de Lisboa* de hoje que os menores de 18 anos (não universitários) não podem utilizar a Biblioteca Nacional. Estranho, claro. E igualmente estranho o facto, também referido no mesmo artigo, de as crianças de seis anos poderem frequentar, sem problemas, as casas de jogos desportivos até às oito da noite e as de doze até mais tarde. Claro que para muito boa gente a palavra desporto limpa o caso de todo o mal mas não podemos esquecer que a criança se habitua a frequentar esses locais para jogar e a sentir o prazer de jogar, mesmo que o jogo em questão seja inocente e se chame matraquilhos. Quanto à Biblioteca… Receio de que as crianças estraguem os livros? Mas se um rapaz ou uma rapariga de catorze ou dezassete anos quiser ir à Biblioteca não será porque lhe interessa ler qualquer coisa? De resto, há adultos capazes de vandalismos de que uma criança seria incapaz…

*

Finalmente, uma boa série na televisão: *A Família Forsyte.* O livro é há 14 semanas *bestseller* em França, o que raramente acontece com um escritor do passado. A força da imagem? Claro. Mas trata-se em todo o caso de um bom romance que vale a pena ler.

QUINTA. Quatro mulheres em cólera, de segunda-feira até hoje na televisão francesa. Em cólera contra o mundo em que vivem e que decerto consideram errado, contra a sociedade na qual não se integram, porque discordam dela. Duas dessas mulheres não sei quem são: uma deputada italiana, uma filósofa francesa. As outras, porém, são bem conhecidas, e os jornais referem-se-lhes com frequência. Trata-se da católica irlandesa Bernadette Devlin (um dos grandes problemas do Governo de Isabel II) e de Jane Fonda, ex-estrela de Hollywood, que, cansada da futilidade da sua existência, resolveu dedicar-se à defesa de minorias oprimidas.

SEXTA. Encontrei a B. melancólica, preocupada, inquieta. Com pedaços de si vagueando aqui, ali e além. Como sempre nesta altura do ano. É que a B. tem um problema grave que seria incapaz de confessar à sua melhor amiga: é uma mulher elegante e pensa muito naquilo que veste ou vai vestir. Ora em meados de fevereiro… Pois é. A B. já não se sente bem, atualizada, enfim, com as roupas de inverno. Ao mesmo tempo, se aparecer para aí de *shorts,* hão de dizer que não pensa senão em trapos, o que até é verdade.

Ou se aparecer de saia um pouco acima ou abaixo do joelho não julgarão ainda as gentes que ela é antiquada e não moderna? Depois o frio não se foi de todo embora, e os tecidos de primavera... Enfim, uma série de maçadas que faz com que B. se sinta mal, indisposta, não realizada.

SÁBADO. Esta primavera, vamos ver estranhas coisas no capítulo moda. Não falando dos já tão falados *shorts,* muitas outras novidades se anunciam. Na praia teremos xailes franjados a condizer com os fatos de banho, na cidade teremos aventais de organdi, de cabedal, de tafetá, de cetim, com folhos ou com plissados. Claro que isto dos aventais só é mesmo engraçado para quem não usa avental. E Mariella Righini escreve no *Nouvel Observateur:* «As verdadeiras escravas, as que arrastam as chinelas atrás de homens tirânicos, as que fornecem milhões de horas de trabalho invisível e gratuito à sombra das caçarolas, talvez não lhes apreciem o humor. Para elas um avental é um avental.»

3 de março de 1971

DOMINGO. Já me referi a uma notícia acerca das condições da criança no Mundo. O Dr. Abílio Teixeira Mendes foi ontem à televisão falar da criança em Portugal (*Caso da Semana*). Disse com clareza o que pensava do assunto, um assunto, de resto, altamente preocupante. É pena o *Caso da Semana* ser programado a uma hora em que nem todas as pessoas, mesmo sendo sábado, podem ouvi-lo. De tudo o que o Dr. Teixeira Mendes disse, ficou sobretudo a pairar uma terrível notícia: a de as crianças mal alimentadas virem a ser adultos intelectualmente inferiores àqueles que sempre tiveram uma boa alimentação. E esta é, de todas as diferenças de classe, a mais terrível.

SEGUNDA. E ontem, dia em que foi inaugurada em Paris a Semana Europeia do Coração (do bom, do mau? Do mau, está-se mesmo a ver, que dos bons não reza a História), aconteceu aquilo nos Estados Unidos. Ora como hão de os nossos corações funcionar bem com coisas destas? É que só se fala de guerras, de catástrofes, de mortes violentas, de desastres na estrada. Caminhamos, por assim dizer, no fio da navalha e estamos sempre, portanto, à espera do pior. Se nos distraímos, por pouco que seja, se alguém se distrai, é o fim. Ontem, o empregado do sistema de alerta dos Estados Unidos distraiu-se, enganou-se na fita gravada, e durante sete minutos os americanos, os tranquilos e os outros, ouvindo pela Rádio e pela Televisão a expressão de código «odioso odioso», convenceram-se de que estava iminente uma guerra atómica, um ataque nuclear sabe-se lá de quem ou uma catástrofe natural nunca vista. Isto no dia em que foi inaugurada a Semana do Coração. Mas como é possível, numa época como a nossa, sobreviver sem doenças cardíacas ou, como os médicos aconselham, levar uma vida sossegada?

TERÇA. Todos os anos surge na nossa terra quem resolva dar umas injeções de vida ao Carnaval moribundo, e então organizam-se corsos aqui e além. Fora disso, há uns bailes muitíssimo ou pouquíssimo luxuosos, uns assaltos onde ninguém é assaltado, e as crianças vão aos jornais tirar o retrato e depois à *matinée* infantil. É dos livros. Mas dar vida ao Carnaval para quê, pergunto eu, se ele está voluntariamente moribundo e se sente muito bem assim? Só um país mesmo alegre precisa de Carnaval, e não vejo a utilidade de um país triste querer tê-lo por força. Ora nós somos um país de gente macambúzia, não pode haver duas opiniões a tal respeito. Então porquê? Turismo? Ora, ora. Temos o sol, temos o mar, temos as praias. Tudo isso é belo, é nosso, é autêntico. Até temos o fado, e fado e Carnaval, francamente... Se deixássemos o Carnaval aos brasileiros?

QUARTA. Num livro recentemente publicado entre nós e que se intitula *Como viveremos em 1980,* vários escritores interessados em futurologia dizem o que acham que será a nossa existência daqui por nove anos. No que respeita mais particularmente à mulher dona de casa (à mulher em geral interessa-lhe tudo, ou melhor, deve interessar-lhe tudo), vejamos o que pensam dois escritores. O primeiro, Köstler, prevê um autómato doméstico, programado todas as manhãs para o trabalho do dia e que limpará a casa, lavará a roupa, abrirá as latas das refeições (a palavra «cozinhar» ver-se-á tornada, segundo depreendo, arcaica). Quanto a Herman Kahn, diz-nos que um computador poderá brincar com as crianças, ensiná-las e fazer de *baby-sitter.*

QUINTA. Hoje, ao fazer as contas de mais um dia, pensei na vida e na morte. Na vida, está-se mesmo a ver, mas na morte porquê? Pois na morte. É que já imaginaram o que sentiria a nossa avó, que morreu há trinta anos, o nosso bisavô, se vivessem neste mundo de hoje? O que sentiriam, como iriam reagir? É que um ser humano suporta uma certa carga de evolução, de coisas diferentes a que deve adaptar-se, mas suporta-o com conta, peso e medida. Seriam capazes, o nosso bisavô, a nossa avó, de compreender e acabar por aceitar como coisas naturais a televisão, a alunagem, ali, no pequeno ecrã, a máquina de lavar roupa, o transístor, os *hippies,* o esparregado liofilizado, a ida ao Porto de avião?

Neste capítulo acredito muito na evolução rápida.

SEXTA. Compro esta revista feminina, estrangeira, muito bem feita, diga-se desde já. Redação excelente, ótimo papel, boa qualidade gráfica, atualidade. Há anos que regularmente a leio ou, pelo menos, a folheio quando o tempo não é muito. E reparo uma vez mais na grande importância, na exagerada importância, dada à psicologia. A mulher, o homem, o casal, a criança, a família, nós, enfim, tudo visto, estudado, explicado até à saciedade. Páginas e páginas de viagens dentro de nós e dos nossos por ruas e avenidas e becos sem saída. Para quê, porquê? Não será um exagero? Claro que a psicologia é importantíssima, é muito necessária, mas, enfim, há outras coisas na vida que também o são. Não haverá em tudo isto o objetivo muito concreto de nos fazer ignorar o mundo em que vivemos, os outros, os problemas deles-nossos, que às vezes, tantas vezes, não são psicológicos nem se resolvem pela psicologia? Esse excesso de viagens dentro de nós afigura-se-me outro narcisismo, outro espelho, outra imagem para estudar, para retocar, para admirar. Para nos fazer gastar o tempo assim e não assado.

SÁBADO. Encontro escondida, involuntariamente escondida, esquecida no fundo de uma gaveta, uma caixinha com não sei quê, que era para ter oferecido pelo Natal não sei a quem. Sempre gostava de saber o que significa a fúria presenteadora que nos ataca todos os anos pelo Natal. É que perdemos por completo o sentido das proporções. Levamos onze meses e meio a poupar ajuizadamente para durante quinze dias gastarmos tudo isso e até, às vezes, o décimo terceiro mês, em caixas e caixinhas enfeitadas com laços e fitas. Claro que não é só dar. Nós também esperamos receber. Toma lá dá cá, em suma. Mas para quê tanto esforço, tanto espalhafato, se no fim de contas ficamos, por assim dizer, «em casa»? Claro que eu penso isto tudo, mas adiro a tal fúria presenteadora. Até esqueci esta caixinha com o entusiasmo. Enfim, já fica para o ano.

10 de março de 1971

DOMINGO. Não, as casas não são agora feitas pensando em se viver nelas. Simples dormitórios. Talvez isso esteja de acordo com a nossa vida atual. Tão inquieta vida de trabalho o dia inteiro. Só ao fim da tarde nos reunimos no *living,* que é tudo menos isso. A casa onde se vive é, afinal de contas, o emprego.

Lembro-me da casa de pessoas amigas aonde fui em criança. Não era casa de gente rica, nada disso. Uma casa vulgar, embora confortável. Nela havia, porém, quarto de vestir, escritório, copa, quarto de hóspedes, casa de costura. Hoje, tudo isto se me afigura de outra era.

As casas de hoje não têm quartos que cheguem para as pessoas dormirem isoladas, quanto mais esse tradicional quarto (que explicava a tão turisticamente apregoada hospitalidade).

Hoje não há espaço para nada que não seja essencial e mesmo assim... A casa perdeu o valor que tinha ainda há poucos anos. Voltou a ser a caverna que nos abriga das intempéries e onde dormimos. Durante o dia vamos caçar, que é como quem diz, ganhar a vida. Na fábrica, no escritório, na repartição.

A H anda há meses à procura de casa. Os filhos (um rapaz e uma rapariga) cresceram e, logicamente, precisam de dois quartos. Com o dela e do marido, com o tal *living* e com o quarto da empregada, resultam pois as cinco assoalhadas. Ora a H bem procura, mas cinco assoalhadas, em Lisboa, por preço compatível com a sua bolsa modesta, é que não encontra. Começa a estar convencida de que cinco assoalhadas é luxo, de que é portanto luxo ter dois filhos de sexos diferentes e uma empregada que dorme lá em casa. Mas a H está empregada e começa a trabalhar às nove horas, portanto...

A H disse-me hoje que anda a estudar com o marido a construção de uma divisória que transformará um dos quartos em dois cubículos. Se o senhorio concordar, está bem de ver.

SEGUNDA. Desculpem-me se falo outra vez naquela série, mas a verdade é que liguei a televisão (programa da hora de almoço) e dei outra vez com ela na minha frente. Claro que há filmes cómicos, bons, maus e péssimos, estúpidos e inteligentes, muito engraçados ou sem graça absolutamente nenhuma. Acontece, porém, que *Viver no Campo* não é um filme cómico. É, sim, um filme em que os atores fazem todos eles de atrasados mentais: a mana Gabor, o advogado, os camponeses, os juízes, todos, enfim. Surge de vez em quando um espertalhão, mas mesmo esse é um atrasado mental espertalhão. E quando ouço as gargalhadas que pontuam a série imagino uma plateia de gente muito, muito estranha. Pois não é?

TERÇA. Comigo é diferente. Do que eu digo guardam segredo. Conhecem-me há muitos anos e... Ou: conhecem-me há pouco tempo mas...

Hoje no cabeleireiro. A senhora B, ali presente, perguntou se a menina A tinha aparecido ultimamente. E travou-se uma conversa sobre a referida A, em que muitas e variadas coisas (que só à própria A deviam interessar) foram ditas e comentadas. Depois a senhora B saiu e elogiou-se a senhora B contando-se também coisas muito simpáticas, mas que não tinham nada que ser apregoadas porque se referiam à vida particular da B. Culpa de quem? Da A e da B (entre muitas outras clientes, claro) que tinham contado ali a sua vida. Porque, está-se mesmo a ver, pensavam: «Comigo é diferente. Conhecem-me há muitos anos e...» Ou: «conhecem-me há pouco tempo mas...»

QUARTA. O petróleo encarece ou não encarece? É que consta que um dia destes – enfim, é um modo de dizer – vamos comer bife ou farinha ou pastilha vitaminada ou ainda pílula alimentícia de petróleo. Está a estudar-se o caso há cinco anos e a serem feitas experiências em animais-cobaia (ratos, frangos, peixes), que se têm dado, ao que parece, otimamente. Mas convencer as gentes de que o petróleo é bom para a saúde, é excecionalmente rico em proteínas e, maravilha das maravilhas, não sabe a petróleo? Ah, esqueci-me: e é – será – muito barato. Se esta última razão não nos convencer... Mas se o petróleo encarecer? Enfim, quem viver verá. Perdão, comerá.

QUINTA. Foram as peças dele que fizeram muitos de nós amar o teatro. Eram peças amargas, ácidas ou de cor francamente negra. Havia-as também rosadas, é certo, mas essas não eram, a meu ver, as melhores.

E depois hoje fui ver o *Cher Antoine* ao São Luís e custou-me a reconhecer Anouilh[9]. Claro que encontrei o brilhantismo da sua linguagem, a riqueza do seu diálogo, a inteligência das suas ideias. Mas também encontrei o cabotinismo, o narcisismo, um certo ressentimento e, sobretudo, o vazio de quem já disse tudo o que era importante ser dito e não tem que fazer da antiga revolta.

Vou esquecer *Cher Antoine* e reler *Jezabel, Colombe, Romeo et Jeannette, Antígona.*

SEXTA. O teatro e o cinema estão a viver uma época bastante rica em freiras. Depois da *Monja de Monza* (com a Sophia Loren, salvo erro), surgiram *As Noviças* (com Brigitte Bardot e Annie Girardot) e *As Irmãzinhas,* que o Grupo 4 tem estado a representar entre nós. Estas *Irmãzinhas* têm sido muito discutidas. Freiras com almas de assassinos? Assassinos vestidos de freiras? Figuras simbólicas? Para cada um a sua verdade, já lá dizia o Pirandello.

*

Nós, portugueses, somos exagerados. Nunca tivemos *misses* e, pelos vistos, passávamos perfeitamente sem elas. Ou tivemos e deixámos de ter, o que é o mesmo. Enfim, não nos faziam falta. Mas eis que de repente... Mas eis que de repente, senhores...

---

[9] Anouilh (Jean). Autor dramático francês. Nasceu em 1910. Publicou *Bal des voleurs* (1932), *d'Antigone* (1944), *De la répétition* (1950), *De l'Alouette* (1953), *de Becket ou l'Honneur de Dieu* (1959). (*N. da Org.*)

Fala-se ainda não há um ano de Ana Maria Lucas. Uns meses, portanto. Mas tem-se falado tanto que nos parece que a conhecemos desde criança. Agora, chegado que está – quase – o fim do seu reinado, outra *miss* surgirá. E durante os doze meses que se seguirem…

Somos, na verdade, de um exagero…

SÁBADO. O sábado pode ser uma agradável porta aberta para um não menos agradável fim de semana, ou a véspera muitíssimo aborrecida de um domingo que se anuncia vazio. E quando um domingo é vazio, ele é o pior dia da semana. Porquê, se podemos descansar, fechar os olhos ou abri-los e ver televisão ou ir ao cinema? Porquê? Não sei, mas creio que ao domingo, nesses domingos, os rios, os desertos, aqueles em que não se sai de casa, em que se arrumam gavetas, vêm às vezes à superfície muitos dos nossos fracassos que a agitação dos dias costuma trazer distraídos. Ao domingo, portanto, eis-nos frente a eles.

– Olá, fracasso!

E ele a responder-nos, tranquilo:

– Estou ótimo. Para durar.

17 de março de 1971

DOMINGO. O nosso clima é o melhor dos climas, esta afirmação faz parte do nosso patriotismo. Ameno, chama-se-lhe. Suave. Abril em Portugal é um *slogan* que correu mundo e deve ter levado frustração ao espírito crédulo de muito turista. Porque o povo diz «abril águas mil» e nisto de meteorologia o povo sabe muito mais do que os letristas. Ora mas eu estou em março, no dia 8 de março, inverno, portanto. E frio depois de uns dias quase de verão. E frio, Senhor!

O nosso clima é, pois, excelente. Claro que às vezes também chove torrencialmente, claro que às vezes o frio é de rachar, claro que às vezes as árvores saem da brincadeira quebradas e até arrancadas. Fomos, porém, mentalizados desde que nascemos e achamos, portanto, que o clima é ameno, suave, o melhor do mundo, nem muito quente nem muito frio. Convencermo-nos de que as coisas são assim é meio caminho andado para a felicidade. E se há seis meses que andamos constipados, a culpa é nossa, que temos aquecedor e depois saímos para a rua. Não há nada pior para a saúde, afirmamos.

Isto, claro, quando temos aquecedor... Há quem o não tenha. Mas é outra história...

SEGUNDA. Depois de terem dado às catástrofes naturais (tufões, ciclones, etc.) todos os nomes de mulher de que se lembraram (as feministas já se manifestaram mesmo contra isso), os americanos acabam de batizar (li hoje no jornal) 3 bases de artilharia instaladas na nova frente de combate do Laos com os nomes muito cinematográficos de Sophia, Liz e Lollo, que até são europeias. Espero que desta vez as feministas também se manifestem. Porquê nomes de mulher? Não são os homens quem faz as guerras?

*

Não me faças pensar, portanto, não penses. Parece ser mais ou menos isto o que as fãs exigem de um jovem cantor chamado Adamo, o da *dolce* Paola. Ora, Adamo cresceu, casou, é pai, viajou por esse mundo, viu coisas, percebeu-as. Entre outras, viu bater num preto que queria simplesmente pedir-lhe um autógrafo e viu numa praia belos jovens bronzeados, com as suas não menos belas noivas. Eram soldados em vésperas de partir para a guerra e as férias eram oferecidas pelo Estado. Adamo canta estas e outras coisas numa das suas últimas canções. Mas para não desagradar às admiradoras fervorosas do vazio, termina dizendo para as tranquilizar:

Non, j'ai rien vu de tout ça...
Moi j'ai rien dans la tête,
Moi, ma seule ambition
C'est de vous emmener à la fête
au bout d'une chanson.

Pobre Adamo. Também há disto pelas Franças. E eu a julgar que éramos nós os detentores do tesouro… Esta mania das grandezas…

TERÇA. E à saída, contaram-me hoje, a senhora de meia-idade, toda brilhante, aos cachos de luzes do *foyer* (bem, o que na senhora brilhava era só os brincos e também um *clip* enorme junto ao pescoço), disse para o cavalheiro forte, ao seu lado, em voz suficientemente alta para ser ouvida por quem estava perto:

– Que grande bruto! Coitadinha da Marilyn! Quase que a estrangulou, viste José?

O José tinha visto.

– Até disse que ela era estúpida, não foi?

– Foi sim – concordou ele, que era de poucas falas, mas boas. Provou-o quando pôs ponto final no assunto, dizendo com desprezo: – Intelectuais!

A senhora ainda perguntou:

– Porque seria que ele lhe chamava Maggy? – Mas já não obteve resposta. Estava tudo dito.

Não deram por nada. Onde a culpa e a inocência, a solidão dos seres, as traições, as perseguições, os desencontros? Só viram o que queriam ver. Ou o que os seus olhos eram capazes de lobrigar. Mais nada os tocou. Saíram incólumes, ele absolutamente esquecido do que vira, ela fazendo umas perguntas muito pessoais, as únicas que precisava de fazer.

QUARTA. Vejo num *magazine* uma anedota com barbas, como costuma dizer-se. O desenho mostra um homem, de avental e expressão infeliz, preparando-se para limpar rimas de pratos, enquanto a mulher fala ao telefone.

Ora, o marido que limpa a loiça para ajudar a mulher não tem nada de comum com o marido-vítima das anedotas, que é obrigado pela esposa-megera a lavar-lhe a loiça enquanto ela conversa com as amigas. E, no entanto, as mulheres riem-se destas anedotas e até são capazes de troçar de um conhecido que ajuda a esposa nalguns trabalhos caseiros. Riem-se sem compreender que tais anedotas e tais troças as diminuem, as relegam para o lugar de donas-de-casa--e-mais-nada. Porque não há de o marido ajudar a mulher em casa, principalmente se a mulher também o ajuda a ele, contribuindo com a sua quota parte para o orçamento caseiro, ou até com o trabalho exaustivo e tão pouco compensador de uma casa de família a cuidar?

QUINTA. As grandes tragédias amorosas e o romantismo levado às últimas consequências sempre foram muito bem consumidos pelas gentes e sempre tentaram os grandes escritores. Olhem o *Romeu e Julieta,* olhem o *Werther,* olhem, entre nós, *O Amor de Perdição.* Para os escritores menores o risco era grande mas mesmo assim proliferaram por esse mundo, em livro, os amores contrariados, a morte como única solução, a doença incurável, etc., etc., etc. Ora mas tudo isto vem a propósito de *Love Story,* romance romântico, se assim se pode dizer, *bestseller* em todo o mundo, já com nove milhões de exemplares vendidos na América do Norte e com um filme há cinco semanas em exibição também na América, filme esse que já foi visto por cinco milhões de pessoas. O pior é que não há qualquer semelhança de valor entre este romance e as outras obras a que me referi. *Love Story* é uma historiazinha vulgar em que o autor mostra (mas já o sabíamos) que o amor é eterno e pode existir nesta nossa época aparentemente tão antirromântica. Li *Love Story* e fiquei desconsolada. Os números a que me referi são, porém, bastante explícitos, e o autor está milionário. Donde se conclui que os amores infelizes continuam a vender-se muito bem na nossa sociedade de consumo.

*

Não pode dizer-se que o programa que a televisão hoje nos deu, da União dos Artistas Franceses (vedetas no circo), possa ser considerado uma atualidade. E um programa deste tipo só como atualidade se compreende. É que se o Fernandel morreu há dias, o Théo Sarapo (ex-marido de Edith Piaf) já morreu há muito tempo!

SEXTA. Algures no paraíso, que é como quem diz em certas empresas americanas, suecas, norueguesas e alemãs, só se trabalha quatro dias por semana. À quinta-feira ao fim da tarde entra-se pois num longo *weekend,* de que só se regressa na segunda pela manhã. Isto todas as semanas de todo o ano – não contando, claro, as férias –, já pensaram? A ideia nasceu nos Estados Unidos e há três anos que a experiência começou. Atualmente há perto de cem empresas americanas que fazem a semana dos quatro dias. Quatro dias em que, é bom não esquecer esse pormenor importante, se trabalha dez horas.

Apesar disso, três dias inteiros para viver deixa-nos sonhadores. Três dias para estar em família, ver os amigos, ir ao futebol, passear na natureza, ler, estar deitado a olhar para o teto de estuque ou para o teto de céu, falar com os filhos, conhecer os filhos melhor, falar com a mulher (ou ela com o marido também), descobrir, melhor, recordar as pessoas que ambos foram, dantes, antes de o acelerador ter entrado nas suas vidas, afinal feitas para viver ao retardador.

Diga-se, porém, desde já que aos médicos cardiologistas não agradam estas dez horas de trabalho diário, que acham demasiado extenuantes.

SÁBADO. Falaram-me hoje de um menino formidável. É o melhor aluno do seu ano, interessa-se muito por conversas de adultos, com nível, claro, e quase não brinca. Ninguém o força a ser assim, diga-se desde já. É natural nele. Claro que os pais se sentem vaidosos e não o escondem.

Este tipo de criança estilo pequeno-adulto-culto sempre me fez muita impressão. Não me sinto à vontade. Sei lá o que hei de dizer a uma criança assim? Pergunto-lhe que tal vão os estudos ou peço-lhe que me explique o que é um refletor laser? E, se optar pelo refletor, não irá a criança pensar que eu sou totalmente ignorante? E se lhe pergunto pelos estudos não irá pensar – e com razão – que eu sou parva?

Na verdade, são meninos que me parecem tão monstruosos como as rapariguinhas de 60 anos e os jovens conquistadores de 70. Até porque os meninos-prodígio raramente são homens ou mulheres prodigiosos. Para um Mozart há 99 ilustres desconhecidos.

24 de março de 1971

DOMINGO. Tem trinta e poucos anos, separou-se do marido, ou ele dela, não sei. Não vive na sua terra e por isso, diz, não tem amigos. É, de resto, difícil para ela arranjar novas amizades. Sempre foi uma pessoa distante. Está empregada mas disse-me há dias com amargura: «Calcule que o emprego é, no fundo, a minha vida social. Lá sempre me distraio e o tempo vai passando. Depois chego a casa e todos os relógios param.» Porque não se inscrevia num curso qualquer que lhe interessasse?, perguntei a certa altura. Que nada lhe interessava, disse. Que, de resto, era tarde, era demasiado tarde.

Lembrei-me dela, ao ler no jornal a notícia de uma senhora de 72 anos, francesa, que foi aprovada no seu exame de instrução primária e insistiu mesmo em fazer a corrida de cem metros do programa, de que os professores queriam dispensá-la.

SEGUNDA. Hoje, 15 de março, alguém se queixava amargamente da vida. Uma mulher. Eu ia a passar e ouvi-a. Disse que tinha três filhos, o marido doente, a precisar de boa alimentação, e que trabalhava como moura para aguentar a família. Depois estava tudo tão caro. O interlocutor disse: «É a vida.» E ela concordou: «É. É a vida. Mas às vezes apetece adormecer como os bichos, percebe? Durante uns meses.»

É. Às vezes apetece, mulher cujo nome ignoro, que ouvi na rua lamentar-se. Mulher que não sabe – nem isso tem importância – que hoje, por exemplo, dia 15 de março de 1971, partiu de algures em França, para o mar das Antilhas, em cruzeiro, um barco chamado *Mermoz.* Todos os seus passageiros desejam emagrecer e o cozinheiro é um especialista de dietética a alto nível, dietética gastronómica, segundo ele próprio diz. Ignoramos o preço dos bilhetes, mas sabemos que os passageiros beneficiam de sauna, hidroterapia marinha, ginásio, etc. Emagrecem sem dor, enfim.

Seria aquela mulher, na rua, a lamentar-se da vida, capaz de compreender uma coisa destas?

TERÇA. – Está? É da Lava-bem, Lda? (Claro que o nome é inventado, não estou a fazer publicidade.) Muito boa tarde. Eu queria uma informação, se fosse possível. Preciso de comprar uma máquina de lavar loiça e queria saber os novos preços e também se dão facilidades de pagamento. Como? Não sabe? Está bem, espero.

– Está? Boa tarde. Eu queria saber os preços das máquinas de lavar loiça e se dão facilidades de pagamento. Vai ligar? Mas então… Ah, compreendo.

– Dizia-me, por favor, os preços das novas máquinas de lavar loiça? Ah, e também se as vendem a prestações… Vai passar-me à secção quê? Mas eu julgava... É que já é a terceira vez que... Pronto, está bem.

– Espero que desta vez me tenham mesmo ligado para a pessoa certa. Eu queria uma máquina de lavar loiça e gostava de saber os preços e... O quê? Não vendem a particulares? Só aos agentes? Nas lojas? Claro, claro, compreendo muito bem, mas podiam ter dito logo!!!

QUARTA. Ouvimos hoje. Lá ser raro, é. Mas foi verdade. A senhora esperava ser promovida este mês e prometera à empregada um aumento. Vai daí, a promoção não chegou; mas ela, que gosta de cumprir o que promete, aumentou a rapariga. Pois esta não aceitou. Que não senhora. Que aceitava o aumento, pois claro, que ficava contentíssima, mas quando a patroa fosse promovida. Que compreendia as dificuldades da senhora e nem pensar nisso.

Não acreditam? Pois foi verdade. Mas, de acordo, trata-se de um caso raro. Por isso mo contaram. Por isso o repito aqui:

Esta não é uma história de patroas e criadas. Trata-se de pessoas, isso sim. De gente. De seres humanos que sabem que têm direitos e deveres. Isso anda às vezes um pouco esquecido nas relações patroa-empregada. A primeira porque a criada é, para ela, um ser muito *sui generis.* A segunda porque ninguém lhe ensinou um certo número de coisas que todo o indivíduo que trabalha deve saber.

*

Serão movidos pela ânsia de ganho mesmo desonesto ou somente pela estupidez ou ainda pela maldade, os mixordeiros? Este que misturou ao açúcar sulfato de amónio, do que resultou a intoxicação, não sabemos se grave, de cinco crianças, saberia sequer, pensaria sequer no que o seu ato poderia causar? Parece-nos impossível, mas o certo é que os mixordeiros vêm de longe no tempo e continuam a viver bem nesta nossa época que se diz civilizada.

QUINTA. Pede-se num jornal uma empregada de escritório. Exigem-se conhecimentos de expediente geral, caixa, contabilidade e correspondência. Exigem-se ainda habilitações e experiência anterior. Parece que está tudo dito e que só falta à interessada (que corresponde a todos estes requisitos) responder. Claro que isto da experiência anterior já não me parece muito certo porque quem não tem experiência fica logo em situação de inferioridade.

Mas adiante. E adiante exige-se idade, estado e ordenado pretendido, coisas então que não me parecem nada certas. Ora, eu pergunto o que tem a ver com um emprego o facto de uma mulher ser casada ou solteira, divorciada ou viúva? E a idade? Não haverá logo uma preferência pelas mais novas? E o ordenado pretendido? Não será geralmente escolhida a que peça (por ignorância ou até por precisar muito de ganhar a vida) um ordenado mais baixo?

Li este anúncio. Mas diariamente podemos encontrar muitos outros do mesmo género.

SEXTA. No tempo dos nossos pais, dos nossos avós e por aí fora, sempre se falou muito do custo da vida. Enfim, sempre custou muitíssimo a ganhar o privilégio de andar umas dezenas de anos por este vale de lágrimas, de viver, em suma. O que nos leva a crer que a coisa nunca esteve equilibrada de modo a conceder ao indivíduo um certo à-vontade, uma certa esperança tranquila num dia de amanhã sem grandes problemas monetários. Num dia de amanhã? Qual? Num dia de hoje é que é. Claro que de vez em quando surge um indivíduo capaz de ganhar a vida dele, da mulher, dos filhos, dos netos, dos bisnetos e por aí fora. Um tubarão, em suma. Mas eu falo é de peixe miúdo, de gente de ganhar o pão-nosso-de-cada-dia. E para esses, hoje, esse pão é mais difícil do que nunca. Pois como é que pode ser de outro modo, com os ordenados tão baixos, as rendas de casa tão altas, a comida ao preço que está? A carne então, tão necessária à saúde, está a um preço quase proibitivo. Ainda o mais barato acaba por ser o frango. Mas lá dizia o rei da história – nem sempre galinha!...

SÁBADO. Tenho bilhete para um dos cinemas da Avenida da Liberdade. Saio de casa um pouco atrasada, a contar com um táxi que afinal não há. Olho em volta, imploro aos meus deuses que me tragam um táxi, mas os meus deuses estão ocupados, é normal, com problemas de maior importância. Desisto, desço a rua e as escadas do metropolitano. Às seis e vinte toda a gente vem para cima, quem se lembra de ir para a Baixa?, penso eu, ingénua. Eis-me, pois, de bilhete na mão à espera do comboio subterrâneo. Ele chega. Mas, quando as portas se abrem, o recheio entorna para fora, só isso, mas ninguém sai, e há doze pessoas (uma das quais eu) que querem entrar. Foi um simples suspiro de toda aquela multidão, que de novo inspira quando as portas começam a fechar-se com mais onze pessoas lá dentro. Como é possível? Por mim, desisti. Subo as escadas, resolvo descer, à falta de melhor, duas avenidas, à velocidade máxima de que sou capaz. Chego ao cinema, pois claro, com o filme já começado.

Quando as máquinas não ajudam, temos de recorrer aos velhos sistemas. E o mais velho meio de transporte ainda é as pernas de cada um.

31 de março de 1971

DOMINGO. Começou a primavera. Com aguaceiros, como, de resto, tinham previsto essas científicas e simpáticas aves agoirentas que são os meteorologistas. Mas a chuva de aguaceiros, primaveril, até sabe bem. Amanhã ou depois será verão, praia, mar, noites redondas picadas de estrelas. Voltámos as costas ao inverno, longa doença que – li algures – passa na primavera. Mesmo que se trate da primavera de uma cidade sem flores que se vejam. Há, no entanto, um aroma no ar, vindo não se sabe donde, uma luz verde de seguir adiante, um céu azul e lavado (os tais aguaceiros), sem vento de nuvens a aproximá-lo de nós, a colocá-lo, pesado, sobre os nossos ombros fatigados. Um céu alto de tudo ser possível. Sentimo-nos melhor, mais novos, saudáveis. Aonde a doença vai!

SEGUNDA. *O Conflito de Gerações,* da conhecida antropóloga, socióloga e feminista americana Margaret Mead, é livro para ler de um fôlego. Não se trata de um volume de «receitas», diga-se desde já. Não ensina os pais a lidar com os filhos ou estes com os pais. É um livro que explica, que ajuda a compreender o porquê das coisas, só isso. Ela diz, por exemplo: «Hoje em dia não há em nenhum ponto do mundo pessoas crescidas que saibam aquilo que as crianças sabem, por mais remotas e simples que sejam as sociedades em que as crianças vivem. No passado havia sempre adultos que sabiam muito mais do que quaisquer crianças devido à sua experiência de terem crescido dentro dum sistema cultural. Hoje em dia já não os há. Isto acontece não apenas porque os pais já não são os chefes, mas porque já não há guias, quer os procuremos no próprio país quer no estrangeiro. Não há adultos que saibam o que os que foram criados nos últimos vinte anos sabem acerca do mundo em que nasceram.» O que nos deixa, claro, pensativos.

TERÇA. Elizabeth Taylor (casada 5 vezes, divorciada 3) dá, no *Ladies' Home Journal,* de Nova Iorque, conselhos sobre o casamento. Ora, como 3 divórcios significam 3 casamentos falhados, iremos nós pedir conselhos de beleza a uma mulher feiíssima, conselhos sobre saúde a uma doente ou de saber viver a um *gaffeur* incurável? É certo que as perguntas feitas à Taylor versavam principalmente sobre a arte de manter um casamento com interesse. Mas a verdade é que 3 divórcios mostram que 3 vezes os casamentos da Taylor se tornaram desinteressantes. Por culpa dela? Dos maridos? Em todo o caso, seria a atriz a pessoa indicada para este género de conversa?

QUARTA. Ainda existiam há uns vinte e poucos anos. Moravam num rés do chão, tinham uma pequena janela-montra, e através dos vidros via-se sempre dois ou três chapéus de feltro ou de palha, conforme as estações. Eram as modistas de chapéus. Só no largo onde eu morava havia duas, com a sua clientela fixa ou de passagem. Faziam chapéus por medida, levavam um tanto pelo feltro (ou pela palha) e pelo seu trabalho. Não contando com os enfeites: veuzinhos, *strass,* penas, sei lá. O chapéu era, de resto, então, um objeto inevitável. Uma senhora da minha família, já de idade e completamente indiferente à palavra moda, não passeava sem um chapéu novo todos os invernos e todos os verões. Verdade seja que eram quase sempre iguais.

Hoje, passando por uma velha rua esquecida de Deus (ou dos novos figurinistas da cidade), deparei com uma janela, para além da qual havia dois chapéus, tristes, à espera. À espera de quê, de quem? Fiquei a pensar. Eles, porém, lá estão e, como os vidros pareciam um pouco sujos, é natural que esperem há muito pela morte ou então que estejam mortos sem dar por isso.

QUINTA. No palco onde se representou zarzuela (semana espanhola), apareceu, entre outras figuras, a de um homem com uma criança nos braços. Quando ele começou a cantar houve dois risos, perto de mim. Quem ria eram duas mulheres. É certo que a «clientela» da noite era sobretudo de pessoas idosas, mas mesmo assim sempre me fez impressão esse ridículo que mulheres e homens descobrem – ainda descobrem – num homem com uma criança nos braços. Ridículo porquê, sempre gostava de perceber. Como se o pai e a mãe não tivessem ambos dado a vida ao filho, como se homem e mulher fossem – ainda – seres diferentes de mundos diferentes. Senhoras que riram naquela noite, o vosso riso já não se usa. Não há criadas, as mulheres trabalham fora de casa (ou em casa) e pai e mãe têm de ser cada vez mais unidos e compreensivos porque a vida é dia a dia mais difícil. Depois, não veem como o vosso riso é, entre outras coisas, ofensivo para nós mesmas, mulheres? Lembro-me de uma empregada que eu tive, há já muitos anos, que riu perdidamente da primeira vez que me viu fazer uma cama. Aquilo, para ela, era trabalho de criada.

SEXTA. Leio que o interesse atual das pessoas pela astrologia vem do medo que elas sentem. Que nós sentimos. Tiraram-nos, de facto, tudo o que nos protegia desse medo. As religiões estão em crise, a ciência mostra bem como o nosso corpo é frágil e como somos insignificantes parcelas de um planeta entre um número infinito de planetas. E mesmo que pensemos que o nosso é o único com vida, isso talvez signifique muito simplesmente que somos os últimos, os mais ameaçados, os condenados, enfim.

Muito bem, até aqui tudo certo. Eu até acredito nos signos e nos horóscopos, embora com conta, peso e medida. Porque quando oiço pela rádio ou leio em qualquer jornal ou *magazine* um daqueles horóscopos que só anunciam coisas boas… Então como é que isto é? Então hoje ninguém morre, ninguém mata, ninguém perde o emprego, ninguém passa fome, ninguém é posto fora de casa porque não pagou a renda ao senhorio? Mas que dia formidável! Vale a pena viver!

Ou ler (ouvir) horóscopos.

SÁBADO. Até acho a moda uma coisa bonita – quando as mulheres pensam duas vezes, claro, antes de a seguir e se lembram de que não têm vinte anos (quando não os têm) – mas sou francamente contra a velocidade com que a moda se processa. É que a sua velocidade torna-a muito dispendiosa e até cansativa. O que é, vamos lá com Deus, francamente desnecessário. Eu, por exemplo, não me habituo logo às coisas e, por isso, quando consigo adaptar-me, já ela, a moda, vai longe ou, pelo menos, em plena rampa descendente. Começava, pois, a achar o comprido agradável, e pronto, eis que acaba o comprido. Voltemos à saia discreta que tapa o joelho. Por quanto tempo? Que estarão os costureiros já a magicar para o outono/inverno que há de vir? Há dias, Yves Saint-Laurent declarou a um jornalista inglês que se sentiria feliz se as mulheres passassem a usar uniforme, como as chinesas. Mas foi falar por falar. Que seria dele e dos seus colegas se as mulheres se uniformizassem?

*

O que é ter razão se a razão é uma coisa que todos têm e ninguém admite a menor dúvida a tal respeito? **A** tem razão ao responder torto a **B**, e **C** tem razão ao ficar calado perante o mesmo **B**. Naquela discussão familiar, o irmão mais velho tem razão e o mais novo igualmente e o do meio também, pois claro, nem podia deixar de ser. Quem é capaz de admitir perante si próprio, não digo perante os outros, claro, seria pedir de mais, que não tem razão, quem? Se há mesmo coisa que todos nós possuímos em doses industriais, por mais pobres, por mais desprotegidos, essa coisa é a razão, a nossa, a única, portanto. Podemos não ter mais nada neste mundo, mas isso…

Ouvi hoje uma discussão em que se tratava de saber quem tinha razão. Acho que não era ninguém, mas muito se gastou tal palavra!

14 de abril de 1971

DOMINGO. – Parece então – disse o Sr. David Hessayon, biólogo e perito em horticultura – que a jardinagem prolonga a vida. Que a palavra «horticultura» não induz ninguém em erro. Não se trata de trabalhar a terra, mas de praticar um agradável desporto: a jardinagem, um *hobby*, enfim. Isto disse o Sr. David Hessayon e eu acredito. Mas onde os jardins neste nosso mundo veloz e implacavelmente urbanizado? Onde? Podemos mesmo dizer que, fora as exceções (claro que as há), quem os tem possui jardineiro. Agora jardinzinho pessoal, modesto, agradável… Só aqui no meu bairro, que me lembre, já desapareceram uns dez, todos os que havia, suponho. E as verticais paredes dos novos edifícios vêm até onde dantes havia uma gradezinha verde, com trepadeiras.

*

E a «Menina», irmã novinha da Lionor, que (tempos que já lá vão) ia descalça para a fonte, ficou em 9.º lugar, nada mau. Esta «Menina» tinha, apesar de toda a sua indiscutível poesia, um título para irlandês ver e ouvir. «Menina», palavra bem soante a ouvido estrangeiro, sim senhores, mas… Onde se chama assim à rosa brava, rosa povo que se levanta primeiro do que a terra alvoroçada? Essa é entre nós a rapariga do campo, designação menos eufórica mas mais autêntica. Meninas são as outras, pois não são?

Ora bem, mas isto é falar por falar. Claro que é uma bonita canção. Claro que não era canção para festivais. Alguém pensou que era?

E se quem de direito tivesse uma ideia genial, a de se fazer de futuro dois festivais, um, particular, para boas canções, outro para canções festivalescas, de exportação? Digo dois festivais porque parece que nós, portugueses, gostamos disso. Quase todos os outros países creio que só têm o festival pré-Eurovisão. Mas vejam lá se as boas canções francesas e inglesas, por exemplo (e não podemos dizer que nestes dois países de Lennons, McCartneys, Aznavours, Brels, Bécauds e outros não as há), vão a algum festival. *Pas si bêtes.*

SEGUNDA. Chegaram de novo na primavera, em bandos como as andorinhas, embora não vistam de negro. Embora não vistam, nunca por nunca ser, de negro, antes pelo contrário. Encontrei hoje um bando delas. O primeiro que vi este ano, esta primavera.

São as senhoras do Norte, que vieram passar férias à península. Os maridos talvez tenham ficado no hotel ou lá longe em suas casas, ou elas sejam solteiras ou viúvas ou divorciadas. Mulheres sós, em suma. Sós na vida ou no dia de hoje. Têm brancos cabelos de neve, de mulheres outrora loiras e vestem com desembaraço *tailleurs* ou casacos verde-ácido, rosa-rebuçado, azul-celeste, como os seus olhos, amarelo-pintainho. E sorriem. E olham em volta, como que embriagadas por este nosso precioso sol de abril. E esqueceram, ia jurar, que são mulheres de idade. Qual! São jovens, alegres, cheias de entusiasmo e descobrem sol e calor e céu limpo num mês onde nos seus países ainda há frio e o céu tem quase sempre um tom melancólico e acinzentado. É certo que às vezes esta chuva quase diluviana de abril faz cada partida aos turistas...

TERÇA. Campistas que sorriam ao ouvir falar de poluição (que coisa era essa?, que nova invenção era essa?), sorrirão amarelo quando um dia destes forem obrigados a pagar multas que irão dos 500$00 aos 10 000$00. Mas e os não campistas? E os piquenicadores em praia e campo? E todos aqueles que se sentem diminuídos se trouxerem consigo, para casa, cascas de banana, latas de conserva, garrafas vazias e outros restos de refeição? E os alegres cuspidores no asfalto das cidades? E os que atiram ao mar, como se de fossa sem fundo se tratasse, todos os resíduos, ajudando assim entusiasticamente os barcos a tornarem um dia destes perigosos os próprios banhos de mar? Um estudo publicado, a semana passada, na revista

Que choisir, declara que, em certas praias francesas, italianas e belgas, o banho de mar já pode ser um meio ideal de propagação de doenças como dermatoses, enterites e hepatites.

QUARTA. Leio que há em Lisboa um centro informativo de intoxicações (por cosméticos, tintas, inseticidas, lixívia, vernizes, raticidas, detergentes, medicamentos, mordeduras, etc.) que indica, pelo telefone, quais os tratamentos de emergência a fazer enquanto o médico não chega.

Este centro, utilíssimo, responde graciosamente e tem os telefones 767777, 761176 e 763456.

QUINTA. Ontem, no cinema, o X comprou o programa e entregou-o à mulher, que o aceitou com naturalidade, como coisa devida, e começou logo a folheá-lo. Que há nisto de estranho, podem perguntar? Nada, claro. O X, muito cavalheiro, compra o programa para a mulher. Se antes do cinema tivessem ido ao restaurante, é mesmo possível que ele a ajudasse a sentar-se. Porquê? Porque é um homem bem-educado, claro. Ora aí é que está o busílis. O X é tudo menos um homem bem-educado. Em família, quero dizer.

Em casa, o X é incapaz de ter a menor das atenções com a mulher. Tudo funciona como entre patrão (à antiga) e criada (à antiga também). O X nunca se lembrou de lhe dizer uma frase gentil, de lhe agradecer o que quer que fosse. Em casa do X ele é o primeiro a ser servido à mesa e ele é o único a dizer que a comida não presta. É ele também que resolve se os filhos podem sair e a que horas devem entrar. E não é raro libertar-se das suas frustrações lá de fora sendo francamente malcriado com a mulher.

Conheço os X há muitos anos, por isso reparei naquela exibição de boa educação para os outros, através do programazinho, talvez da cadeira do restaurante. Ela, coitada, já há muito que entrou no jogo. Pelos vistos. E pegou no programa com naturalidade. E folheou-o.

SEXTA. É cada vez mais difícil escrever para crianças, até porque elas são cada vez menos fáceis de contentar. Será por isso que os escritores se calam? Nós, adultos, gostamos disto e daquilo. Mas os nossos filhos concordarão connosco? Há quem diga, e parece-me que com razão, que as crianças de hoje se preocupam, ou melhor, se interessam pelos problemas que as cercam, e que os escritores de literatura infantil não podem esquecer que elas são pequenos seres contemporâneos dos viajantes da Lua e do fundo dos mares, dos computadores, da poluição, dos *hippies,* da televisão, etc.

No nosso tempo, as fadas perderam, de resto, muito do seu prestígio, para não dizer quase todo. Pois não são os computadores capazes de coisas muito mais sensacionais? De resto, a vida é outra, as pessoas são diferentes, os ideais diferentes também.

A criança cresce a saber coisas que nós só sabemos com um grande esforço aprendendo. E precisa de se habituar a ler, para mais tarde ir aprendendo, lentamente, com esforço, pois claro, o que os filhos dela saberão conforme vão crescendo. Assim é a vida.

Porque não lhes falaremos, pois, deste nosso tempo apaixonante, mas, claro, com cuidado, não vamos cair numa má ficção científica. O que é preciso é ter em conta que as fadas, as bruxas, os ogres, os príncipes e princesas já deram o que tinham a dar. Os nossos filhos exigem mais do que isso. Eles serão homens e mulheres do ano 2000, do século XXI.

SÁBADO. – Isto é agora – disse-me a vendedeira, tranquilizadora. – Logo que passe a Páscoa, embaratece.

Embaratece depois de ter subido, mas como raramente embaratece tanto como subiu…

Assim a vida vai encarecendo a pouco e pouco, devagarinho, à traição. Às vezes nem se dá por isso. Depois um dia, ao mexermos na bolsa, verificamos que temos pouquíssimo dinheiro. Como é que isto é?

Ah, se nos empregos também fosse assim, ninguém se queixava a não ser, talvez, os patrões. O pior é que os ordenados se mantêm durante anos e a vida sobe diariamente. E as pessoas têm de comer, de morar algures, de vestir. Algumas até têm de vestir apresentavelmente.

Então como é isto?

21 de abril de 1971

DOMINGO. Isso de na sua casa cada um fazer o que quer, é um modo de dizer. Porque, quando vivemos em prédio de andares, a coisa não é, não pode ser, bem assim. Se o facto de se entornar a água (que cai no andar de baixo) é desaconselhável, o mesmo acontece com o entornar de vozes ou de música a uma altura que seja na verdade incómoda. Porque as pessoas – que também estão na sua casa – podem querer descansar, ou trabalhar ou conversar. Podem desejar o silêncio, estão no seu direito. Para todos estarmos à vontade e sem nos incomodarmos uns aos outros, é essencial uma coisa chamada respeito pelo próximo.

SEGUNDA. Ah, se os homens se dedicassem a inventar coisas úteis aos seus semelhantes, coisas que concorressem para atenuar as desgraças ou fazerem mais felizes as pessoas! Se isso fosse possível! No entanto… Quantos instrumentos mortíferos por um só feito a pensar não na morte mas na vida! Este, a que hoje o jornal se refere, é, creio eu, dos mais extraordinários. Após sete anos de estudos, um grupo de cientistas americanos inventou um aparelho portátil que permitirá às pessoas completamente cegas verem através da pele. Esta ideia inspirou-se numa sugestão de Benjamin Franklin, em 1780. Os chefes da equipa que realizou esta descoberta maravilhosa chamam-se Carter Collins e Paul Bach-y-Rita.

TERÇA. Há qualquer coisa em certas *boutiques* (poucas, felizmente para os seus proprietários) que me deixa pensativa.

São quase sempre bonitas lojas pequeninas, enfeitadas, lindamente coloridas, com muitos prateados e doirados e que têm lá dentro meninas muito «bem», olhando quem entra com um ar superior, a que, talvez, a classe em que nasceram lhes dê direito. Dará? Adiante.

São poucas essas *boutiques,* repito-o, mas são em todo o caso algumas. Hoje entrei numa delas. E saí.

As meninas, lá dentro, continuaram a brincar às lojas com ar *blasé.*

QUARTA. Como para cima de uns tantos algarismos os números perdem para mim a realidade – por assim, falta da prática, que hei de fazer? –, prefiro falar do caso em libras, que é como vem no jornal. Diz a notícia que o Parlamento inglês vai discutir o «ordenado» da rainha. Todos nos lembramos de que aqui há tempos o príncipe Filipe se pôs a carpir misérias e até disse que ia deixar de jogar o polo como medida de economia. Diz-nos hoje o jornal, em notícia de Londres, que a lista civil de Isabel é de 475 000 libras por ano, que já era essa quando foi coroada e que desde então a vida aumentou 75%. Ora, Isabel só em Buckingham Palace tem trezentos empregados e então o Parlamento vai discutir o «ordenado» dela a fim de o atualizar.

Muito bem. Pois claro. A minha lista civil também anda muito por baixo, mas não há nada a fazer. Ando a pensar em deixar de jogar no Totobola. Sempre são quatro escudos que poupo...

*

Hoje, 14 de abril, chega-nos a notícia de que vai ser lançada no mercado uma droga milagrosa com o nome dificílimo de NPT-10381. Descobriu-a o Dr. Paul Gordon, da Escola Médica de Chicago, e destina-se à cura da mais simples e aborrecida das doenças: a constipação. No entanto, parece também ter efeito nas infeções das vias respiratórias, sarampo, gripe, varicela, hepatite, encefalite, herpes e rinofaringite.

QUINTA. Calças estreitas, a alargar, largas, saias-calça, calças de montar por dentro da bota, calções de todos os tamanhos e até exíguos maxicasacos e minivestidos, vestidos a tapar o joelho ou a destapá-lo, *midis* apizados, há de tudo neste ano, nesta estação, nesta cidade. Aparentemente não há moda, que coisa formidável. Usa-se tudo, cada um o que lhe apetece. Neste país de «fardas» em que vivemos [no inverno foram os *midi*-casacos compridos pretos, as botas de atacadores, as saias abertas à frente (pretas também)] esta atitude chega a parecer saudável.

SEXTA. Uma mãe para Eddie. Ora aqui está uma senhora que é urgente encontrar, a ver se aquilo acaba, seja ela Mrs. Livingstone ou qualquer outra, conforme o autor for ou não racista. Mas lá que é urgente, é. A série podia perfeitamente intitular-se *Como se Faz um Egoísta* ou até *Como se Fez um Egoísta,* porque o Eddie-menino velhote já está feito e adivinhamos o que será quando for homem. Um indivíduo pausado, raciocinador (já hoje é mais velho do que o pai), sem o mínimo sentido do humor e constantemente preocupado consigo próprio. Até quando durará esta série entre todas aborrecida? Porque se *Viver no Campo* é a mais estúpida e a *Júlia* e *Descalços no Parque* as mais falsas como Judas, esta é, sem dúvida, a mais aborrecida. Escapam *Os Meus Sobrinhos.* Aonde nós chegámos, gente que almoça em casa! *Os Meus Sobrinhos* chegam a parecer uma maravilha.

*

Esta nossa cidade (a linda princesa, a da majestade do Tejo, etc., etc., etc.) cada dia tem mais automóveis. Porque os outros meios de transporte são deficientes? Porque os automóveis podem comprar-se a prestações? É possível que sim, é possível que talvez. Não era, de resto, a isso que queria referir-me. O que eu queria dizer é que, sendo Lisboa uma cidade repleta de automóveis, ela é também uma cidade sem parques de estacionamento e onde o estacionamento em ruas é difícil e perigoso (que o diga quem é constantemente multado, isto é, todos os que possuem carro «de trabalho» e não só para ir passear ao domingo). Chegamos, portanto, à conclusão, um tanto perturbadora, de que Lisboa é uma cidade cheia de carros aos quais é consentido andar mas não parar.

SÁBADO. A notícia vem de Florença, um dos grandes centros da moda europeia, e diz-nos que o elefante vai usar-se este ano. Não se trata de figuras de elefante em cintos (como já se viu), mas mesmo da pele do pobre bicho. O que significa que, depois da caça imoderada que as mulheres fizeram (por interposto caçador, claro) a leopardos e a outros felinos da mesma família, chegou agora a vez de os grandes paquidermes vestirem as elegantes, que concorrem assim, entusiasticamente, para a desproteção à natureza. Segundo a notícia de Florença, a pele do elefante (em cor natural ou pintada em tons vivos) está a ser utilizada em casacos, chapéus de aba larga, calças-casaco, saias e até sapatos.

Pobres elefantes!

28 de abril de 1971

DOMINGO. Fala-se muito da poluição das cidades, das praias, um dia destes, dos rios. Fala-se tanto que até há canções em festivais de não dizer nada em que se trata disso (exemplo: *Diese Welt*). Mas quem faz o que quer que seja? Quem? As fábricas continuam a deitar espessas colunas de fumo, os tubos de escape dos automóveis não descansam, os jatos passam constantemente lá em cima, desenhando a branco, no azul do céu, a sua rota. Mas o branco nem sempre significa pureza. E o pior é que cada dia há mais fábricas, mais carros e mais aviões. Então?

Então não sei. Mas quando aparece algures no mundo um homem bem-intencionado a querer salvar a humanidade, sentimo-nos, de repente, um pouco tranquilizados. Ora aqui está um técnico que não pretende inventar armas mortíferas. Ora aqui está um irmão. Hoje, este irmão é japonês e chama-se Onishi. O seu invento é um motor que, aplicado em automóveis, apresenta nos gases de escape uma notável modificação. Eles têm menos 50% de hidrocarboneto, menos 20% de protóxido de azoto e menos 90% de óxido de carbono.

SEGUNDA. Fartamo-nos de dizer e repetir que isto é uma aldeia, embora sem acreditarmos muito nisso. No entanto… Hoje conheci uma pessoa e conversando cheguei à conclusão de que: o pai da pessoa era da mesma terra do meu pai; a mãe da pessoa fora minha colega no liceu; eu tinha dado umas lições ao irmão mais velho (ou mais novo?) da pessoa numa época (felizmente passageira) em que descobri em mim a vocação para dar lições; a pessoa conhecia-me de vista; e eu conhecia de vista a pessoa.

Vinha eu a pensar nisto quando passei por uma rua do Bairro Azul (azul porquê?) e vi três galinhas e um pato muito à vontade a picarem ali e além por entre as pedras. Se isto não é uma aldeia!

TERÇA. Um costureiro espanhol, Joseph Ferrer, disse há dias que, na sua opinião, os *shorts* não eram de modo algum uma moda para grandes massas e menos ainda para todas as horas. Isto porque, se eles não forem de excelente qualidade e de corte impecável, e sempre acompanhados de blusão ou casaco da mesma categoria, ameaçam transformar as mulheres (vestidas de *jersey, sweaters* e calções) em equipas de futebol de segunda divisão. Estou plenamente de acordo. Mas acrescento que é uma moda juvenil e nem sempre.

QUARTA. Hoje no aeroporto. O olhar de quem parte. Um olhar que já não vê como dantes, não fixa as pessoas, não se detém nelas com curiosidade entre mórbida e infantil. É subitamente adulto, paira acima das coisas mesquinhas da existência, como por exemplo uma cara esquisita, um facto inesperado, uma atitude estranha, fora do comum. O olhar de quem parte já não vê coisas dessas. Tem um problema, esse olhar. Vai partir, vai emigrar, vai viver longe. Vai ser feliz? Infeliz? Realizado? Frustrado? Vai voltar um dia ou não voltará nunca mais? Vai, em todo o caso, mudar de vida, de ambiente. Que importância têm para ele o olhar, as caras esquisitas, os factos inesperados, as atitudes estranhas, fora do comum? Nenhuma, não é verdade? Está ali, está além. Por enquanto, não está em parte nenhuma.

QUINTA. A grande jornalista francesa Girord escreve no *L'Express:* «O que este fenómeno [*hot pants*] traduz não o sei. Umas pessoas verão nele o estalar definitivo e salutar das convenções que durante tanto tempo negaram a sexualidade feminina. Outras pensarão que entrámos no último período da decadência de uma sociedade [...]. Outras ainda se divertirão vendo coincidir, no tempo, os movimentos femininos da emancipação e a procura dos olhares masculinos. Coincidência essa que talvez não seja tão fortuita como isso, já que tanto se tem feito por persuadir as mulheres que elas deixam de ser desejáveis logo que manifestam qualquer independência.»

SEXTA. Muito mais mulheres do que se pensa não vão só ao cabeleireiro arranjar o cabelo ou as unhas. Também lá vão para serem ouvidas, para fazerem a sua pequena charla. Quem as escuta tão atenta e veneradoramente, sem arredar pé (até porque está com as mãos presas ao seu trabalho), como o cabeleireiro? Pensei isto hoje mesmo, ouvindo uma senhora contar a um homem aparentemente interessado (fingia na maravilha, merecia um prémio) a história completa e pormenorizadíssima das suas constipações deste inverno. Aparentemente, o assunto é árido, sem ponta por onde se lhe pegue, mas ela conseguiu torná-lo – a seu ver, pelo menos – interessante. Ei-la, pois, narrando-as com todas as minúcias, datas de princípio e fim, causas próximas, consequências, etc. Aproveitou para indicar os medicamentos que lhe tinham feito um bem extraordinário, sem eles não sabia o que lhe teria acontecido, etc., etc., etc. E o cabeleireiro, atento e paciente, dizia: «Ora veja lá; calcule; claro, *madame*; que maçada, *madame*; imagine; mas que aborrecido.» E por aí fora.

SÁBADO. Visita à Feira da Ladra com uns amigos franceses. Duas ou três voltas, porque ele estava interessado num livro e ela num ferro de engomar, dos tempos das brasas, para a sua casa de campo. *«C'est charmant, n'est ce pas?»* Eu dizia-lhe que sim, pois claro, mas pesado para o avião. *«Vous croyez?»*

Nenhum deles se decidia e então outra volta e outra ainda. Foi numa dessas voltas que vi a caixinha de música e que tive imediatamente a certeza de que era ela. A certeza absoluta. Reconheci a paisagem da tampa. Voltei-a com cuidado sob o olhar desconfiado da barraqueira. Lá estava, no fundo, gravada a inicial do meu nome de criança. Abri-a e voltei a escutar o minuete dos meus dias maus, porque só quando estava doente a caixa de música emergia da gaveta das maravilhas e surgia junto de mim.

– Quanto? – perguntei por perguntar, só levava comigo duas ou três notas de vinte escudos.

– Quatrocentos.

Como estava ela ali na Feira da Ladra? Fora dada a alguém que a tinha vendido? Foi roubada por alguém? Como havia eu de saber? Coloquei-a, de novo, no seu lugar, entre um Cristo partido e um velho tinteiro. A minha amiga francesa exibia, de resto, o seu ferro de engomar embrulhado num jornal. Viemo-nos embora.

5 de maio de 1971

DOMINGO. Os nossos irmãos de além-Atlântico, ontem ainda saüdosos com trema, são hoje simplesmente saudosos sem trema nenhum. Quanto a nós, perdemos o acento grave e o circunflexo (aqueles acentos tão *snobs* que nos convenciam de que sabíamos escrever na perfeição), perdemo-los, pois, em todas as palavras terminadas em «mente» e em «zinho». Assim o resolveram os senhores do novo acordo ortográfico. Os brasileiros também puseram de parte uns circunflexos que nós já não usávamos há uns tempos, e pronto, tudo ficou mais simples.

De vez em quando há umas modificações e é urgente fazermos a nossa reciclagem. Porque se um dia destes, se um destes anos nos distraímos e vamos escrever «sòmente» ou «sòzinho», ficamos logo muito mal vistos, com um ar muito desatualizado e até velhote, junto dos outros, dos que já vão aprender que essas e outras são palavras sem problemas de maior, que se escrevem ao correr da pena ou da tecla. Portanto, cuidado, amigas, reciclem-se!

SEGUNDA. Há gente – principalmente mulheres – que compensa (julga compensar, compensa momentaneamente) as suas frustrações comprando coisas desnecessárias. As compras podem ir do simples *bâton* ao casaco, mas trata-se quase sempre de produtos de beleza ou de peças de vestuário. Coisas que embelezam ou se julga que embelezam. O valor da compra depende muitas vezes do dinheiro que levam na mala e que a maior parte das vezes se destinava a outra compra mais sensata e necessária. No entanto, a pessoa, a mulher, não soube resistir. Estava melancólica naquele dia porque vira mais uma ruga na superfície lisa do espelho, porque o marido andava longe e ela pouco sabia da sua vida, ela que tanto sonhara com o casal, com os dois amigos, com os dois cúmplices... Sentia-se envelhecer e nada do que desejara tão fortemente se havia realizado. Isto disse-me hoje uma conhecida que acabava de comprar um vestido de que não precisava, numa tarde de ir à Baixa por cansaço, por desconsolo, em busca da simples e fútil compensação de um pedaço de malha de várias cores.

Claro que a sociedade de consumo em que vivemos ainda por cima nos impele para atitudes destas. Quando temos dinheiro, claro, mas essa é outra história. Solução? A melhor ainda me parece ter uma atividade que nos interesse. Tempo de sobra para pensar que somos infelizes é às vezes extremamente prejudicial. Até porque não somos tão infelizes como isso, não é verdade, conhecida-que--comprou-um-vestido-desnecessário? Se você olhar em volta com olhos de ver, bem abertos, se se esquecer de si própria durante uns minutinhos… Meu Deus, o que você vê!

TERÇA. Do artigo «Cinco Milhões de Crianças», de Abílio T. Mendes, publicado no *magazine* mensal *Vida,* transcrevo, com a devida vénia:

«A sageza dos povos indica muitas vezes, a par de tabus alimentares que se perdem nas origens obscuras da tribo, observações profundas da fisiologia da alimentação: "É um papa-açorda!" – e nesta simples frase retrata-se um indivíduo mole, lardáceo, de inteligência escassa e reflexos lentos, em perpétua meia sonolência, tentando digerir uma pesada refeição de hidratos de carbono.

»Um "papa-açorda" é a réplica popular dos meninos hipoproteicos de quociente de inteligência baixo, estudados pelos cientistas.»

E mais adiante:

«Os euro-americanos vivem muito satisfeitos por pertencerem a países de índice de produção elevada, esquecendo-se de que a estatística consegue provar que, em média, dois indivíduos comeram uma galinha cada, sem dizer se um deles comeu duas e o outro jejuou. Assim, enquanto em certos bairros se vivem problemas de superindustrialização, noutros sofrem-se dramas de terceiro mundo.»

Na verdade, somos uns exagerados. Ora vejam lá. Bem, de repente, temos a *Miss* Portugal (e durante um ano não se fala de outra coisa), a *Miss* Simpatia, a *Miss* Imprensa, a *Miss* Jovem não sei quê, a *Miss Teenager,* a Maja, etc., etc., etc., não esquecendo as rainhas dos vários rios e as das sociedades recreativas. Tem razão a Guidinha (Mosca) que quer ser *Miss* Graça um dia destes. Ela lá sabe.

QUARTA. Encontrei a Luísa muito irritada porque tinham acabado de lhe dizer qualquer piropo (chamemos-lhe assim) que ela considerou – e decerto com carradas de razão – inconveniente. E a Luísa indignava-se: «Ainda. Neste nosso tempo. Mas o que hão de as mulheres fazer para serem aceites como pessoas neste mundo de homens?»

Dei-lhe razão. Embora logo a seguir... Embora no caso particular da Luísa...

A Luísa é uma mulher elegante e moderníssima. E adere sempre à moda. E aderiu, é óbvio, aos *hot pants,* moda da mulher-objeto, cujo êxito os psicólogos americanos explicaram de resto deste modo: «É um traje masculino-feminino que satisfaz ao mesmo tempo uma época e uma cultura.»

A Luísa imagina entre outras coisas que os *hot pants* a tornam emancipada. Ora há emancipação e emancipação. Será esta a melhor? Não creio. De resto, esta e outras Luísas pensam que estão no século XX, quase XXI, e ignoram que ainda estão também num resto de Idade Média. E nem mesmo quando ouvem, ao passar, piropos (chamemos-lhes assim) ditos por indivíduos mais ou menos medievos que passeiam pela Baixa reparam nesse facto. Mas é de reparar. Porque medievalismo ainda e *hot pants* já...

QUINTA. Quem não admirará os progressos deste século? Quem? Cada dia surge uma novidade formidável sem a qual passamos de repente a não poder viver. Lembramo-nos sequer de que houve tempos sem frigoríficos, sem máquinas de lavar roupa, sem ferros elétricos, sem meias de vidro, sem *Bics,* até sem canetas de tinta permanente?

Leio que há à venda em França um pozinho habilidoso (inglês?, americano?, chama-se *Coolquick*) que permite nem mais nem menos do que fazer gelo em três tempos sem frigorífico. Deita-se o pó na água, e esta, por reação química, logo atinge a temperatura de 5 graus negativos. Estão a ver que maravilha, em longas viagens estivais, no campo, na praia, onde não haja frigoríficos? Sim, quem não admirará os progressos deste século?

SEXTA. Anteontem encontrei uma elegante, hoje foi uma definitiva. Conhecem o género, não é verdade? Há muitas, mais ou menos definitivas. Esta sempre o foi totalmente, sem a menor hesitação. Para ela, o filme que foi ver é horrível ou ótimo, o livro que acabou de ler excelente ou péssimo, a última pessoa que conheceu um amor ou detestável. Esta definitiva que hoje encontrei não receia, nem ao de leve, enganar-se, não duvida nem um bocadinho da sua possibilidade de julgar. É uma criatura feliz. Ou passará a vida a cair do último andar das suas certezas no chão empedrado da realidade? Mas não, creio que nunca chegou a cair. Quando vem no ar, esquece o problema e segue em frente, esvoaçando. Quando aterra, a sua certeza é outra qualquer, mas certeza também.

SÁBADO. Às vezes, muitas vezes, as últimas páginas do jornal da manhã vêm cheias de desaparecidos: os que chegaram ao fim do percurso, os que fugiram de casa – os velhos e os adolescentes. Os primeiros encontraram a morte indesejada, os segundos procuraram uma vida melhor, pensam eles. Mas enganam-se quase sempre. O retrato dos velhos é uma das últimas homenagens do ritual da morte; o dos novos vem ali na esperança de que alguém os reconheça e telefone para o número tal. Há ainda outros desaparecidos, mas esses são sempre mulheres a quem os maridos repudiam publicamente, anunciando que não se responsabilizam por dívidas que elas possam efetuar. Essas desapareceram da vida de alguém. E ruidosamente. Meu Deus, tantos desaparecidos com retrato no jornal.

12 de maio de 1971

DOMINGO. O povo sabe-a toda e não lhe interessa para nada os *slogans* publicitários. É que tem os seus, velhos e autênticos, baseados na experiência. O povo diz abril águas mil, diz frio de abril nas pedras vai ferir, diz não há mês mais irritado do que abril zangado, diz coisas assim e sorriria, pois claro, se estivesse dentro do assunto, disso do *Avril au Portugal*, quero dizer.

Falo disto porque encontrei hoje uma francesa do Hérault, isto é, habituada ao suave clima da doce França mediterrânica, que veio por aí abaixo, com marido e filhos, de caravana, a pensar que isto em abril era mesmo a delícia das delícias. Tão bom era para eles o *Avril au Portugal* que não trouxeram camisolas de lã, nem gabardinas, nem guarda-chuvas, do que estavam amargamente arrependidos. Claro que seguem amanhã a toda a velocidade para o Algarve, o que sempre é melhor do que comprar roupa para toda a família. De resto, todos lhes dizem que lá, sim, há um bom mês de abril.

Isto aconteceu hoje, dois de maio, mas para a casa tanto faz. Às vezes este mês de abril prolonga-se de uma maneira...

SEGUNDA. O que significa para nós, aqui, a um cantinho – precisamente o inferior esquerdo da Europa – quase duas mil casas destruídas por um tufão, no Vietname do Sul? Nada, não é? Tão longe... O tufão chamava-se *Wanda.* Que me lembre, este ano, já houve um, em janeiro, chamado *Edith,* e outro, em março, a que foi dado o nome de *Nelly.* Mas porquê isto de darem nomes de mulher às catástrofes naturais? Para haver um certo equilíbrio, se tivermos em vista que as catástrofes artificiais, vulgo guerras, são feitas pelos homens? O número de vítimas deste último, o *Wanda,* é ainda desconhecido. Mas pensamos nisso, por um momento que seja? É que é longe como tudo e já bem nos basta pensar na guerra do dito Vietname, feita por homens, claro. Passemos adiante.

TERÇA. A mãe possessiva e empanturradora (come mais um bife, tens de limpar o prato, se não comeres a sopa não vês televisão, etc., etc., etc.) pode estar – quando exagerada – na origem de muitas obesidades adultas. Esta mãe só se sente feliz quando o filho engorgita enormes quantidades de comida, talvez porque isso a tranquiliza e ela pensa que ele será, de futuro, um indivíduo forte. Poderá, sim, ser uma pessoa com hábitos de alimentação errados e cheia de complexos. De facto, os gordos – as gordas principalmente – raramente são felizes e vivem a pensar na balança e na dieta. E a dieta pode ser altamente prejudicial à saúde quando drástica e não feita sob vigilância médica. As mães devem aprender a dar aos filhos uma alimentação racional e inteligente. Houve há pouco um colóquio, leio no jornal, sobre a obesidade, em Deauville, França, onde muitas e importantes coisas foram ditas por especialistas de todo o mundo.

QUARTA. Em tempos que já lá vão e não voltam – o progresso, salvo alguma bomba atómica um dia destes por aí, é irreversível –, em tempos, pois, que já lá vão, a família era quase sempre numerosa, mesmo quando não havia muitos filhos. É que na casa juntavam-se várias gerações, às vezes pais, filhos e netos, e ainda os tios solteiros e algum primo órfão ou pobre e incapaz de sobreviver pelos seus próprios meios. A família era, pois, algo de forte e protetor.

Hoje, a família é o pai, a mãe e os filhos, dois ou três quando muito. O pai está longe o dia todo, a mãe às vezes trabalha fora. Juntam-se à noite cansados, encontram-se ao domingo dentro de um automóvel, quando automóvel há, ou em frente a um ecrã de televisão. Bom, vivemos numa época sensacional mas a família não se apresenta com raízes muito fortes a preservá-la das intempéries.

De um artigo de Cesare Pillon, «A Geração da Estrada», publicado na *Eva,* permito-me transcrever esta passagem:

«Quis o destino que na nossa sociedade o único momento em que o pai está em contacto com o filho seja aquele em que a "máquina da verdade", que é o automóvel, lhe liberta o instinto de fuga e faz emergir do seu subconsciente os instintos primitivos sufocados pela civilização. É o momento em que a situação regressiva lhe faz sair da boca insultos e obscenidades, e o leva à raiva e até, por vezes, ao homicídio. E as crianças olham, ouvem, aprendem. Às vezes julgam-no: "Até a minha mãe, tão tímida, silenciosa e bem-educada, se torna barulhenta e grosseira ao volante", confessou um rapazinho de onze anos.»

QUINTA. Porquê? Voltei a perguntar a mim própria ao ver *Love Story* em 32.ª semana (e em primeiro lugar) na lista dos *bestsellers,* em França. Porquê? Releio o romance de Segal, a ver se encontro razões. E creio que sim. Muitos atrativos americanos para o europeu médio, farto de ouvir falar nos Estados Unidos através da guerra do Vietname. E pronto, em *Love Story,* nada de Vietnames. Também não há racismos, nem drogas, nem *hippies* sequer. Em *Love Story* fala-se (em calão, é certo, mas isso até torna a coisa atual e verosímil) dos milionários Barrett III e IV como os reis, de um jovem, glória desportiva de Harvard, de uma jovem terrivelmente inteligente e levemente contestatária, de um amor eterno, de coisas assim, de consumo garantido no Velho Mundo. E se ela, a jovem Jenny, morre de leucemia, ninguém tem a culpa, a doença é mundial.

SEXTA. Os americanos chamam *disposables* a tudo aquilo que usamos e deitamos fora. Serve uma vez e pronto. Cada dia a vida tem de ser mais simplificada, e os *disposables* vão por isso aparecendo (e desaparecendo, está bem de ver). Há quem já só use lenços de papel, há quem coma em pratos de cartão sobre toalha de deitar fora. Fala-se em lençóis de papel para um destes dias – ou melhor, uma destas noites. E as latas de conserva? E as garrafas de plástico? Mas já pensaram que dentro em breve a crosta terrestre estará cheia de coisas que não prestam se as incineradoras não as destruírem, poluindo, é certo, ainda mais, o ar já superpoluído que respiramos?

A última descoberta de certo modo *disposable* – vem hoje no jornal – é o relógio que se deita fora. A ideia é, claro está, suíça. O relógio em questão é de uma matéria sintética, o *strolon,* e, à menor avaria, atira-se para o caixote do lixo. Este relógio que se deita fora será, ao que parece, extremamente barato. Que, diz a sabedoria popular, o que é barato sai caro.

SÁBADO. Leio num jornal dos arredores uma carta de um leitor queixando-se do facto de as crianças não poderem pisar a relva do jardim, atentamente guardada por funcionários competentes. Eu julgava ingenuamente que essa lei já tinha passado à história, que essa errada maneira de proteger a Natureza – tão desprotegida de outras formas, a pobre – já tinha caído em desuso. Porque não serão as crianças muito mais importantes do que o estado da relva de um jardim? Ali, na relva, elas podem brincar com uma descontração que só na praia lhes é permitida. Mas onde estão as praias senão um mês no ano e nem sempre? Devia era haver mais jardins, mais relva para as crianças brincarem. Estes guardas, a que a carta do leitor (dos arredores) se refere, ameaçam as crianças com a polícia sempre que elas pisam a relva. A polícia porque põem os pés-flores na relva verde de um jardim! Não será mesmo um contrassenso?

19 de maio de 1971

DOMINGO. Jean Duché, na revista *Elle:* «Os homens não resistem ao trabalho feminino propriamente dito: precisam de uma secretária, gostam de ver uma mulher bonita ao balcão de uma loja. Têm, pelo menos, três razões para as aceitar. Essas trabalhadoras não lhes fazem concorrência e não põem em perigo a superioridade masculina. Enfim, e talvez sobretudo, elas não repudiam a sua marca sexual, enquanto uma engenheira ou uma chefe de serviço, que se comporta segundo as normas do conhecimento e da ação objetivos, tende a fazer esquecer o seu sexo (mesmo que seja bonita e atraente). Uma varredora hirsuta também tende a fazer esquecer o seu sexo, é certo, mas, coisa curiosa, o homem aceita-a muito melhor. Estas reações masculinas não são, claro está, racionais nem moralmente justificáveis.»

SEGUNDA. Ouvi hoje uma mulher, que foi professora de liceu, tem os filhos casados e atingiu a idade da reforma, responder a quem lhe perguntava se não se aborrecia:

– Eu? Tenho lá tempo para isso! Duas vidas não me chegavam para tudo o que eu queria fazer. Só ler... Estou completamente desatualizada, aos anos que eu não tinha tempo para ler o que me apetecia! Tantas coisas boas a ser publicadas e eu a preparar lições e a ver pontos. Agora ao menos posso ler. Outra coisa é pintar. Sempre desejei pintar. Claro que sei perfeitamente que não vou fazer coisas geniais mas coisas que me agradem. O marido, os livros, a pintura, a casa, uma ou outra conferência, um ou outro jantar com amigos, tenho o tempo totalmente ocupado. Aborrecer-me, eu? Que ideia! Estou é a iniciar uma nova vida: a fazer aquilo que quero, não é formidável?

– E as aulas, não lhe fazem falta?

– Claro que fazem. Por isso, estou a organizar-me. Às segundas e quartas das seis às sete dou explicações ao meu neto e a dois amigos dele.

TERÇA. São cartões com verdes muito vegetais, azuis muito aquáticos, amarelos muito solares. As árvores são ricas de folha, mesmo ramalhudas, e as flores parecem de plástico, de tão minuciosas. Tudo aquilo é muito cuidadosamente desenhado e os contornos são feitos a linha tão fininha que até faz impressão.

São os cartões dos pintores populares, que expõem na rua, que esperam que alguém passe, que alguém compre aquele jardim retangular, aquele quadrado de água, para colocar numa parede qualquer, até hoje despida, ingénua, recetiva.

Que pensarão aqueles artistas? Sentir-se-ão realizados, artisticamente, quero dizer, porque monetariamente…

Hoje passei por um que expunha encostado a um prédio. Olhava os seus cartões com ar feliz e ignorou os sorrisos de mau gosto de um grupo que ia a passar.

QUARTA. Michèle Motte em *L'Express,* acerca dos *Forsyte:* «Os espessos romances de tradição anglo-saxónica (Daphne du Maurier, Mazo de La Roche) prendem sempre as almas romanescas. Decadência das grandes famílias, exotismo dos cenários, despaisamento pitoresco dos costumes vitorianos, conflitos amorosos, poder do dinheiro, eterno regresso das gerações, eis as grandes receitas do folhetim quotidiano.» No entanto, interrogado acerca dos *Forsyte,* um trabalhador de 60 anos declarou a Michèle Motte: «Vi tudo como se não pudesse fazer outra coisa. Os atores eram mais verdadeiros do que pessoas de carne e osso.»

*

Sophia Loren aboliu do seu vocabulário a palavra «joias». É que o vocábulo lhe custava muito caro e, embora tivesse dito em tempos que era demasiado autêntica para usar joias falsas (quem pode ser autêntica desse modo, senhores, com a vida difícil que vivemos?), acabou por se resolver por elas. «Prefiro as de imitação», declarou mesmo. «Comprei algumas e são maravilhosas.»

QUINTA. Ao meu lado, na sapataria, uma jovem de *shorts* calçava botas altas, de verão, umas em pano, com buracos pela perna acima. Ora, a jovem era gordinha e quando puxava o fecho-*éclair* saíam-lhe duas rodelas de carne pelos buracos da bota. Aquilo era francamente muito feio, mas a jovem olhava-se ao espelho com tal encantamento que até fazia impressão. É possível que nunca repare que as botas lhe ficam mal. É até possível que ninguém lhe diga. Ou que ela não acredite, mesmo que alguém lho diga. Há pessoas assim. Há também as que andam sempre desconfiadas de que tudo lhes fica mal. É preciso tudo para fazer um mundo.

SEXTA. O francês, europeu evoluído e abastado, ganha, diz, para o seu *biftek* diário. Nós ainda estamos – estaremos – no pão. Ganhamo-lo com o suor do nosso rosto, esforçamo-nos por o garantir no futuro, comemos o que o diabo – às vezes – amassou. Há quem tire o pão a alguém, há quem perca o seu pão.

Numa coisa, porém, nos parecemos todos, pobres e ricos, muito pobres e muito ricos. Todos – quase todos – compramos diariamente o nosso pão. E que mau ele é, senhores! Que mau continua a ser! Quem pode manda-o vir, de vez em quando, da província, mais que não seja para recordar uma coisa chamada pão e que era, na verdade, saborosa.

Diz o povo que quando a fome é boa não há pão que seja mau. Claro que se virmos o caso por esse prisma... Mas não, parece-me que mesmo com fome ele deve ser pouco saboroso.

*

A Organização Mundial de Saúde defende o DDT contra os seus detratores. De facto, este produto tem sido ultimamente muito atacado, atribuindo-se-lhe muitos e variados males. Ora, a Organização Mundial de Saúde concluiu que, entre os males provocados pelo DDT e o bem que ele tem feito à humanidade, a balança pende fortemente para o bem. De facto, desde que é usado, diminuíram no mundo doenças terríveis como a peste, o tifo, a febre-amarela e outras, cujo contágio é feito por insetos. Em Ceilão, onde o DDT fora suspenso, verificou-se que os casos de malária que este desinfetante fizera descer ao número de 110 (e nenhum mortal) subiram de novo para o número assustador de dois milhões.

SÁBADO. É urgente falar para a mercearia, e o meu olhar demora-se, distrai-se, volta atrás levemente perturbado, ou espantado, é isso, com o que está a ver. Mas o que está o meu olhar a ver, ali, na página tantos de um calhamaço tão desinteressante como a lista dos telefones? Desinteressante? Mas não há nenhum livro totalmente desprovido de interesse, o que é preciso é saber procurar. Ou ver, muito simplesmente. Mesmo a aparentemente árida lista nos pode dizer coisas.

Esta, por exemplo. Procurava eu, pois, a mercearia X, quando deparei com um autêntico colar de Pérolas. Depois procurei as Flores, as Centrais e as Estrelas, tinha que ser. Porque Pérolas, Flores, Centrais e Estrelas são os nomes mais vulgares que as casas de comércio relacionadas com a alimentação possuem. Porquê? Bem, porque sim. Para começar, as Centrais ficam sempre centrais, aí é que não pode haver discussão, tudo é relativo a qualquer coisa e as Centrais às ruas que as cercam. Quanto às Flores, são bonitas e frescas e aromáticas. As Estrelas irradiam luz ou importância (o Sol é uma estrela), irradiam ou dizem que sim, chamando-se a si próprias estrelas. De bairro, de rua, de praça, de cidade ou país, as Pérolas, essas, naturais ou de cultura, são muito estimadas. Fulano é uma pérola, dizemos frequentemente. Serão essas as razões?

«O que quer dizer tudo isto?», pode perguntar a leitora, aborrecida. Nada. Depois, isso de procurar ou dar um significado a tudo o que se escreve ou se diz ou se ouve pode levar-nos sempre longe de mais, não é?

26 de maio de 1971

DOMINGO. Diz-me a *Elle* que a liofilização (que conhecemos na medicina e há pouco tempo na culinária) chegou aos domínios da cosmética. Pois é. Um dia destes vamos usar – e ainda bem – cremes liofilizados. Até hoje, a matéria viva usada nos produtos de beleza era misturada a uma parte líquida e perdia o seu valor nutritivo. Com a liofilização, vamos ter o produto puro, em pó, que na altura de ser usado misturaremos ao líquido, que virá em embalagem separada. A beleza liofilizada está, portanto, prestes a chegar. Recebamo-la de braços abertos.

SEGUNDA. Sempre vamos ganhando umas coisas, nós, cá em baixo, nós, tranquila gente sedentária nem sempre tão tranquila como isso mas indiscutivelmente terrena, com os estudos de astronáutica feitos por americanos e russos. Não temos nada a ver com a Lua, Marte ou Vénus mas vamos aproveitando os restos, ao menos isso, tudo o que vem é ganho.

Leio hoje que as pessoas que sofrem do coração poderão num futuro não muito afastado andar equipadas com uma campainha de alarme que as avisará quando a pressão sanguínea do músculo cardíaco se tornar perigosamente elevada. Outra técnica, esta utilizada nas fotografias feitas a Marte, foi aplicada nos raios X, que assim se tornaram muito mais minuciosos. Também os raios «exploradores infravermelhos» poderão de futuro detetar qualquer cancro, mesmo em fase muito inicial, isto porque as células cancerosas têm um tipo de calor diferente do das células sãs. Enfim, já que neste mundo se está a gastar tanto dinheiro com as viagens ao espaço exterior, que ao menos lucremos qualquer coisa com isso, nós, aqui, os de pés assentes (mais ou menos assentes, claro) na Terra.

*

O amor à vida, à coragem, à esperança, à força de vontade são coisas maravilhosas que podem fazer milagres. Este milagre que hoje encontro na primeira página do *Diário de Notícias* chama-se Christie Brown e é o maior escritor irlandês vivo. O seu segundo romance, *Aquele que Via Passar os Dias,* tornou-o conhecido no mundo e foi *bestseller* em Inglaterra e nos Estados Unidos, onde vendeu 40 mil exemplares em poucos dias. Christie Brown considera-se nascido três vezes: no dia em que veio ao mundo, mudo e paralítico; oito anos depois, quando começou a fazer riscos com um lápis que segurava com o pé esquerdo; aos dezoito anos, quando, após um grande esforço, começou a falar. Apesar de tudo, ainda é capaz de dizer, sorrindo: «Tive muita sorte. Se tivesse nascido normal, era hoje pedreiro como o meu pai.» Christie Brown escreve todos os seus livros sempre segurando a caneta com o pé esquerdo, visto que o uso das mãos lhe foi proibido pela Natureza.

TERÇA. Estará a chegar a altura de termos cuidado com o excesso de higiene e de desodorização porque toda essa limpeza começa a tornar-se altamente perigosa? É que depois da poluição de certos rios pelas enzimas dos nossos tanques de lavagem, leio agora que há lesões pulmonares graves talvez provocadas pelos simpáticos *sprays.* Não se sabe ao certo se se trata de *sprays* desodorizantes, mas a Administração Federal de Drogas de Washington disse que tinham sido detetados três casos causados por produtos de vaporização tipo aerossol. Ainda iremos pagar caro aquela roupa tão branca que é o nosso orgulho, parece, e a casa cheirando tão lindamente a flores campestres?

QUARTA. Uma irlandesa de 32 anos, Anne Wynne, morreu ao dar uma lição na Universidade Católica de Roma, onde era professora. Soube-se depois que Miss Wynne tivera oito dias antes um desastre de automóvel aparentemente sem importância e batera com a cabeça no vidro do carro. Não dera atenção ao caso e, como ignorava que a sua vida estava presa por um fio, continuara a levar uma existência normal. Ora aqui estava um bom ponto de partida para um romance. Aqueles oito dias de morte adiada. Que terá acontecido durante esse espaço de tempo a Miss Wynne?

*

O Estado francês vai financiar os trabalhos de um curandeiro, Antoine Prioré, declarou há dias o delegado-geral da Investigação Técnica e Científica. Antoine Prioré terá à sua disposição entre dois e três milhões de francos. Prioré, que é técnico de rádio, pretende ter descoberto um novo raio, o P, que será capaz de acelerar ou retardar a multiplicação das células e ter grande importância no tratamento do reumatismo, arteriosclerose e até do cancro. Antoine Prioré diz também que o seu raio P será um obstáculo importante ao envelhecimento. Mais uma esperança para nós, pobres humanos.

QUINTA. Hoje andámos por esse país fora a apanhar a espiga. As «espigas»? Claro, também as «espigas», e quantas, senhor! Mas eu referia-me era à espiga do trigo, malmequeres e raminho de oliveira. À espiga tradicional de reminiscência pagã e depois adotada pelos cristãos. A essa espiga que as pessoas guardam em suas casas até ao ano que vem, porque guardá-la dá sorte.

Ora se há coisa de que estejamos precisados é dela, da sorte. Hoje, quinta-feira da espiga, soube-se por esse mundo fora de muitas e variadas novas mais ou menos tenebrosas, como, por exemplo, o facto de os novos bombardeiros B-1 americanos serem equipados de futuro com laser, o raio da morte; de a lava avançar impiedosamente, a 200 metros por hora, em direção às aldeias das faldas do Etna; de ter havido em Espanha dez mortos e vinte feridos num acidente rodoviário, etc., etc., etc.

Claro que também aconteceram hoje – ou delas tivemos conhecimento – coisas simpáticas ou, pelo menos, tranquilizadoras: vai haver mais *misses* (estas são *teenagers*), uma sonda partiu para Marte (haverá marcianos?), as Filipinas procuram outro nome que não lhes lembre os Filipes, um homem tem 166 anos (será bom ter 166 anos?), etc., etc., etc.

Este dia da espiga…

*

Esta semana, verifico agora, estou muito «científica». Pois, hoje, ao ler a notícia do telefone televisivo internacional, que se estreou em Tóquio com uma conversa entre o industrial japonês Shinobu e o governador do Havai, John Burns, antevejo mais uma novíssima profissão para as belas dos países altamente tecnológicos, países esses que decerto vão adotar com entusiasmo este modo de comunicação. Antevejo, pois, as belas numa profissão que será um misto de locutora de televisão e de menina dos telefones de serviço internacional, sorrindo, gentis, tranquilizadoras, pacificadoras, ao fazer a ligação, quem sabe, entre Washington e Moscovo ou Pequim (ou vice-versa), ou então muito mais modestamente entre Londres e Roma ou Paris.

SEXTA. Duas mulheres (uma delas sou, por acaso, eu) encontram-se precisamente em frente da montra de uma loja de fardas para empregadas domésticas. Depois das saudações da praxe – há muito tempo já que não se viam – ficam a olhar, embevecidas talvez, ou estupefactas, também é possível. Senhor, que beleza de fardas! É que eram, na verdade, pequenas maravilhas de trabalhos manuais – ou maquinais, mas em todo o caso –, compostas de vestido-aventalinho, tudo aquilo plissado miudinho, arrendado, bordado, enfim, autênticos sonhos em farda.

– Que beleza! – comentou suspirando a que não era eu. – Só é pena haver tão pouca gente para lhes meter dentro, não é?

– Quem pode comprar estas fardas talvez tenha possibilidades de conseguir empregada – sugeri.

– É. Talvez tenha – concordou ela, melancólica.

SÁBADO. Leio, na revista *Vida,* um artigo, «Guerra aos ruídos», de que me permito transcrever um parágrafo. Escreve Nicola Simonetti: «O Prof. Lipscomb, diretor dos serviços clínicos de audiologia da Universidade do Tennessee, pôde demonstrar que pessoas que ouvem essa música a volume elevado por um período que supere as 23 horas em 60 dias podem apresentar graves e irreversíveis danos no tocante às células sensoriais da cóclea (ouvido). E impressionantes são, a este propósito, as fotografias publicadas pelo investigador, nas quais é mostrada a "destruição" de algumas células responsáveis pelo ouvido em alguns animais submetidos durante 88 horas em 60 dias ao som da música *rock.* Mas também outras células nervosas são atingidas e traumatizadas pelo ruído. Também o Prof. Dey, conhecido filólogo americano, e os audiólogos Feder e Goodhill demonstraram a ação deletéria da música "a todo o volume", capaz de determinar o que eles chamam "socioacusia" (envelhecimento precoce do ouvido).»

2 de junho de 1971

DOMINGO. Talvez tenham lido, foi publicada em todos os jornais. Se não, aqui vai. Um cavalo árabe foi criado desde muito pequeno por um beduíno e viveu sempre perto dele. Quando o beduíno armava a sua tenda, o cavalo dormia ao lado dela. Mas há dias o homem adoeceu gravemente. Uma doença mortal, que o cavalo logo pressentiu. E nunca mais abandonou o dono. No momento em que o beduíno dava o seu último suspiro, o cavalo árabe dirigiu-se lentamente para um precipício, ali perto, e lançou-se no vácuo. Cavalo e homem morreram quase ao mesmo tempo. Triste? Triste, claro. Mas bela, também, não é verdade?, esta história do cavalo suicida.

SEGUNDA. Nunca perceberei este entusiasmo com um jogador de futebol, um ídolo da canção, uma rainha de beleza, que às vezes ataca as populações. Porquê?, pergunto a mim própria. Porque entram as pessoas em transe só porque A bate bem numa bola, B gorjeia razoavelmente e C tem uma cara bonitinha? Quando A, B e C são conterrâneos das pessoas, então é o fim dos fins. Nada a fazer, são assim as gentes. Capazes de se entusiasmar com coisas destas, aparentemente insignificantes, insignificantes mesmo, pelo menos se as compararmos com outras, importantes, graves, perigosas, apaixonantes, geradoras de esperança ou de desespero, que enchem o nosso mundo de hoje. E que passam totalmente despercebidas.

TERÇA. Todos os dias – basta ler o jornal – se descobrem novas coisas, se fazem novas viagens dentro do próprio Homem ou no espaço exterior, se aprendem, enfim, coisas que ainda ontem ignorávamos. Que vivíamos muito bem sem elas? Talvez vivêssemos, dantes, mas não agora que as conhecemos. Agora, se no-las tirassem, sentir-nos-íamos muito infelizes e como que perdidos. Claro que os nossos pais eram felizes, no tempo deles. Isso, porém, é outra coisa. Que seria de nós de repente sem televisão, sem rádio, sem gás, sem eletricidade?

Ray Bradbury tem um conto intitulado «Ia Sendo o Fim do Mundo», em que nos conta a história de uma cidade onde um dia, sem se saber como nem porquê, deixaram de funcionar os aparelhos de rádio e de televisão. Nada a fazer. Os ecrãs estavam brancos e lisos, e nem um som se escutava. Então as pessoas deram consigo numa grande angústia porque não sabiam em que ocupar o tempo livre. Na verdade, estavam habituadas a ouvir música e a ver televisão e não lhes ocorria mais nada em que pudessem passar o tempo. Uma mulher teve então uma ideia genial: pintar a casa, o carro, a casota do cão, o caixote do lixo, tudo. Foi a salvação. Todos a imitaram e em breve a cidade era toda ela azul-celeste, cor-de-rosa, verdinha. Uma cidade pintada de fresco. E assim o tempo foi passando, enquanto as desejadas imagens misteriosamente desaparecidas não voltaram aos pequenos ecrãs e o som aos aparelhos de rádio.

QUARTA. Já é a segunda ou a terceira vez que aquela senhora fica à minha frente no teatro. Nunca lhe vi a cara. Está sozinha, parece-me, e não sai nos intervalos. Também quando me sento já lá a encontro, deve ser das primeiras pessoas a chegar. Por que razão reparo nela? Pois bem, é que tenho mesmo que reparar, a senhora tapa-me completamente o palco, e só mexendo a cabeça de cá para lá – e incomodando decerto quem está atrás de mim, mas o que hei de eu dizer? – consigo ver duas réstias laterais de cenário e um ou outro artista, raramente, quando ele se aproxima das extremas direita e esquerda. A senhora é alta, gorda, tem pescoço curto e muito cabelo com muita laca. Cabelo triangular, alto e largo, se me faço compreender. Claro que não se pode pedir a uma senhora, que comprou o seu bilhete, que se penteie de outra maneira quando vai ao teatro, ou que não use laca, claro que não. Mas lá que apetece, apetece. Sobretudo quando já é a segunda ou a terceira vez que se fica atrás dela.

QUINTA. Li há dias que duas mulheres tinham comparecido de *hot pants* numa receção no Eliseu. Acabo de ler que o Presidente da República teria encarregado o chefe do protocolo, Jacques Senard, de fazer saber cortesmente aos ministros (na intenção das mulheres deles) que tal moda seria muito malvista por ele e pela senhora Pompidou em cerimónias protocolares.

De resto, os *hot pants* têm os dias contados. Viverão até ao fim deste verão e pronto. Os costureiros, os grandes, já estão a aguçar a sua fantasia para as novidades do outono/inverno. O toque principal, a grande novidade, será, parece, as mangas. Mangas enormes, sopradas, cheias de folhas e folhinhas, mangas-morcego, mangas-flor. E ombros enchumaçados, esse horror de há vinte anos.

SEXTA. Multiplicam-se em toda a França (só em Paris já há 23 em funcionamento) e chamam-se *Mini-Schools.* Objetivo: ensinar o inglês a crianças entre os 5 e os 8 anos. Escolas tradicionais como as outras? Nada disso. Escolas, pelo contrário, originalíssimas. Uma família empresta a sala um dia por semana durante três horas (as aulas são de uma hora e funcionam sempre em pequenas classes de seis alunos) e, em compensação, os filhos ou outras crianças da família terão aulas de graça. Professor (licenciado e geralmente de nacionalidade inglesa) e material escolar (ecrã, máquina de projeção e magnetofone) são fornecidos pelos Relais Universitaires. Cada criança paga uma pequena propina aos Relais e aprende desde cedo o inglês sem livros nem cadernos, só através do som e da imagem. A dona da casa deve responsabilizar-se pelo material audiovisual e ser a hospedeira simpática e benevolente dos pequenos alunos. Uma ideia, na verdade, engraçada e que é uma espécie de ovo de Colombo.

SÁBADO. Uma mulher cinzenta. Há pessoas verdes, solares, maduras, secas. Aquela estava na última fase e aceitava-a. Tinha cabelos grisalhos, fato escuro e pintava-se discretamente. Chamava-se *Madame,* como quase todas as pessoas que entram aquela porta. As restantes são *mademoiselles* (escrevo assim de propósito porque assim são pluralizadas por cabeleireira, ajudante e *manicure*). *Madame,* portanto. Madame Cinzenta, já agora, para mim. Na outra cadeira estava uma terceira Mademoiselle Verde, contente com a cor do cabelo. Dizia Mademoiselle Verde:

– Fica-me bem, não fica? Ando há que tempos com vontade de experimentar mas o meu noivo não queria. Agora, olhe, foi-se o noivo, viva o *cendrier*.

A cabeleireira sorriu, atenciosa, a empregada também. Estavam dentro dos problemas de Mademoiselle Verde, que era do tipo falador:

– Ora, ora – disse a cabeleireira –, arrufos de namorados, *Mademoiselle*. Qualquer dia fazem as pazes, vai ver. Para a semana, quando cá voltar, já fizeram as pazes.

– Não, que eu não quero. Não há nada como uma pessoa ser livre.

A mulher cinzenta olhou melancolicamente a sua mão onde havia duas alianças.

9 de junho de 1971

DOMINGO. Dou dois passos em frente, dois para o lado, passos pequenos, diga-se desde já, discretos, e aqui está andado um metro quadrado. Coisa pequena, um metro quadrado, não é verdade? Quem liga importância a um espaço tão exíguo de soalho, de chão? Pois ouço dizer (parece que veio há dias no jornal, não li) que nesta nossa Lisboa, mais concretamente na Avenida Almirante Gago Coutinho, foi vendido um terreno muito amplo, para um novo hotel, por 16 000 contos, o que significa, trocado por miúdos – não tão miúdos como isso –, que cada metro quadrado custou a uns e rendeu a outros seis mil e tal escudos. Seis mil e tal escudos por um passo largo, um pedaço de chão onde uma pessoa pode sentar-se, não muito à vontade, entenda-se, é caro como tudo. Pois não é?

Hoje, domingo, dia de anúncios, leio o que se segue no capítulo «Precisam-se» de um matutino: **Mulheres** (para embalar produtos alimentares; para diversos trabalhos de oficina e que saibam coser à máquina; para centro fabril, etc.) e, mais adiante, **Senhoras** (para tratar de senhora de idade, educada, católica; para governanta; para trabalhar em balcão; sós, que saibam ler e escrever, atender telefonemas e pequenos serviços caseiros; jovens, para modelo; com prática para cuidar de crianças; para guia-intérprete; para cuidar de doente de noite, etc., etc., etc.).

Esta distinção que nós (e poucos mais) fazemos entre Senhoras e Mulheres sempre me fez muita impressão. Distinção porquê? Porque umas tiveram mais instrução ou mais educação que outras? Porque umas sempre trabalharam e outras veem-se de repente, por qualquer razão, na necessidade de recorrer aos pequenos anúncios do jornal? Em França, a porteira chama-se Madame Dupont e a primeira-dama Madame Pompidou. Em Inglaterra e na Alemanha a mesma coisa. Nós, não. Há senhoras donas e até Ex.^{mas} Sra$^{s.}$ donas, há senhoras sem mais nada. A senhora Júlia, a senhora Rosa. Há as Senhoras e as Mulheres. Estará certo neste nosso tempo?

SEGUNDA. A ficção científica já não é coisa de um futuro mais ou menos próximo mas deste nosso terrível e maravilhoso tempo presente. Estamos no seu início, mesmo em Portugal. Um exemplo bem negativo: eis que um pedaço de rio, não sei se afluente ou subafluente do Douro, o Pinhão, morreu. Era um rio transparente, alegre, bem vivo, rico em peixe, onde os habitantes das redondezas se abasteciam de bogas, trutas, enguias e barbos. De súbito, porém, os despejos e detritos de uma empresa mineira ali existente destruíram impiedosamente a fauna dos últimos doze quilómetros do Pinhão. As suas águas, de tão sujas, nem sequer servem para as crianças tomarem banho.

Poluição é uma palavra que está na ordem do dia em todo o mundo. Muito se fala de poluição. Mas dar-nos-emos nós conta do seu valor de ameaça? Não pensaremos para connosco, encolhendo os ombros, que se trata de uma coisa vaga, mais um papão que, decerto, não é no fundo tão mau como o pintam ou talvez nem exista? Alguém há de dar um jeito, pensamos. Há sempre alguém que dá um jeito, não é verdade? Pois esperemos que haja esse alguém, porque ela caminha a passos largos.

Doze quilómetros de rio morto é grave para muita gente. Grave para todos nós. Uma ameaça. Uma amostra do que podem vir a ser um dia os rios, todos os rios, o mar.

TERÇA. Yves Saint-Laurent anuncia para este inverno *collants* de bailarina, não muito compridos, marcando bem as formas do corpo, e sapatos de presilha subida. Uma moda bonita (para as magras), quente e que continua, claro, a linha erótica que teve o seu início na minissaia e o seu auge nos *hot pants* deste verão.

QUARTA. Se os rapazes gostam de usar cabelos compridos, porque não hão de usá-los? A moda do cabelo curtinho é recente e, sejamos francos, não é bonita. Mas os cabelos pelos ombros… Bem, a maioria dos rapazes que os usam ficam simplesmente horrorosos. O certo, o ideal seria, de facto, o meio-termo, os cabelos não excessivamente curtos, não compridos de mais. A verdade, porém, é que a juventude rejeita os meios-termos. Mas que os cabelos compridos desfeiam, lá isso… Luigi Barzini recorda-me, em artigo no *Europeo,* um texto de Plutarco. Na sua vida de Lisandro, escreve Plutarco: «Licurgo dizia que os cabelos compridos embelezam os homens belos mas desfeiam horrivelmente os homens feios.» Licurgo estava cheio de razão. Vê-se cada um, por essas ruas.

QUINTA. Nunca na minha vida vi tantas rainhas e princesas (e respetivas damas de honor, pois claro), as primeiras de coroa e manto, as outras só de fita do ombro à cintura, nunca vi tantas, dizia, como neste tempo em que as testas coroadas foram reduzidas ao mínimo. Ainda hoje, ao folhear os jornais, deparei com a princesa das *teenagers,* com a rainha do Algarve e com a dos clubes recreativos. Já tivemos a *miss* Portugal e daqui a algum tempo vamos ter a *miss* Universo. Ora eu acho perfeito. Ser-se bonita é uma coisa formidável e até me dá vontade de rir isso de as iradas feministas americanas se manifestarem contra os concursos de beleza por acharem que eles têm algo de mercado de escravas e são exatamente contrários à tão desejada emancipação e promoção da mulher. Ora vamos por partes. Em primeiro lugar, as feministas perguntaram por acaso a todas as mulheres se lhes interessava essa emancipação, essa promoção? Mas adiante. O que eu queria era sugerir que começassem a fazer-se concursos de beleza para homens. O *mister* Portugal, o rei dos clubes recreativos, o jovem internacional, etc. Porque hão de ser só as mulheres a desfilar na *passerelle*? Porquê?

SEXTA. Por intermédio do escritor brasileiro Paulo Duarte *(Variações sobre a Gastronomia),* travo conhecimento com Domingos Rodrigues, autor do primeiro livro de culinária português, *Arte de Cozinha,* publicado em 1680. Domingos Rodrigues era cozinheiro do conde de Vimioso, a quem, de resto, dedicou o seu livro.

Escreve Paulo Duarte: «Dá muita importância à carne e pouca às hortaliças. Citam-se apenas cardos, beringelas, alcachofras, espargos, cenouras e só. Há um capítulo dedicado ao peru, com vinte e uma receitas diferentes. A influência dos Descobrimentos já se manifesta nesse livro com a presença do caril, da canela, do cravo, da pimenta, do peru e do chocolate, para cujo preparo se ensina a tomar o cacau. Nenhuma referência ainda ao milho e à batata, esta chegada à Europa cem anos antes, em 1568, mas introduzida na culinária por Parmentier, que só nasceria em 1737, mais de meio século depois de publicada a primeira edição deste mesmo livro.»

Paulo Duarte dá-nos ainda uma das receitas de Domingos Rodrigues chamada «sorvete» mas sem nada de comum com o nosso sorvete atual. Na sua feitura entram sete arráteis de açúcar batidos no sumo de seis limões, um cruzado de pós de aljôfar, um cruzado de pós de coral, um cruzado de pós de ouro, seis tostões de almíscar, doze tostões de âmbar, pedra de vazar o que quisessem. Tudo isto era bem batido e punha-se em tigelas.

Ainda deste curiosíssimo livro de Paulo Duarte: «Gambrinus, no século XIII, redescobrira a cerveja, instituída milhares de anos antes no Egito por Osíris; Chicha, alquimista napolitana procurando a pedra filosofal, achara coisa melhor: o macarrão; Wilhelm Benkels descobrira também, na Alemanha, a conserva de peixe. Mais tarde, Claude Gelée, pintor e pasteleiro, inventa o folhado, mercê do qual Carême faria o *vol-au-vent;* o alsaciano Close inventa em 1780 o *pâté de fois gras,* que Doyen, de Bordéus, aperfeiçoa, juntando-lhe a trufa. Mais tarde ainda, Escoffier lança o *pêche melba;* o holandês Nienhoff, no século XVII, inventou o café com leite; Montminell, famoso cozinheiro de Chateaubriand, inventa o célebre *filet Chateaubriand,* um bife grosso, assado entre dois outros. E, finalmente, o bife à milanesa é inventado por alguém a quem o médico disse que não podia ver carne...»

SÁBADO. Um dia destes, os estudantes não deixarão de estudar no final do curso e continuarão a frequentar aulas que lhes permitam estar atualizados. É que diariamente se descobrem novas coisas, e o mundo nunca foi tão móvel e inquieto como nesta década em que lançou mesmo para o espaço exterior o seu pólen humano. «Acabou o curso», dizia-se dantes e ainda se diz. Mas quem acabou o que quer que seja? Estamos em movimento constante e diariamente se descobrem no mundo inteiro coisas admiráveis e terríveis, que são a nossa salvação ou a nossa ruína. Porque, se os homens trabalhassem só para o bem, que felizes seríamos. Isso, porém, parece ser uma utopia, falsa como todas as utopias. Eis-nos, pois, inquietos e em trânsito para o bem e para o mal, para o ótimo e para o péssimo. Mas quem pode gabar-se de saber tudo, lá porque terminou um curso? Isso era dantes, em tempos de lento progresso.

16 de junho de 1971

DOMINGO. Isto de misturar, como é hábito dizer-se, alhos com bugalhos... Porque não havemos nós de dizer ou escrever – na medida do possível, claro está – o que estamos a pensar, sem andar à procura de adjetivos que querem dizer outra coisa? Nos anúncios de jornal encontra-se cada uma... Hoje, por exemplo, dou com uma moradia de luxo que alguém pretende vender a família distinta. Distinta, ora vejam lá. E se a família que aparecer para comprar a moradia for muito rica e absolutamente nada distinta, o que faz o vendedor? Nega-se a levar o negócio por diante? Ora, ora. Porque não escrever simplesmente que vende a casa, mesmo que não seja tão franco que acrescente «seja lá a quem for»? O título «moradia de luxo» já diz o que é necessário ser dito.

SEGUNDA. O sorriso que abre como uma flor ou que se acende e brilha um pouco e depois, naturalmente, se apaga porque já não há razão para sorrir é uma doce e agradável coisa, necessária a quem sorri e a quem vê sorrir e logo corresponde. Vem de dentro de nós, é uma espécie de beijo à distância ou de risada pequenina, discreta. Ora se o sorriso natural, resposta imediata a uma sensação agradável, é agradável também, o sorriso exagerado, sem nada lá dentro, todo exterior, simples gesto ordenado pelas circunstâncias, é simplesmente detestável. Veem-se com frequência sorrisos desses, como que telecomandados, a acenderem-se e logo a apagarem-se, sem transição. Sorrisos-gestos, à superfície. Coisa mais desagradável.

*

Este ano a primavera traiu-nos. Fez-se anunciar em todos os calendários, encarregou alguns poetas de a cantar (ainda há poetas de cantar primavera), deixou que os costureiros mostrassem as suas coleções e as mulheres comprassem vestidos primaveris e depois disso tudo meteu-se em copas. Claro que não fomos só nós as suas vítimas. Então e as andorinhas? E as pobres andorinhas que vieram em bandos para os seus ninhos nas velhas chaminés e a quem a primavera também enganou? Eu cá por mim até não me ralo muito, mas as pobres das andorinhas há tanto tempo à espera... Primavera, se há direito...

TERÇA. Isto dos hotéis muito luxuosos, muitíssimo luxuosos, já não diz grande coisas àqueles clientes *blasés* que tudo viram e experimentaram, a quem já nenhuma piscina de água tépida, nenhuma alcatifa com um palmo de espessura, nenhuma cozinha altamente gastronómica causa espanto. É pois para eles e só para eles (os *blasés,* os VIP, os que um destes dias – um destes anos – poderão pagar somas fabulosas pela experiência) que estão, ao que parece, em estudo os hotéis não terrestres. O primeiro possível será, a partir de 1975, o hotel semissubmarino a construir pelos americanos, que estão sempre à frente nestas coisas. O outro, ainda no campo das hipóteses (também americanas mas a longo prazo), situar-se-á na Lua, debaixo do chão, por causa das radiações. Mas debaixo do chão, na Lua, não será o mesmo que debaixo do chão, na Terra? Cá ou lá... Enfim, adiante. Pensando neste hotel de ficção científica, parece que já se fundaram várias sociedades. Enfim, sonhar não custa. E lunáticos sempre os houve. É que essa de ir morar debaixo de chão, na Lua, não lembra ao diabo. E ainda por cima pagar somas mesmo astronómicas para isso.

*

E quando estiverem doentes ou simplesmente muito fatigados desta vida que se anuncia cada vez mais facilitada – gentes do futuro irão passar um tempo num sanatório ou num lar de repouso (a palavra «casa» não se me afigura indicada) espacial. É, pelo menos, o que nos promete uma notícia (animadora?, assustadora?) vinda de Moscovo e em que se fala da *Soyuz* e da *Salyut*.

QUARTA. Uma pessoa senta-se, encomenda a refeição e começa – ou já começou há tempos – a sentir fome. O criado passa e volta a passar (aquele ou outros) e a fome de cada um vai aumentando ao ver e ao cheirar as iguarias em trânsito. Põem a mesa decorrido algum tempo. E depois dos pratos e dos copos e dos talheres trazem torradinhas, pão quente, manteiga, *pickles*, azeitonas, queijinhos frescos. Que há de fazer uma pessoa que tem fome senão ir comendo? Vai comendo, portanto, devagar, conscienciosamente, enquanto espera. Um pãozinho, uma torrada, um queijo, as azeitonas, uns *pickles,* outra torrada e por aí fora. Quando dá por si comeu tudo e já não tem fome nenhuma.

É então que chega, apetitoso e rescendente, o prato encomendado. Esta cena repete-se desde que os restaurantes descobriram esta coisa sensacional que é empanturrar o cliente antes de ele começar propriamente a comer.

QUINTA. Li algures que os dois escritores espanhóis mais vendidos são Cervantes, claro, e – espantai-vos, amigos – Corín Tellado. Corín Tellado é o das fotonovelas, o dos romancecos cor-de-rosa aos quadrinhos fotográficos, o dos amores desiguais mas *happy ends* sempre iguais (a rapariga pobre casa com o rapaz rico batendo aos pontos a outra, a rica, a má, ou então é o rapaz-pobre-mas-honesto que casa com a jovem rica vencendo o mauzão da história, que só queria o dinheiro dela). Enfim, recua-se à velocidade do som, porque estas fotonovelas são mais prejudiciais a quem as lê (melhor, a quem as vê, não chamemos àquilo leitura) do que os velhos Dellys e Max du Veuzits, que ao menos obrigavam a pensar um pouquinho, embora, valha a verdade, sem exagero. Numa época em que as mulheres se esforçam por lutar pela sua emancipação, deveriam recuar de uma leitura tão alienante como esta, que conta vida falsa e mostra estupidez fotografada com legenda por baixo. E digo isto porque se trata de um género quase unicamente consumido por mulheres, que caminham a passos agigantados, e sem darem por isso, para a história de fadas sem fadas, mas onde tudo acontece como que sob o efeito de uma varinha de condão. Por isso apeteceu-me condecorar a minha empregada doméstica, que me vem pedindo emprestados todos os volumes da *Família Forsyte* e já vai valentemente no terceiro. Lê-os quando acaba o seu dia de trabalho, e há dias, quando lhe perguntei se gostava, disse-me que aquilo, sim, era outra coisa.

SEXTA. Mesmo as pessoas mais incrédulas são capacíssimas de pensar que quem sabe?, às vezes, não é verdade?, e depois há tanta gente a assegurar que deu resultado, a escrever cartas tão satisfeitas, tão profundamente agradecidas... E se também experimentasse? Eis-nos à espera de que o milagre aconteça, e não há Deus nem santos em causa, o milagre, se milagre houver – quem sabe? –, virá de um objeto, de um pedacinho de metal magnético transformado em pulseira, em medalha, porque o magnetismo, não é verdade? Aquilo promete-nos saúde, equilíbrio, bem-estar, alegria de viver, não é formidável, não é simplesmente formidável? Há anúncios, com anos e anos de vida, que asseguram a verdade do facto, há pessoas que se deram bem, que já não podem viver sem a pulseira, sem a medalha, e quanto mais racionalista é o país mais as gentes acreditam em milagres destes. De resto, até é verdade em certos casos. Acreditar é meio caminho andado. Os *porte-bonheur* sempre tiveram grande saída e, no fundo, não fazem mal a ninguém.

SÁBADO. A menina Tricia Nixon casou hoje com o jovem Edward Cox. A imprensa de todo o mundo referiu-se ao facto, a imprensa americana parece que o narrou torrencialmente e a *Time* e a *Newsweek* consagraram mesmo as suas capas a Tricia. Os casamentos ilustres não me interessam nada, digo desde já, mas o certo é que estava a ler o jornal, pousei o olhar na notícia e fiquei perplexa. Claro que isto se passa na terra dos dólares, claro que sim, está bem de ver, não é – não deve ser – caso para tanto espanto. Em todo o caso… Diz-se que a cerimónia custou 1400 contos, inteiramente suportados pela relativamente modesta fortuna pessoal do casal Nixon. Modesta, relativamente, pronto. Pois é, os Estados Unidos, o dólar, a Lua, e por aí fora. Adiante.

23 de junho de 1971

DOMINGO. Olho às vezes para o pequeno ecrã e vejo entrevistadores e entrevistados lindamente espiritualizados pelo fumo dos respetivos cigarros. Ora fumas tu ora fumo eu. Aquilo, lá, deve estar uma atmosfera de cortar à faca. Mas como ver e desejar estão ligados, tiro o cigarro do maço e acendo-o quase sem dar por isso. Vejo no mesmo pequeno ecrã (e também em jornais e revistas) anúncios desta e daquela marca de tabaco. Este último anúncio, aquele em que estou a pensar, é mesmo bem feito e consegue, estou certa disso, o objetivo desejado.

Hoje leio que está em estudo a liberalização do comércio de cigarros em todo o espaço português. Até agora tem sido uma maçada porque os cigarros de lá não podiam fumar-se cá. Os direitos eram demasiado altos. Um dia destes, porém, vamos poder fumar cigarros ultramarinos, no Ultramar vão poder fumar cigarros metropolitanos.

Mas onde é que eu ouvi falar do cancro no pulmão? Sonhei, claro.

SEGUNDA. A fotografia de dois noivos. Orientais. Ela tradicionalmente toucada de branco, tradicionalmente séria, tradicionalmente feliz. Via-se tudo isso no seu rosto. Feliz também, sério também, sério de mais, talvez, ele, o noivo. Dois seres que se encontraram na multidão, que se reconheceram entre tantos desconhecidos, que se deram as mãos. Mas que tinham de extraordinário para os ter guardado na retina? Noivos é o que mais há, sobretudo neste mês de junho, mês de santos populares e casamentos de Santo António e São João, e até de noivos a altíssimo nível, na Casa Branca. Aqueles, porém, tinham de estranho o facto de viverem num país sacrificado, por entre a violência da guerra e de, mesmo assim, acreditarem. E casaram. Ela de véu branco. Ele de fato escuro e gravata. Porque a vida continua, as flores nascem do lodo e a esperança é uma luzinha verde e intensa, muito, muito resistente.

TERÇA. E embora vamos olhar em frente, sem perder – talvez – grande tempo com o que passou, os velhos castelos, as velhíssimas ruínas hão de persistir, espero. Tudo corre à velocidade de um tempo cada vez mais rápido e o movimento é irresistível. Só de vez em quando nos será possível parar um pouco e sentarmo-nos – um pouco também – à sombra de uma velha parede e pensar que aquilo ali tem 200 ou 2000 anos. Que as gentes nasceram e esperaram e desesperaram e morreram e aquela parede ali estava e ali ficou.

Digam o que disserem, isto é, parece-me, tranquilizador. Haverá sempre, mesmo quando arrancarem todas as árvores multisseculares deste mundo, velhos palácios, velhos castelos um pouco tristes, vagamente turísticos, para visitar seguindo um guia que melancolicamente decorou a lição.

É que li uma notícia perturbadora. Já há neste nosso mundo de *disposables* 970 casas feitas para um dia deitar fora. São de lata e plástico (mas nada a ver com casas de *bidonville*), são de papelão. Os americanos efetuaram a experiência em países de tremores de terra como o Peru e o resultado foi satisfatório. Têm vida curta mas enquanto vivem são resistentes. As casas pequenas constroem-se numa hora, mas há já quem pense em fazê-las com seis andares. Para deitar fora, pois claro, ao fim de trinta e cinco anos. Li também que os americanos já realizaram, creio que no Vietname, com o auxílio de técnicos japoneses, uma ponte de papelão que aguenta pesos da ordem das cinco toneladas. Para deitar igualmente fora quando estiver velha. Fora para onde? Mas isso é outra história.

Valham-nos as velhas pedras tristes e resistentes que podemos visitar ao domingo. Tudo é tão transitório e ameaçado neste nosso mundo atual, sem raízes.

QUARTA. Tinha pensado ir ao cinema porque não me lembrava de que era quarta-feira. É que à quarta-feira, às dez e quarenta, eu e mais um número considerável de pessoas instalamo-nos diante dos respetivos aparelhos de televisão e esperamos que eles cheguem. Por mim, já sei o que vai acontecer. Li tudo até ao *Canto do Cisne.* Não é pois curiosidade mas simples interesse. E não arredo pé. É que representam tão bem… É que a série é tão boa…

Passamos a vida a dizer mal da televisão e dos seus programas. Com certa razão, diga-se de passagem. Mas já pensaram, se todas as noites houvesse um programa do nível dos *Forsyte*? É que seria uma destas prisões, uma destas alienações…

Pois não é verdade?

QUINTA. Há, de facto, dias em que ler os jornais – ou lê-los com mais atenção?, ou lê-los à espera do pior, até porque o nosso estado de espírito não ajuda? – nos deixa de mal com a vida em geral e com a Humanidade em particular. Hoje é um deles. Três prémios Nobel avisam-nos de que também há poluição interna e não menos grave do que a outra, causada por medicamentos e produtos sintéticos; o desenvolvimento das crianças de Ruhr (região muito industrializada da Alemanha) sofre grande atraso devido à poluição atmosférica; centenas de crianças foram raptadas no Vietname do

Sul, pensa-se que para servirem de oferendas a uma divindade cuja ira há que aplacar; cinquenta mil pessoas estão desabrigadas, no Brasil, devido à cheia do Amazonas, etc., etc.

Claro que há umas compensações. Vejamos. A onda verde, o computador, os dois gémeos que talvez se salvem (este interesse que o mundo inteiro tem pelos gémeos!), a irmã da Sophia que talvez se reconcilie com o marido, etc., etc.

SEXTA. Encontro num *magazine* a última novidade em colchões, o colchão aquático, que, segundo parece, acaba de chegar a Paris vindo dos Estados Unidos, terra de muitos e desvairados inventos. Nada de molas, nada de *mousses*. A simples natureza a que a técnica emprestou um saco plástico transparente do feitio de um colchão, nada de muito complicado, como veem. Plástico, portanto, e, aí é que está a novidade, uma boa quantidade de água. De inverno, a água é aquecida eletricamente; nas horas de o colchão ser sofá, é iluminado e, segundo parece, fica lindamente decorativo. Pergunto a mim própria o que acontecerá numa casa (e no andar inferior) se um dia um colchão daqueles se rompe?

SÁBADO. Somos um dos muitos povos de gente que se encontram e perguntam logo, sem perda de tempo: «Como está? Como passou? Como tem passado?» E logo a outra pessoa: «Bem, obrigado, e você?» (Diz você, mas pode dizer tu, o senhor, a senhora, a senhora dona, V. Ex.ª, etc., se há coisa de que sejamos ricos é de maneiras de nos dirigirmos às pessoas, conforme a confiança que temos com elas ou o seu nível social, sobretudo conforme o seu nível social.) A outra pessoa diz, portanto, «Bem, obrigado, e você?» e fala logo de outra coisa se conhece as regras do jogo e sabe portanto que as palavras recém-pronunciadas não têm o mínimo significado e são o mesmo que dizer: «Olá!» É que as pessoas se estão, na maioria das vezes, nas tintas para a saúde do parceiro ou para o facto de as coisas lhe correrem bem, mal ou pessimamente. Mas às vezes ela, a outra pessoa, nunca aprende o jogo, acredita no significado das palavras, há gente assim, e resolve contar os seus males de A a Z, ou narrar os últimos acontecimentos da sua vida.

Senhor, que criatura aborrecida! Para a outra vez falamos-lhe sem parar ou fingimos não dar por ela. Aprender até morrer.

Assim somos nós. Por falta de tempo? Por falta de paciência? Por egoísmo, muito simplesmente?

30 de junho de 1971

DOMINGO. Como não frequento estádios, ignorava que as garrafas de refrigerantes podiam servir para outra coisa que não fosse conter os referidos refrigerantes. Afinal, parece que não era assim.

Em circular de 7, do corrente hoje publicada, a Direção Geral dos Desportos comunica que será de futuro proibida nos recintos desportivos a venda de garrafas de vidro, passando a ser utilizadas garrafas de material flexível, não contundente. «Considerando os inúmeros incidentes que se verificam com certa frequência, nos recintos desportivos espalhados pelo país, motivados pelo arremesso, pelo público, de almofadas e recipientes de vidro…», é-nos dito no início da nota.

Esta agora… Entusiasmo clubista, muito bem, mas sem exagero. Esta de atirar garrafas podendo até ferir gravemente alguém não lembra, na verdade, ao diabo.

SEGUNDA. A cidade limpa «porque todos lucrarão», as caixas para os papéis, os *slogans* das caixas, etc. Muito bem. Adiante. Mas para quando uma nova campanha (creio que já houve uma aqui há um bom par de anos) contra o cuspo para o chão, desagradável, sujo, incivilizado, propagador de muitas e variadas doenças, mas que o lisboeta de raiz ou o filho adotivo desta mui nobre cidade julga que é um dos seus direitos inalienáveis? Para quando uma campanha bem explicativa do perigo que tal hábito representa e, depois, se as pessoas não acreditarem, a multazinha? Não hão de ser só os automobilistas sem lugar para arrumar o carro e agora os viajantes da Carris. Porque não os cuspidores profissionais?

TERÇA. O Parthenon (vinte e quatro séculos de existência) está gravemente ameaçado. Os mármores de que é feito estão doentes – também adoecem, os mármores, e algumas das suas superfícies começam a desfazer-se em pó. Porquê? Poluição. O Parthenon sofre os efeitos corrosivos de compostos químicos que por lá andam em suspensão no ar. Que andam mais ou menos em suspensão no ar no mundo inteiro. Isto um monumento cujo corpo é de mármore e que durante 2400 anos se manteve quase inalterável. Que será de nós, que estará dentro de nós, pobres humanos de carne e osso e vidas tão curtas e tão frágeis?

QUARTA. «De casa de seus pais desapareceu», disse Carlos Queiroz e dizem quase diariamente os jornais. Os fugitivos são quase todos eles muito jovens, estão na idade da inquietação e da impaciência, querem viver mais depressa ou então de outra maneira e não sabem esperar pelo tempo da escolha. Recusam-se a esperar. Fogem de um pai demasiado severo, de uma mãe demasiado protetora, das discussões, da miséria, da vida sem horizontes. Fogem disso e de muitas outras coisas. Fogem para melhor, julgam eles. Procuram o triunfo, a aventura, a facilidade. Encontram quase sempre a dificuldade, o falhanço, outra prisão sem grades, é a vida. Mas adiante. Não era deles, dos jovens fugitivos, que eu queria falar, mas dos velhos, dos velhos que fogem. Coisa mais terrível, os velhos que fogem, sem esperança, sem futuro, sem sonho. Fogem de uma situação, vão para outra, não esperam nada, não contam com coisa alguma. Fogem.

Porque são muito tristes ou muito sós ou muito abandonados. Porque pensam – e às vezes com razão – que já ninguém se preocupa com eles, que estão esquecidos no mundo, que sobejam, que já ninguém os ouve, que, mesmo que os ouvissem, já não tinham nada para dizer, até porque não entendem o mundo nem as pessoas. Falam outra língua, são mais tarde encontrados, vagueando por ruas esquecidas. Porque não havia nenhum lugar para onde sonhassem ir, onde pudessem acolher-se. Para eles, a fuga é uma espécie de suicídio não realizado, mais uns panos para a morte.

Coisa mais terrível.

QUINTA. Aqui há tempos houve um desarrincanço publicitário que foi comprarmos, nós, uma embalagem salvo erro de puré de batata que continha dentro outra embalagem, creio que de caldo de galinha. O que fazia lembrar aquela boneca russa que vai tendo dentro outras bonecas mais pequenas até ao extremo limite da pequenez. Somos capazes de andar meio quilómetro só para receber um presentezinho que pagamos, pois claro, mas em todo o caso... São bonecos de plástico para as crianças, são azulejos aderentes, são latas ou copos que continham o produto comprado e podem servir para enriquecer os novos haveres, sei lá. O certo é que a guerra (suave mas persistente) de marcas sempre nos faz ganhar – ganhar? – um pouco. «Enquanto não houver trégua», leio num *magazine* brasileiro, «pode ser que o público consiga mais alguma coisa por enquanto sonhada e impossível: **compre feijão e arroz e ganhe um quilo de carne.**»

SEXTA. Hoje foi um milheiral que pinga um líquido que parece sangue – sangue, portanto, diz a gente crédula, que acorre em romaria e já deixou o milheiral raso –, amanhã serão talvez os objetos que mudam de lugar numa casa assombrada. Quando saberão **tudo** os homens? Quando saberão explicar cientificamente o sangue que pinga e a força magnética de alguém que faz os objetos passearem daqui para ali? Ainda somos uns pobres ignorantes convencidos de que sabemos tudo ou, pelo menos, muito desta coisa extraordinária que é a natureza e onde tudo – tudo – tem uma explicação. Aqui está também um americano que anda desconfiado de que os tomateiros têm sentido de humor e se põe a contar-lhes anedotas. Quem sabe, senhor Atkins, quem sabe?

SÁBADO. De uma polémica travada há uns tempos nas colunas de *Pueblo,* permito-me transcrever o seguinte parágrafo, de José M. Carrascal: «As estatísticas dizem que o trabalho de uma dona de casa consome tantas energias como o de um operário metalúrgico. Mas, enquanto o operário metalúrgico ganha uma jorna, vê o produto obtido no fim do trabalho, pode orgulhar-se dele, a mulher tem que agradecer ao marido que a sustenta sem que o seu trabalho luza, se veja. Nós, homens, tomámos posse dos melhores papéis nesta tragicomédia da vida, e eu mesmo escrevo uns textos e vejo-os no dia seguinte um pouco imortalizados na colunas de *Pueblo,* ou, pelo menos, assim o julgo quando alguém me bate nas costas, "homem, gostei daquilo que escreveste!", enquanto a minha mulher limpa um pó que amanhã voltará a existir ou faz uma comida que desaparecerá em poucos minutos, sem receber outro prémio que não seja, no melhor dos casos, um comentário de circunstância sobre o facto de o arroz estar bom. Será, pois, de estranhar que as mulheres tratem de revalorizar o seu papel na nossa sociedade e o seu peso específico na nossa civilização?»

7 de julho de 1971

DOMINGO. Do livro, de António de Sousa, *O Mercado do Trabalho e a Mulher,* permito-me transcrever:

«A relação mulher-trabalho depende, numa análise mais aprofundada, de outros fatores além do económico. O aumento de salário de um operário pode determinar que a sua mulher deixe o trabalho para se ocupar exclusivamente do lar. A maior ambição da operária é poder dedicar-se somente à casa e aos filhos. Poder fazê-lo representa para ela uma promoção e compreende-se porquê, sobrecarregada como está pela acumulação de tarefas profissionais e domésticas. Por sua vez, o operário em geral sente-se diminuído ou vexado por não poder sustentar a sua mulher. Daqui se infere um preconceito, característica do trabalhador mais oprimido e explorado. Entre os burgueses encontram-se outros preconceitos que proíbem à mulher o trabalho profissional, mas os seus fundamentos são diversos e assentam em grande parte na exaltação da maternidade e da feminilidade.»

SEGUNDA. O novo horário de trabalho – livre – no fabrico do pão, hoje anunciado no *Diário do Governo,* faz-me crescer água na boca. É que o pãozinho quente é uma coisa que recordo com saudade. Ele era – continuará a ser? – tão saboroso!

«Impõe-se», diz a portaria, «fixar normas a nível nacional que permitam a cada empresa escolher o horário de fabrico que mais convenha ao seu caso, acautelados devidamente os interesses dos trabalhadores.» E mais adiante: «Atendendo ainda às implicações relativas à prestação de trabalho em certos períodos da noite, entendeu-se ser justo que esse trabalho seja remunerado com uma contribuição adicional ao salário normal.» Muito bem, quem trabalha de noite deve ganhar mais. Muito bem, pãozinho quente a todas as horas, embora não em todas as empresas. É uma questão de estudar os horários a fim de saber onde pode encontrar-se aquele apetitoso pão fresco, acabado de sair do forno. Mas será tão apetitoso como isso?, pergunto, porque este nosso pão, não é verdade? Enfim, a ver vamos.

TERÇA. Creio que foi ontem que li que os moradores de um prédio se haviam reunido num almoço de confraternização e amizade.

Uma coisa destas merece notícia?, pode haver quem pergunte. E merece, olá se merece. A leitora tem a certeza de que conhece todos os seus vizinhos de prédio? De que, se os encontrar fora da escada ou do elevador, sabe quem eles são? Tem a certeza de que, se tiver uma aflição, os seus vizinhos são pessoas para lhe acudirem? Tem a certeza de que acudirá a algum que precise de ajuda? Eis aqui quatro perguntas simples, muito longe do almoço entre amigos a que a tal notícia se referia. Creio que é precisa a natureza das aldeias para que as pessoas deitem o nariz de fora e se conheçam. E também – ou principalmente – que dependam de certo modo umas das outras, que se aproximem no trabalho e nos lazeres. Aqui nas cidades somos independentes uns dos outros e completamente desconhecidos. E tudo o que saia disto é notícia.

QUARTA. Tragédia! Gritam-nos os cabeçalhos dos jornais em letras bem grandes e bem negras. Tragédia no espaço. Chegaram mortos à Terra os três cosmonautas russos. Paulo VI está emocionado. A NASA envia condolências. E o certo é que todos ficámos um pouco tristes. Claro que morrem diariamente milhares de homens. Guerras, epidemias, acidentes, crimes, fomes, sei lá. Mas os homens do espaço são os heróis do nosso tempo. Dantes, os heróis eram do mar, agora são do ar. Personificam a ciência, a ação, a valentia, a aventura. Estes, os que chegaram mortos da viagem mais longa, chamavam-se Dobrovolsky, Patsayev e Volkov.

*

Quem não admirará os progressos deste século? Quem? Dois publicitários franceses lançaram-se ao trabalho e fizeram o primeiro *magazine* a cores em cassete. É projetado num pequeno ecrã e a interessada (falo no feminino porque na sua primeira fase este curioso *magazine* escolheu o ambiente de cabeleireiros e institutos de beleza), e a interessada, dizia, ouve por intermédio de auscultadores individuais. O programa dura uma hora, é suportado por grande dose de publicidade, mas nele trata-se também de beleza, moda, crítica, reportagem e conselhos psicológicos. Chama-se *In,* sai mensalmente, e a chefe de Redação não é qualquer uma, trata-se de Jeanne Moreau. Sim, quem não admirará os progressos deste século?

QUINTA. O que mais me impressiona nos *cocktails* (refiro-me aos *cocktails*-acontecimentos sociais) não são os *amuse-bouches* mais ou menos saborosos, não são as bebidas mais ou menos geladas e frequentes, o que mais me impressiona é a felicidade geral. Eu explico. Claro que as pessoas gostam muito de *whisky,* de Madeira, disto e daquilo, claro que as pessoas gostam muito daqueles quadradinhos de pão com caviar (acontece), salmão ou simples *foie gras.* Claro que sim. Mas a felicidade a que me refiro não é causada pelas bebidas nem pelo que se come. As pessoas já a trazem consigo quando chegam. As pessoas entram pela porta mergulhadas em felicidade voluntária.

Gostava de saber se aquele estado de alma acontece ainda em casa, ao verem-se ao espelho, já muito bem arranjadas, se pelo caminho, se ao entrarem na sala onde o *cocktail* se realiza. O certo, porém, é que de repente se encontram de pé e quase tocando-se umas dezenas de criaturas que irradiam luz própria. As mulheres, todas elas lindíssimas, como é que isto aconteceu?, contam coisas graciosas e riem muito, os homens, muito bem vestidos, são imensamente engraçados, agradáveis, gentis, uma maravilha. É como se, de repente, tivessem cortado as amarras, esquecido o que passou e o que vai seguir-se, como se o mais importante de tudo fosse mostrarem como podem ser atraentes e, com um copo na mão, festejarem o interregno.

Depois... Bem, depois devem voltar a ser o que na realidade são, gente simpatiquíssima, extraordinariamente antipática ou assim-assim.

SEXTA. Entre as muitas coisas dramáticas e as poucas reconfortantes que diariamente encontramos nos jornais, chega-nos hoje esta que, pelo menos, faz sorrir. Podemos chamar-lhe «Os académicos e a sanduíche». Pois é. Os intelectuais franceses, reunidos *sous la coupole* para definir, para o dicionário oficial, o que é uma sanduíche mista, hesitaram longo tempo sobre a posição do queijo e do presunto, mas chegaram por fim à conclusão de que o presunto deve ficar em cima do pão e o queijo em cima do presunto. Ora isto de um grupo de homens se reunirem e chegarem finalmente a um acordo já é muito positivo.

SÁBADO. Chega-nos às mãos um *magazine* (francês) que nunca tinha visto, intitulado *15 ans,* portanto, para adolescentes. O excesso de bandas desenhadas que encontrei levou-me a contar as páginas dedicadas a essas histórias e também a outros assuntos. Eis o que encontrei: 48 páginas só para histórias de quadrinhos, 15 para moda e beleza, 2 para correspondência entre leitores, 2 para decoração, 2 para culinária e – espantemo-nos – meia página para livros, que, diga-se desde já, era publicidade de uma livraria. O resto da revista (100 páginas) tratava de assuntos variados (cuidadosamente escolhidos para não fazer pensar) e muita publicidade. Nem tudo o que nos vem lá de fora é aproveitável. Uma seleção atenta é sempre necessária.

14 de julho de 1971

DOMINGO. É ele o grande *maquilleur* universal. Tanto assim é que um dia de férias, um domingo, em que o sol não comparece e se deixa ficar lá em cima, deitado sobre as nuvens, é para muitos um dia perdido, um dia sem razão de ser. Mulheres e homens deitam-se de um lado e do outro como os bifes e esperam que ele os doire, com a ajuda de muitos e variados óleos. Alguns atravessam a Europa, vindos lá do alto, quase do Polo Norte, para bronzear bem ao sol quase mediterrânico do Algarve. E eles e nós ficamos todos contentes quando a pele está escurinha, sem pensarmos que depois, no regresso às cidades, tudo aquilo desaparece em três tempos. Mas, enfim, dá para mostrar que se esteve na praia, em qualquer praia, chega para pensar que se fica melhor, mais jovem, assim bronzeado, e acabou. Porque se trata, já o disse, de uma *maquillage,* passageira e enganadora como todas as *maquillages.*

SEGUNDA. Ouvi hoje alguém responder a um vulgar:

– Olá, como está, que é feito?

– Vou-me deixando envenenar a pouco e pouco, e você também, e todos nós neste mundo, à exceção talvez das tribos mais atrasadas, mais isoladas. Mas que há de fazer o condenado à morte senão aguentar?

– Quem o ouvir pensa…

– Não pensa nada. Ninguém quer pensar, é uma fuga. Não se acredita no perigo, logo não há perigo. Mas eu sei que estou a ser envenenado, que não há nada a fazer, amigo. Com a carne de animais que cresceram em três tempos graças às hormonas, com o leite rico em inseticidas, com o peixe temperado de arsénico e mercúrio, com…

– Homem, cale-se aí. Vou almoçar e…

– Tiro-lhe o apetite? Almoce, almoce. Que havemos nós de fazer senão comer venenos e respirar este ar que tem, entre muitas outras novidades, chumbo dos tubos de escape? Ora o chumbo, li isto no jornal…

– Você é deprimente com tudo. Tenho que ir andando, já passa da uma e combinei com o Teles…

Falaram um pouco do Teles e despediram-se. O envenenado consciente ficou quieto, como quem pensa que não ganhava nada em insistir no caso. Acabou por encolher os ombros e pôs-se a caminho talvez de casa, onde o esperava o almoço. Olhou para o relógio e começou mesmo a caminhar mais depressa. Estava – era muito possível – com fome.

TERÇA. Gente desconhecida ou quase, porque vivemos em mundos paralelos. E de repente um homem saiu do seu mundo de todos os dias e entrou, com uma simples máquina, na feira dos milagres e viu, e entendeu o que viu, e fotografou o que entendeu. **Gente** é só aquilo?, pode perguntar-se. Não, mas gente é também aquilo. A gente dos bairros periféricos, dos bairros de lata, da miséria, dos domingos à tarde, das festas populares, das crenças no milagre que há de acontecer, mesmo quando se tem as pernas amputadas. Rostos trabalhados pelo tempo, mães para quem ser mãe não é uma festa de família, velhos perdidos na sua velhice, crianças espantadas, meninas de trabalho, tristes, adultas. E o futebol, claro. E a passagem de ano com chapelinhos de papel. O nascimento e a morte. E este espaço de tempo a que os vivos chamam vida, não sei onde li esta frase, tudo isso está presente neste livro fabuloso, maravilhoso e terrível, de um fotógrafo de génio: Gageiro.

QUARTA. Do depoimento de Maria Lamas no livro *Mulheres contra Homens,* em que também estão presentes Kate Millet, Betty Friedan e Valerie Solanas, permito-me transcrever: «No povo não há praticamente mulheres domésticas. Embora nem todas sejam operárias ou trabalhadoras rurais, todas trabalham, mais ou menos, fora do lar, como vendedeiras, mulheres a dias, encarregadas de limpeza em escritórios, para citar apenas algumas das ocupações a que geralmente se dedicam.» E mais adiante: «Nestas condições, pouca atenção podem dispensar aos filhos, como já vimos, ao falar das camponesas e operárias, donde resulta que as crianças do povo, nas cidades e vilas, da mesma forma que nas aldeias, têm uma infância desprotegida e quantas vezes dolorosa, pelas razões que já apontámos.

«Apesar disso, os gritos de alarme que ainda se erguem contra o trabalho profissional da mulher fora de casa não abrangem a classe popular. Desde todos os tempos que o trabalho da mulher do povo, ainda o mais pesado, foi considerado natural e até indispensável para a boa organização e comodidade da vida familiar das outras classes, tanto mais que, por falta de condições que a simplifiquem, com caráter geral, essa vida continua a exigir, na maioria dos casos, grandes canseiras diárias. E ninguém protestou ainda nem achou imoral ou prejudicial à família o esforço, por vezes desumano, dessas corajosas mulheres. Ao insistir neste ponto, temos sempre em vista a falta de condições para a proteção e educação das crianças, que avulta como um dos problemas máximos da vida nacional portuguesa, diretamente ligado à promoção da mulher.»

QUINTA. Os ingleses, quando se encontram na rua, falam do tempo e dos dias mais ou menos *glorious*. Nós, na rua, em Lisboa, motorizados ou não, falamos do trânsito. Porque de elétrico, de autocarro, de metropolitano, de táxi ou de carro particular, todos temos as nossas histórias. Sim, o trânsito é uma fonte de conversa, há sempre a razão de um atraso, de uma grande demora, aquela senhora que se sentiu mal na amálgama de gente do metropolitano, aquele passageiro que disse, aquele guarda-freios que respondeu (ou vice-versa, claro). Cada dia há mais carros neste monumental *rally* que é Lisboa e até é admirável não haver mais colisões.

Mas hoje leio que a *Salyut* soviética (de tão triste história) e um satélite meteorológico americano passaram rentinhos um ao outro no espaço e não colidiram por uma unha negra.

Pois é. Isto do trânsito é um horror. Até no espaço, vejam lá. Para quando os semáforos cósmicos?

SEXTA. Falam-nos os jornais de mais um festival da canção. Esta fartura de festivais cançoneteiros, que pouco ou nada deixam atrás de si, porque pouco ou nada há para deixar, faz-me pensar noutros festivais, nos de poesia, por exemplo.

Eu sempre achei – desculpem se não concordam – que Portugal não é um país de poetas. Basta ouvir umas letras de fados e canções que para aí há em profusão para nos convencermos do facto. Somos, isso sim, claro, um país com poetas e com grandes poetas, alguns dos quais – poucos – até fazem canções. Se fôssemos um país de poetas, gostaríamos de ouvir poesia, faríamos festivais de poesia, acorreríamos a esses festivais. Aqui há anos houve uma tentativa mas não foi avante. O que prova que, na verdade, não somos um país de poetas.

Vamos, pois, ouvir canções, todas elas, boas, más e péssimas.

SÁBADO. Quando eu andava na escola, havia lá uma menina chamada, salvo erro, Janine da Silva, se não era este o nome, era uma coisa parecida. Talvez em lugar de Janine fosse Jacqueline, talvez em lugar da Silva fosse da Costa. Adiante. Lembro-me de que todas nós achávamos horrível aquele nome e simplesmente admirável o de outra, que se chamava, também salvo erro, Luísa Brown. Éramos *snobs* sem saber o que era ser-se *snob*. Um nome estrangeiro parecia-nos piroso – até tínhamos uma certa razão, tendo em vista a profusão de Arlettes, Colettes, etc. –, um apelido estrangeiro afigurava-se-nos admirável. Porquê? Sabíamos lá! Devia ser, talvez, uma ideia herdada ou que alguém, já esquecido, nos pegara como se pega o sarampo. A Luísa Brown era, pois, uma menina «bem», a Janine da Costa uma pirosa irremediável. E vieram perguntar-nos porquê.

Há dias, ao ler num jornal a taxa de emigração por essa Europa fora, pensei que na próxima geração seremos inundados por Hans, Jean-Claudes, Marie-Claires, etc., de todas as categorias sociais.

21 de julho de 1971

DOMINGO. É silencioso e macio, atento, aproxima-se com largos vagares de tigre, como se visse, nos pés das cadeiras e nos das mesas, troncos de uma antiquíssima floresta cheia de perigos. Um ruído, muito leve, e ei-lo alerta, pronto para a fuga desavergonhada ou para o ataque. Sabe – sente – o que lhe convém fazer. Não tem brio nem se sente na necessidade de ajudar alguém em apuros. Também, verdade seja, não conta com o auxílio de ninguém. A floresta com teto onde habita pertence-lhe, e vai buscar a comida onde a encontra e o descanso onde ele é mais apetecível. Tudo lhe é dado e a gratidão não é o seu forte. Aquela é a sua casa-floresta, e já faz muito consentindo em a compartilhar com os humanos. Mas talvez esse consentimento seja egoísta e ele goste de os sentir por perto. São seres que acendem lumes, cozinham, abrem janelas por onde entra o Sol. Seres, enfim, muito úteis a um gato.

SEGUNDA. A emancipação das mulheres não interessa a todas, é o interessas! Não interessa mesmo senão a um número bastante restrito. Eu, por exemplo, conheço uma mulher, inteligente, culta, evoluidíssima, dentro de todos os problemas passados, presentes e futuros, mas que nunca abriu a boca sobre tal assunto. Sente-se perfeitamente como está, com um marido que ganha muito bem, numa casa muitíssimo confortável, onde recebe frequentemente os amigos, que são todos eles gente excelentemente instalada na vida. Ora como é que uma pessoa pode desalienar-se, emancipar-se, promover-se, sem trabalhar, vivendo à custa de outrem? É que isso de promoção, feminismo, etc., implica entre outras coisas ganhar não para os alfinetes (como dantes se dizia, bons tempos, meu patrão) mas para o pão-nosso-de-cada-dia da pessoa, do casal, da família, pão esse que cada vez está mais difícil de ganhar. Ora isto implica necessidade de pensar duas vezes antes de tomar uma atitude.

Pois não é verdade?

Pego no jornal. E hoje: em Marrocos serão fuzilados até esta noite todos os responsáveis pela rebelião; um automobilista mexicano perdeu a vida na pista de Nuremberg; foi a descompressão súbita da cabina que causou a morte dos cosmonautas; a morte viajou de automóvel. Morte, morte, morte, natural ou violenta.

Mas animemo-nos, a vida também é notícia. A vida útil, a vida inútil. Autoespanto. Às vezes nem dá por nada, é o que lhe vale.

Vi hoje um escocês de *kilt.* Claro que em Lisboa não passeiam muitos escoceses de *kilt.* De acordo. [...] Vêm aí os emigrantes; os eruditos discutem o mistério dos intrusos; espera-se a *Pipi das Meias Altas;* as debutantes brasileiras vão ser apresentadas no Estoril; os russos modificam a paisagem; a Tonicha ficou em quarto lugar. Que bom, não é? Que tranquilidade, não é verdade?

TERÇA. Somos gente de grandes espantos. Uma criatura nova deixa-nos de olhos arregalados e sem arredar pé. Há quem ria de mansinho. Há quem caia na gargalhada boçal. Há quem diga isto e aquilo em voz baixa. Há quem diga isto e aquilo na voz que Deus lhe deu. A criatura nova – nova para quem continua boquiaberto – não percebe nada, [...] o turismo já nos tivesse ensinado a não nos espantarmos tão parvoniamente perante um estrangeiro vestido à moda da sua terra. Pois não, não ensinou.

QUARTA. Nunca lhes aconteceu, leitoras, entrarem numa loja onde se vende toucas de banho e ser-lhes explicado – ou sugerido através de olhares, sorrisos, palavras – que nenhuma lhes serve porque têm a cabeça demasiado grande ou demasiado pequena?

Nunca lhes aconteceu entrarem numa loja onde se vendia calças e ser-lhes explicado – ou sugerido através de palavras, sorrisos, olhares – que nenhumas lhes servem por culpa das suas pernas magras de mais ou gordas em excesso?

Não? Pois a mim já me aconteceram ambas as coisas. A mais recente foi a das toucas de banho.

QUINTA. Cinquenta anos de casados no jornal, com fotografias lado a lado. Quem as mandou? Um deles para fazer surpresa ao outro? Um filho? Um afilhado? O tempo fez, está bem de ver, os seus estragos. É implacável o tempo. Engordou-os, pôs-lhes a chamada neve nos cabelos. Neve ou tinta, adiante. As rugas não se veem bem, felizmente. O fotógrafo talvez tenha retocado as fotografias, feito, enfim, o habitual tratamento de beleza que deixa sempre os fotografados contentes consigo e com ele, fotógrafo. Um bom fotógrafo, enfim. Ali estão, pois, ao lado um do outro, como na vida.

Para o bem, para o mal, como alguém lhes disse, um dia, há precisamente cinquenta anos. Feitos hoje.

SEXTA. Quando vejo coisas inferiores, até francamente estúpidas e estupidificantes, propostas ao «grande público» e desculpando-se com a eterna razão de que ele gosta daquilo e é incapaz de apreciar outras coisas, sinto arrepios. O grande público não é estúpido, pode ser, é-o às vezes, ignorante, e só espera que alguém o ensine. De acordo que se lhe forneça teatro, rádio, TV acessíveis e sem grandes complicações intelectuais. Mas entre coisas acessíveis e inteligentes (uma coisa não exclui a outra) e o que tantas vezes lhe é proposto (pornografia reles, graças sem graça, histórias da carochinha fora da vida, até publicidade com palavras mal pronunciadas) vai uma grande, uma enorme distância. Porquê chamar esse grande público para um lado sem dúvida empobrecedor? Porquê?

SÁBADO. De um artigo de Maria Adele Teodori, intitulado «A violência que vem do pequeno ecrã» *(Eva),* permito-me transcrever a seguinte passagem: «Um ato de violência todos os catorze minutos e um anúncio cada três quartos de hora, eis a criminalidade nos programas para jovens da rede televisiva dos Estados Unidos e a causa da crescente onda de delitos, segundo afirmam os sociólogos. A violência é o pão quotidiano do americano médio desde tenra idade. Calcula-se que entre os dois e os quinze anos ele para diante do televisor tempo equivalente a uns bons anos de vida. Uma tal abundância deve ter consequências. Já em 1962 uma Comissão do Senado colhera muitos testemunhos sobre a influência negativa das cenas de violência e dos atos criminosos apresentados no pequeno ecrã dando razão às conclusões anteriormente tiradas pelo inquérito Kefauver, que afirmava "ser incapaz de provar uma relação direta entre o facto de observar e o de cometer atos de violência ou criminosos", mas reconhecia a existência de um risco neste género de espetáculos e propunha estabelecer uma comissão para "estudar todos os meios de comunicação de massas no sentido da sua influência nas crianças e adultos jovens".»

28 de julho de 1971

DOMINGO. Victor Hugo escreveu: «É em vão que queremos petrificar a móvel fisionomia da nossa língua. É em vão que os nossos Josués literários gritam à língua que se detenha. As línguas e o sol não param. E se um dia se fixam é porque morreram.»

Mas claro que neste nosso tempo de viagens constantes na Terra (não falemos já das alunagens) as palavras se misturam facilmente e as dos países mais influentes invadem o resto do mundo. As páginas de anúncios dos jornais, por exemplo, vêm cheias de *part* e *full-time*, de *marketing*, de *bottiers*, de *hair stylists*, de *esthéticiennes*, etc. E eis que no meio de toda esta barafunda nos surge um purista perigoso. Porque pode-se ser purista e perigoso ao mesmo tempo. Até porque aportuguesar está certo desde que não se exagere e sobretudo desde que se procure saber se não há já palavra portuguesa que torne a tradução – a criação – desnecessária e até perigosa, pois claro. E aqui temos uns «fotelhos» que há tempos encontrei entre outras antiguidades que alguém se propunha comprar a fim de mobilar casa de senhor estrangeiro. Porque não poltronas ou cadeiras de braços, já que o autor do anúncio é, pelos vistos, contra os estrangeirismos de linguagem? Também encontrei recentemente numa ementa uns «valouvães» de camarão. Ora, o *vol-au-vent* traduz-se muitíssimo bem por pastel folhado, empada, etc. Isto para quem não queira dizer mesmo *vol-au-vent,* designação que não empobrece a nossa língua. Muitas palavras de moda e culinária francesas e de técnica inglesa correm mundo e ninguém se sente diminuído por isso.

SEGUNDA. Menina loirinha, magrinha, pequena, de lisos cabelos loiros. Caulezinho tenro, verde tenro, tão frágil, tão comovedor. Como é possível que ela, aquela menina, ali, pertença ao género humano? Estaremos nós, todos nós, preparados para meninas assim, com […] algo de flor? Será ela um ser de transição, chegado antes de tempo, só para nos anunciar a boa-nova de um destes milénios mais próximos?

Menina loirinha, de lisos cabelos, quem será amanhã, quando crescer? Uma mulher vaidosa, egoísta, vulgar, uma mulher igual a tantas mulheres que conhecemos? Talvez, mas por enquanto ela é, por assim dizer, um estado de alma e esvoaça por sobre um avião desenhado a giz, aqui, neste prosaico Parque Eduardo VII.

TERÇA. É estranho todo este tempo em que nos foi consentido passar pelo mundo. Se nos detivermos, se o olharmos atentamente, com aquela atenção de quem vê uma coisa pela primeira vez, e depois cairmos em nós, aqui, agora, talvez fiquemos, quem sabe, muito espantados e perturbados também. Não digo assustados, claro, não nos assustamos com tão pouco, somos feitos de uma matéria resistente e não é qualquer unha que nos risca com facilidade.

Mas que este mundo é estranho, lá isso é. Os bons e os maus, por exemplo. Em criança, ensinaram-nos uma série de certezas. Os bons eram formidáveis e tinham sempre a paga da sua bondade; os maus recebiam sempre o castigo. E de repente, sem transição, eis que somos largados num mundo em que os virtuosos se arriscam a ser considerados parvos e em que os maus (suficientemente maus para terem triunfado na vida) são dignos de louvores e de incondicional admiração das gentes.

QUARTA. Nos pinhais, que são a bem dizer as únicas florestas que possuímos, as crianças que ainda não se encontram contaminadas pela literatura geralmente pseudocientífica de quadrinhos que lhes é fornecida em doses maciças, sentem-se soltas em pleno mundo fantástico, onde tudo é possível acontecer. Claro que os nossos pinhais são florestas limpas, quase geométricas, sem grutas nem bocas nem cascatas nem lagoas. Neles não há bichos tradicionais, como ursos, lobos, capuchinhos, brancas de neve, sete anões, etc. Os bichos dos nossos pinhais são na sua maioria formigas e uma ou outra cabrazinha discreta, enrolada dentro de um silvado. As crianças, porém, têm a sua fantasia a ajudá-las. E quando chega o bom tempo, o das idas ao pinhal, seja ele qual for, constroem e inventam cavernas, grutas e cabanas, e reinventam todos os heróis terríveis ou benévolos das histórias que uma avó ou uma empregada mais velha lhes contou.

QUINTA. Ainda o prédio está a acabar de ser construído, já tem escritos nas janelas e os andares são alugados quase sempre por gente nova em começo de vida. São escritos bem brancos, bem lisos, novinhos em folha, uma beleza. Estão ali um dia, uns dias. E logo são tirados porque o andar já tem dono.

Mas há os outros, os velhos escritos amarelados, que duram um ano, dez anos, mais. Eles anunciam o fim. De quem ali viveu. Do prédio, condenado, e cujos andares não convém por isso ao senhorio alugar. Quantas casas fechadas, vazias, mortas, nesta cidade que um dia destes não tem prédios velhos porque eles, os velhos prédios, não são monetariamente compensadores! Ali vive sozinho um casal idoso. Quando o último morrer, a casa será fechada e colocar-se-ão escritos-cruzes nas vidraças. Há quem vá ao engano, pergunte se é para alugar. Mas a maioria das pessoas já sabe e segue o seu caminho em busca de escritos mais alegres.

Aqueles significam morte.

SEXTA. Ouvi hoje esta história e não resisto a contá-la.

O João, que tem 5 anos, apareceu há dias na sala onde os pais conversavam com um amigo brasileiro.

– Oh! – exclamou o João, franzindo a testa lisinha. – Ele fala como os bonecos animados!

Pois é. Para as crianças pequenas, o português do Brasil, que o cinema e a TV lhes dão nos desenhos, passa a ser, claro, língua de bonecos animados. Ora isto é prejudicial, até na medida em que ela, a criança, vai aprendendo uma linguagem que não é a que lhe vão ensinar na escola. Foi o sotaque, até pouco pronunciado, do amigo dos pais que fez o João fazer o seu comentário. Infelizmente, com os desenhos animados, não é só o sotaque que está em questão, mas também a linguagem. Por que razão havemos nós de aproveitar os filmes que os brasileiros traduziram para a sua realidade brasileira? Porque não havemos de os traduzir do original? A dobragem – assustadora no cinema adulto – é, para as crianças, necessária. Mas porque não serão os filmes dobrados em português de Portugal?

SÁBADO. Do projeto de Tratado Internacional relativo ao estatuto jurídico da sua proposta a U Thant por Gromika fazem parte, entre outras, as seguintes alíneas:

1) A exploração e utilização da Lua deve ter em conta os interesses da geração atual e das futuras; 2) Proibir-se-á na Lua o recurso

à força e não pode utilizar-se o satélite para preparar ofensivas na Terra. Serão objeto de especial proibição as armas nucleares e toda a sorte de armas de aniquilação de massas; 3) A exploração e utilização da Lua deverá ser feita de modo a evitar a poluição ou mudanças desfavoráveis do meio lunar; 4) Os Estados signatários do Tratado darão todos os passos necessários para garantirem a vida e a saúde humanas na Lua.

Ah, se em vez de na Lua, tudo isto se passasse cá em baixo, na Terra.

11 de agosto de 1971

DOMINGO. Cavalos de raça só poucos os podiam ter nos tempos passados. Cavalos nervosos e rápidos, lindamente ajaezados. Claro que havia cavalos mais modestos e até burros e quem não possuía montada andava a pé.

Ainda há muito quem ande a pé, nos tempos que correm, mas cada vez há menos, verdade seja. Se o animal não é de raça nem tão bem ajaezado como isso, paciência, sempre vai andando como Deus quer, ao domingo, em passeios coletivos, com muitas avós e muitas crianças, sem falar no cavaleiro e consorte, olhando o mundo instalados no seu selim de plástico transparente.

SEGUNDA. Não se trata de pessoas ricas nem célebres. Trata-se muito simplesmente de pessoas, exceto as que se não tomam a sério ou não tomam a sério a vida ou ainda não se sentem à vontade nessa mesma vida. Os inadaptados por excessos ou por carência, os que não são «normais», os que dão nas vistas ou passam quase totalmente despercebidos.

Basta andar um pouco pelas ruas prestando atenção à gente com quem nos cruzamos, com quem contactamos, basta isso. E eis um motorista de táxi que num dia endireitava o trânsito de Lisboa. E aquele homem grave, de pasta, gravata preta, carro preto, minúscula formiga que se ignora e dirige com mão de ferro formigas ainda mais minúsculas do que ele. E a mulher, ali parada na conversa, declarando, quando passamos, a uma interlocutora atenta ou distraída, que não há outra mãe como ela. E o contínuo, tão compenetrado da sua função e da sua farda, que nos deixa transidos. E a menina do *guichet,* para quem vender selos deve ser – é decerto, basta olhar para ela – uma das mais graves ocupações que imaginar se pode. E a empregada da perfumaria, que está decerto convencida de que é a mais bela mulher do mundo, como é possível que não tenha ido a Miami?

Sim, basta olhar em volta. Mas depois chega-se à conclusão de que tudo aquilo é afinal uma defesa, mesmo involuntária, da vida, um enfrentá-la de olhos bem abertos e sem recuar um passo.

De acordo. Mas que é engraçado, lá isso é.

TERÇA. Leio no *Correio de Diese:* «O problema do barulho tornou-se tão grave que comunidades inteiras passaram a considerá--lo como sendo de ordem pública. Nas cidades de Londres, Paris e Berlim, chegou-se ao ponto de colocar rebordos de borracha nos baldes do lixo. O homem moderno deve atacar o ruído do mesmo modo que ataca a poluição do ar e da água. Nunca os recetores do ouvido interno foram assaltados por uma tão grande variedade de ruídos: eles vibram não só ao som ensurdecedor dos aviões a jato. Os sons intermédios podem ser produzidos por motores, cães, buzinas, sirenes, etc. O resultado desta barragem acústica não é apenas o nervosismo, a tensão ou a neurose psicossomática mas muito provavelmente a surdez.»

QUARTA. Finda a moda antimoda, que começou com a mini de Mary Quant e acabou com os *shorts,* moda *maxi*, moda *hippy.*

Na próxima estação, Jean Bouquin talvez passe para último lugar e Dior, Saint Laurent e outros surgirão de novo na crista da onda. É que na próxima estação regressa a alta-costura ajuizada, elegante, confortável. Findas as rapariguinhas loucas dos últimos anos, com saias exíguas ou longuíssimas, coletes, colares, anéis, multiplicados pelos dez dedos das mãos, este inverno a moda não sairá dos limites do bom gosto e é feita para a mulher adulta, não para adolescentes dos quinze aos cinquenta anos. As palavras prestígio, luxo, elegância, distinção substituirão o leve, o divertido, o gracioso, o em conta também, claro está. Tudo tem o seu contra e esse é bastante importante.

QUINTA. «A *lanceuse de modes* profissional é uma bonita rapariga mais ou menos atriz, notável pela elegância. Ela possui, em alto grau, a arte de vestir, tem algo de indefinível que se compõe de uma cintura flexível, um andar leve, um jogo de movimentos alado que nem sempre são beleza mas que formam um conjunto muito parisiense. É uma princesa de graça e de *chic,* ao serviço de um grande costureiro, que a veste barato, contando que ela se apresente em toda a parte onde é "bem" aparecer. É, pois, a ela que cabe a honra de animar a obra-prima criada no *atelier* do artista. Quando chega a data de mostrar a maravilha, o costureiro chama a *lanceuse,* veste-a, dá os últimos retoques do estatuário à estátua. Eis a linda boneca que veremos no próximo domingo em Longchamp, se o tempo estiver bom.»

Claro que já viram, por esta linguagem fora de moda, por este manequim antiquado, sem nada de comum com as Verusckas e as Twiggies do nosso tempo, que tudo isto pertence ao passado. O texto foi de facto publicado há 68 anos no *magazine* francês *Je sais tout.*

SEXTA. A carteira era de plástico a imitar crocodilo, o casaco era de napa a imitar cabedal, o anel era de vidro a imitar esmeraldas. Estava sentada na minha frente a fazer boquinhas enquanto conversava disto e daquilo. Talvez não o soubesse mas estava a imitar alguém que tinha encontrado no seu caminho e lhe parecera digno de ser imitado. Fazia um pouco de pena porque a cópia era grosseira, quase anedótica, quase patética.

SÁBADO. É uma simples história copiada da realidade. Mas poder-se-á chamar-lhe história? Vejamos. Uma mulher – uma senhora – sonhou a vida inteira com uma alcatifa. Porque há sonhos e sonhos, e o daquela mulher (daquela senhora) era bastante rasteiro, embora, de certo modo, luxuoso. Nos seus sonhos a alcatifa era prova de conforto máximo, triunfo social, realização. Levou a vida naquilo. Até aos cinquenta anos, quero dizer. Às vezes sonhava alto, e o marido sentiu-se por isso arrastado naquele sonho que não lhe pertencia, as alcatifas e os ornamentos caseiros em geral nunca lhe tinham dito grande coisa. Mas, como já se disse, foi arrastado. E um dia compraram a alcatifa. A data da inauguração foi solene. É que a alcatifa era uma beleza. Verdinha, espessa, pareceria relva ao sol.

Se foram felizes a partir desse dia? Se se sentiram na verdade realizados? Não, nada disso. Primeiro porque aquele sonho a que se haviam habituado lhes fazia – sobretudo a ela – uma falta louca. Depois porque tinham um medo horrível, doentio, maníaco, de sujar todo aquele verde tenro e andavam pela casa nos bicos dos pés.

18 de agosto de 1971

DOMINGO. Nos aeroportos sou surda. Ouço a voz de mel, decerto anunciadora de partidas e chegadas, de horas, de minutos, de segundos, de locais no cabo do mundo para onde os aviões se dirigem ou donde chegam, ouço a voz, dizia, mas não compreendo o que ela tenta comunicar. Há pessoas que logo se levantam, se agitam, correm. Há portanto pessoas que percebem. Mas há outras pessoas que, como eu, abrem os olhos espantados, fazem testas riscadas de perplexidade, tentam a todo o custo separar as palavras, virá-las uma a uma daquela amálgama em que um som deficiente as misturou, acabam por ir informar-se ao balcão. Porque há gente que, como eu, não ouve as vozes dos aeroportos.

Não seria possível arranjar um som menos empastelado, mais suscetível de dizer – a todos – coisas que a todos os presentes interessam?

Foi há dias num aeroporto da província. A menina falava, falava. No banco onde eu estava sentada à espera, seis pessoas desconhecidas umas das outras levantaram-se ao mesmo tempo e correram para o balcão a perguntar o que é que não tinham acabado de ouvir.

SEGUNDA. Leio no *L'Express* um breve artigo sobre habitação, da autoria de Edward T. Hall, do qual me permito transcrever a seguinte passagem:

«Nas populações animais a solução é muito simples e evoca de modo aterrador os novos programas de renovação urbana e a proliferação dos nossos arredores. Se se quer aumentar a densidade de uma população de ratos conservando os animais em boas condições físicas, basta colocá-los em gaiolas separadas, de modo a não se poderem ver, manter essas gaiolas limpas e dar-lhes alimentação suficiente. Podemos, então, empilhar indefinidamente as gaiolas.

»Infelizmente os animais assim fechados tornam-se estúpidos e este sistema é pago por um preço assustador. A questão que se põe é a de saber até que nível de frustração sensorial somos autorizados a descer para "engaiolar os humanos".»

TERÇA. Todos os anos no verão as estradas se enchem de multidões compactas que se dirigem em romagem como que saudosa ao elemento antiquíssimo do qual provêm, nas margens arenosas dos continentes. Aí o homem olha o mar com êxtase, avança para ele, esquece nele tudo o que ficou para trás e sente-se feliz. É como se o seu cérebro recebesse também o banho purificador. Onde os problemas da vida? Ei-lo sozinho – embora rodeado por milhares de pessoas – com a onda que o embala.

Só o homem marinheiro e o homem viajante se arriscam pelos mares fora. Os outros – a maioria – não saem das praias quentes de sol. O homem comum deseja o mar mas sem exagero. No fundo, teme o elemento que esqueceu, mas sente-se atraído. E todos os anos há afogados que por um instante julgaram talvez reconhecer o mar de há mais de setenta milhões de anos.

A atração continua. E os comboios, os automóveis, as camionetas, rulotes, os aviões transportam até aos litorais arenosos a gente do interior, que, chegado o verão, parte em romagem.

QUARTA. É uma rapariguinha deslumbrada a olhar para um vestido de baile numa montra. Mas será mesmo de baile, o vestido? Anda-se agora de comprido por praias e piscinas, portanto… Um vestido longo, em todo o caso. E que me apetece pensar que será para ela de baile. O pensamento é livre, não?

A rapariguinha é aloirada, despintada, modesta no trajar. O sol não lhe aloirou a pele, embora seja verão. Menina sem praia, sitiada, aí está o que ela é. Saia e blusa, sandálias, cabelos lisos pelos ombros estreitinhos. E uns olhos enormes presos no vestido que talvez seja de baile.

Para ela, porém, não haverá decerto vestido nem sapatos de cristal nem fada madrinha a providenciar para que tudo se efetue como deve ser, nem príncipe, pois claro. São coisas de histórias e aquela rapariguinha vive neste tempo sem fantasia, que enterra bem fundo fadas e gnomos. Que ainda tem um ou outro príncipe e é tudo.

Perdido nessa atualidade real, sem possibilidade de sonho possível, ei-la que parte para viagens sem poesia e talvez por isso mesmo perigosas. Debaixo do braço magrinho, a mocinha aloirada, despintada, pouco bonita, leva para casa o sorriso errado que compra semanalmente e no qual sem dar por isso se integra: a fotonovela.

Ei-la, pois, ali, de revista debaixo do braço, a olhar o vestido de baile, perdida neste mundo implacável e perigoso, que, para seu mal, desconhece.

QUINTA. Sempre me fez pena o facto de as casas de hoje não terem, já não digo sótão (isso só se encontra nas revistas de decoração e com uma frequência na verdade tão grande que chegamos a recear que haja mais decorações de sótãos do que sótãos propriamente ditos), mas, pelo menos, um quarto de arrumações, um desses quartos onde dantes se acumulavam velhas cómodas, cadeiras partidas, brinquedos de criança e malas cheias de papéis e retratos.

O quarto de arrumações foi a gruta das maravilhas da minha infância. Quando não sabia mesmo em que gastar o tempo ia sempre lá ler. Não era um quarto muito grande, mas tinha de lado a lado uma grande prateleira, bem funda, para onde se subia por um escadote. Lá em cima, muitas malas cheias de pequenas maravilhas sem préstimo mas apaixonantes, como binóculos, velhos leques, uma sombrinha de renda, sei lá. Eu ignorava tal coisa, mas sempre que subia por aquele escadote e me sentava lá em cima, a folhear um velho álbum de bilhetes postais, a ver retratos amarelados de gente sem olhar, estava travando conhecimento com o tempo.

Há quem diga que os sótãos ou os modestos quartos de arrumação são uma espécie de cemitérios das casas. Não acredito. Eles são o não-funcional, o desnecessário à vida, aquilo de que apesar disso todos nós precisamos como de pão para a boca, embora não nos demos conta disso. Ali podíamos fazer os nossos estudos de investigação viajando à infância ou à juventude dos nossos pais. E os decoradores de sótãos estão a destruir todo o mistério das velhas casas.

Os decoradores de sótãos? Mas os sótãos são pura ficção nos tempos que correm [...] só para ilustrar entrevistas com páginas a quatro cores, como esta que aqui tenho na minha frente.

SEXTA. Que tempo é este em que vivemos? Que há de comum entre um astronauta e um homem iletrado e mal alimentado dos países da fome? Este ano que estamos a viver é bem significativo do nosso tempo. Dois escafandristas gordos andaram pela Lua apanhando pedrinhas – e nós, em nossas casas, pudemos vê-los uma vez mais. Eis-nos, pois, no futuro, em plena ficção científica. Mas ao mesmo tempo eis-nos, nós, gente, nós, homens e mulheres da Terra, ameaçados por uma doença medieval de que nunca soubemos libertar-nos totalmente e que de vez em quando tenta estender em todas as direções os seus tentáculos.

SÁBADO. Não tenho carta de condução e talvez por isso – será? – a minha alma é de peão. Sou quase sempre por eles, por os que como eu (às vezes também ando de táxi) calcorreiam as ruas mais ou menos esburacadas desta cidade que já escolheu local pouco liso para se instalar. As sete colinas, pois. Predestinação? Talvez, quem sabe?

Pois como ia dizendo sou pelo peão. Mas há peões e peões, e às vezes até compreendo os motoristas em fúria. É que há alguns que atravessam as ruas serenamente, olhando em frente, sem um sobressalto, como se vivessem no tempo dos carros (raros) puxados por cavalos que sulcavam as nossas ruas. Hoje (vinha de táxi) vi um desses peões supertranquilos, superabstratos, superausentes. O motorista passou-lhe uma tangente, disse uma palavra feia. Compreendi-o. É que, se a tangente tivesse sido traçada um centímetro mais para a direita, haveria talvez um homem ferido (ou morto), uma carta apreendida e muitos aborrecimentos.

25 de agosto de 1971

DOMINGO. «As novas modas, para terem êxito, devem estar de acordo com certos ideais correntes na época em que são lançadas. As mulheres devem ver na nova moda um símbolo de um ideal que está onde elas [...] apesar de, naturalmente, como com outros símbolos, não haver necessidade de entendimento consciente da sua verdadeira significação. Isto não quer dizer que a personalidade do lançador não seja importante, significa, contudo, que a influência da personalidade iniciadora é eficiente somente enquanto as pessoas a serem influenciadas possam ver no que se propõe, por assim dizer, a encarnação dos seus próprios ideais. Em linguagem de psicanálise poder-se-ia dizer que elas devem projetar o seu superego na pessoa que exerce a influência sugestiva. O uso da sugestão, no lançamento de uma moda, tal como em qualquer outro caso, depende parcialmente do valor efetivo daquilo que sugere. O Belo Brummel foi uma figura importante no mundo da moda porque sabia melhor do que ninguém como criar o ideal da elegância discreta e do gosto perfeito – a mais satisfatória forma de exibicionismo sartório que se permitia aos homens desde que haviam perdido o direito às exibições chocantes dos períodos anteriores. Miss Wills tinha muito mais influência em trajes de ténis do que outras mulheres, por outra razão – a sua habilidade especial dentro do campo de ténis. Ela poderia ter criado a triunfante moda das pernas nuas, enquanto outras teriam falhado. Houve, porém, limites óbvios ao seu poder: ela não poderia ter introduzido um modelo de vinte anos atrás, por melhor que jogasse. As modas a ser introduzidas não devem estar muito longe dos sentimentos e aspirações da época. Mas há uma relação direta entre o prestígio do lançador da moda e o grau de diferença que ele pode ligar na sua intentada inovação. Quanto maior a inovação (tanto em direção progressiva como retrógrada) maior o prestígio necessário a quem a apresenta.»

Este texto é da autoria de J. C. Flügel e foi extraído, com a devida vénia, do volume *A Psicologia das Roupas.*

SEGUNDA. De Madeleine Chapsal em *L'Express:* «Essa desqualificação do trabalho feminino, que tem causas de toda a espécie, históricas, psicológicas e culturais, faz com que a mulher seja muitas vezes condenada a ficar numa casa onde o seu papel perdeu todo o valor. Dantes, com efeito, a mulher era não só reprodutora mas produtora: ela fabricava os alimentos, a roupa da casa, a roupa de vestir. Hoje ela é sobretudo consumidora. Resta-lhe cuidar das crianças pequenas e o desespero com que muitas mulheres o fazem.»

TERÇA. Para nós, sedentários por obrigação ou por gosto, o turismo é azul. Quem nos visita não são geralmente os latinos morenos mas os loiros germânicos e anglo-saxónicos, sequiosos de verão. Eles vêm em busca do céu azul que nós temos, mas trazem consigo o azul dos olhos e também camisolas e blusas e vestidos que lhes ficam bem ao olhar. Vejamos um grupo de nórdicos, sejam eles alemães, suecos ou holandeses, ou até ingleses ou belgas. E lá estão as roupas da cor das pupilas muito azuis, porque o azul é a cor que melhor lhes fica, a todos, homens e mulheres de qualquer idade, crianças.

Por Portugal fora, onde quer que haja turistas, o azul é a cor dominante. No céu e na terra, claro. Porque no céu... Mesmo em família o nosso céu é implacavelmente azul. No verão, claro está. Porque passado o mês de setembro...

Bem, o nosso clima não é tão suave como dizem cheios de boa vontade os cartazes turísticos. E o céu nem sempre é azul. Porque se fosse... Bem, se fosse, era formidável e íamos dedicar-nos todos nós, portugueses, ao turismo.

QUARTA. As pessoas supersensatas são às vezes assustadoras. Para elas tudo é previamente traçado a compasso e esquadro, e ai de quando alguém sai dos limites da normal sensatez.

Conheço alguém que foi durante muitos anos doente. Uma mulher, casada, com filhos, com netos desde o ano passado. Correu por assim dizer todos os médicos, e as pessoas lamentavam-na. Era uma mulher triste. Coitada, dizia-se. E era tanto assim que **coitada,** e às vezes **coitadinha,** conforme o grau de pena que as pessoas tinham dela, já funcionava logo a seguir ao nome. A Fulana Coitada (ou coitadinha, portanto) raramente saía de casa, estava magríssima, não dormia, comia pouco porque tudo lhe fazia mal. A Fulana era pois uma pessoa digna de pena.

Ora um dia um médico descobriu a cura da Fulana, e ela deixou de merecer o epíteto de Coitada. Passou a gostar de comer bem, de se vestir bem, de sair. Renasceu.

Pois há bocado uma pessoa sensata a quem falei, contente, da Fulana, declarou, perentória: «O que ela está é doida.»

QUINTA. Têm leves sorrisos às vezes televisivos, radiofónicos – quem disse que um leve sorriso não se pode ouvir pela rádio? –, sorrisos que condescendem em sorrir não se sabe bem de quê, de quem. São os eternos satisfeitos. Não falam de um assunto que interessa a todos os que os ouvem, a muitos, em todo o caso, mas de um assunto que os interessa muito particularmente a eles. Quero dizer, eles próprios. Fizeram, disseram, pensaram, escreveram, pintaram, estudaram, tiveram fases, tiveram períodos, realizaram-se. Estão ali e estão no centro do mundo. O bico do seu compasso pessoal está neste momento ali mesmo, embora o não vejamos. O resto, tudo o resto, desde a fome no mundo à viagem à Lua, é circundante e secundário.

Claro que todos nós somos mais ou menos conscientemente o centro de um mundo, o nosso, claro que sim. Mas o nosso desenho é mais leve e a nossa terminologia diferente, mais discreta, mais diluída. Não somos satisfeitos, paciência, que havemos nós de fazer?

Falei na rádio, na TV. Foi uma entrada na matéria. Não há tantos satisfeitos como isso mas há bastantes. Todos nós conhecemos um pelo menos. É, por exemplo, aquela senhora que sabe tudo e tem sempre razão (nem uma dúvida, por mais pequenina, a turvar a limpidez das suas certezas). O público dessa senhora não é em grande número – porque isso lhe é impossível –, é uma família, é uma pessoa. É, por exemplo, aquele homem que perora no café ou na tabacaria e que se fosse ele fazia e acontecia e andava tudo direito. Porque ele consegue, ele é capaz, ele sabe. Ele. Ele. Ele.

Admiro-os, pronto, embora do meu lugar na plateia para o palco onde se exibem. São os eternos contentes, contentes porque exibem e são assim. Que maior felicidade pode uma pessoa desejar?

SEXTA. Na moldura de prata, veludo ou cabedal, conforme as preferências de cada um, devíamos colocar, não o nosso rosto mas a nossa impressão digital, já que, vendo bem, ela é a única coisa pessoal e intransmissível que possuímos. Olhos assim (ou de outra maneira porque o lápis ajuda muito), boca com ou sem batom, nariz antes ou depois da operação de cirurgia estética há-os aos milhões, embora o encontro olhos-nariz-boca iguais já não seja tão frequente, seja mesmo bastante raro. Em todo o caso... Há tempos dei comigo numa fotografia de jornal. Foi um daqueles encontros de nos deixar estupefactos porque eu estava no Porto numa assinatura de autógrafos que se realizara dias antes. Ora a verdade é que eu não tinha ido ao Porto. Mas não havia dúvida de que lá estava, de livro na mão e à espera de vez. Eis uma coisa perturbadora. Quem seria aquela pessoa que, pelo menos numa fotografia de jornal, era eu sem tirar nem pôr, só com um casaco diferente?

SÁBADO. É na verdade estranho – mas, pensando bem, será assim tão estranho? – este desejo que se tem de conhecer em pormenor a vida particular das pessoas célebres. E, quanto mais cinzenta é a existência das pessoas em questão, maior o interesse que demonstram. Claro que quando dizemos pessoas célebres não estamos a explicar-nos bem. Nem todas são objeto dessa curiosidade em grandes doses, chamemos-lhe popular. O livro sobre a vida de Picasso, apesar de este ser o maior pintor (ou um dos maiores) da atualidade, só interessou a um número restrito de pessoas. De resto, Picasso não teve culpas no cartório pela publicação do texto de Françoise Gilot. O mesmo não pode dizer-se de Svetlana, que procurou mesmo o país onde seria melhor paga para fazer o seu *striptease* pessoal e até familiar.

Mas o grande público não está interessado (ou não está muito interessado) em Picasso e Svetlana. Ele necessita de um toque foto-novelesco para aderir. E as suas preferências vão para a menina modesta que casa com o imperador das mil e uma noites, para a princesa contrariada pela família nos seus amores e para a princesa-mais-bela-do-mundo cujo rei, seu esposo, repudiou por ser estéril. Sim, de facto, nenhuma atriz de cinema, nem mesmo a Marilyn, interessou tanto as multidões como Margarida (no tempo de solteira), Soraya e Farah Diba.

Margarida nunca colaborou no género memorialístico, em que caíram Soraya e Farah, mais atualizadas, pelos vistos, do que as princesas europeias (as mulheres africanas e orientais surpreendem-nos constantemente, são presidentes, são primeiros-ministros, são embaixadoras). São memorialistas.

Em todo o caso, a rainha Isabel curvou-se aqui há tempos perante as exigências do momento e abriu à televisão inglesa as portas do palácio, para a filmagem de um documentário intitulado *A Família Real,* em que o povo pode ver como vivem a sua rainha, o marido e os filhos.

Morreram as fadas, mas ficaram as princesas (poucas). É o que pode ser, e as gentes de vida cinzenta aproveitam o mais que podem as suas felicidades e infelicidades. Diga-se de passagem que as tais gentes apreciam mais as infelicidades, apesar de Farah Diba. É que podem dizer: «Veem que o dinheiro não dá a felicidade?» Ou: «Coitada, nem tudo são rosas na vida dela.» Ou ainda: «Nós às vezes julgamos que eles não têm problemas e afinal…» E afinal têm. Aqui está uma consolação. Fraca, diga-se de passagem.

1 de setembro de 1971

DOMINGO. A moda é, digam o que disserem, uma das coisas mais inevitáveis que há. Pensamos que aquele feitio é deselegante, que aquela cor nos fica mal. Mas, de repente, ou a pouco e pouco, vamo-nos convencendo, até porque, sem darmos por isso, deixamos de resistir, de esbracejar contra a corrente. Rendemo-nos, pronto. Depois, andar à moda ainda é a melhor maneira de não dar nas vistas. Pois não é verdade? Isto, claro, pensamos nós quando compramos a última peça da estação que está no fim ou a primeira da que se anuncia.

*

«Só é novo o que foi esquecido», disse Rose Bertin, que foi modista de Maria Antonieta. Mas a moda do próximo inverno é, ao que parece, feita de coisas que ainda não tiveram tempo de cair no esquecimento. Alguns exemplos: as meias – horror – voltam a ter costuras, os sapatos voltam a ter saltos altos, regresso das pérolas, das golinhas brancas, dos pregadores, dos *tailleurs* com saia, das saias plissadas, dos penteados à pajem, das gravatas *lavallière.* Findos, enfim, os exageros da fantasia e regresso a um meio-termo ajuizado e sem grande originalidade. A moda espera um pouco, prepara-se talvez para deixar o mundo sufocado. Para o ano? Daqui a dois anos? Por enquanto, descansemos num inverno sem espantos.

SEGUNDA. Aqui há meses veio parar-me às mãos um livro em branco. Não um livro branco, não. Este era mesmo branco, totalmente, lá dentro nem uma letra sequer. Só na capa. Mais nada. Houve quem achasse graça, houve quem se sentisse ofendido com a coisa. Adiante.

Aquele livro sem palavras fez-me pensar na maravilha que seria receber um disco sem música. Punha-se no gira-discos, fechavam-se os olhos e ficava-se a ouvir o silêncio da agulha nas espiras. E uma fita magnética de repente fita vulgar? E uma cassete muda? E se tudo isto acontecesse com todos os discos (sem esquecer os das estações de rádio), com todos os gira-discos, com todos os gravadores? Durante uns dias, claro.

Nada disso, até gosto muito de música. Mas às vezes apetece mesmo um pouco de silêncio.

TERÇA. Não são só as *misses* disto e daquilo, desde Portugal ao simples rio Tejo, Tágides, pois, desde as *teens* até às modestas jovenzinhas das sociedades recreativas de Lisboa e arredores. Já há cidades que querem ter *miss,* já há províncias. Está sendo, por assim dizer, uma epidemia à escala nacional. *Misses,* rainhas, princesas, damas de honor e por aí fora. Isto quanto às beldades mais ou menos belas.

Agora as manequins. Até há pouco tempo existiam, claro, mas mantinham-se num silêncio discreto, só as frequentadoras de passagens de modelos, as consumidoras de alta-costura, as conheciam. As estrangeiras, Twiggies, Verusckas, Shrimptons, essas, sim, davam que falar. Agora as nossas… Mas eis que de repente… Pois é. De repente houve também a explosão das manequins. Uma até foi Miss Portugal. E ei-las que dão entrevistas, que aparecem, que se tornam conhecidas do grande público, mesmo do grande público mais ou menos indiferente à moda. Saltam da *passerelle* para os jornais, para os *magazines*, para o pequeno ecrã.

Que significado tem tudo isto? Bem, talvez nos estejamos a europeizar. Bem? Mal? Assim-assim? Se bem me lembro, já aqui me tinha referido às *misses*. Hoje acrescento as manequins. Falar por falar.

QUARTA. Foi há anos, foi há tempos, foi ontem que as vi? Não, ontem não foi. Era quase primavera, bem me lembro, e ao tempo que não é quase primavera! Vi-as, portanto, um dia qualquer numa sala cheia de gente, de mulheres, mais concretamente de senhoras.

Eram três. A mais novinha teria quatro anos, a mais velha sete. Passavam modelos. Subiam três degraus, caminhavam por uma *passerelle* fora, desenhavam uma voltinha lenta, regressavam ao ponto de partida. Eram bonitinhas – crianças daquela idade, não é assim?, são sempre bonitas –, direitinhas como fusos e tinham sorrisos inquietantes de quem sabe de repente que sorrir é necessário e que aquilo é uma brincadeira diferente. A locutora anunciava-as pelos seus nomes, tal como fazia habitualmente com as manequins-mulheres, descrevia os fatinhos que vestiam, lindos com bordado inglês [...]. A assistência sorria, enlevada, perante as meninas pequenas-crescidas. Aquelas não faziam jantarinhos, passavam modelos, outra maneira de brincar – brincar mesmo? – às senhoras crescidas e também à sociedade de consumo, ao gosto pelo que se usa, enfim.

As presentes eram mulheres ricas, eram mulheres que viviam à custa do seu trabalho ou do trabalho dos maridos. Todas, porém, estavam em êxtase. Estranho, não é? Hoje lembrei-me de tudo isto porque vi uma garotinha altamente preocupada com o vestido.

QUINTA. Claro que há quem não tenha tempo nenhum para ler durante o dia e que à noite esteja tão cansado que, logo que se deita, adormece. Há também quem não tenha o hábito da leitura e gaste os seus ócios mais ou menos longos a ver televisão, a conversar ao telefone ou com os amigos no café. Há ainda mulheres que gastam esses mesmos ócios, se assim se lhes pode chamar, a fazer *tricot* (que é sempre útil) ou renda (que é quase sempre inútil).

Há quem esteja convencido de que letras são tretas e que comprar um livro é gastar dinheiro e perder tempo. Quem pensa assim na idade adulta só muito dificilmente aprende a pensar de outro modo. Porque a leitura exige treino. Nada a ver com fotonovelas e jornais desportivos.

Quem não lê não sabe o que perde. Os livros são os nossos melhores amigos, é uma frase feita mas é uma frase certa. Amigos que nos ajudam, que nos acompanham, que nos enriquecem com o seu saber, que nos dão momentos agradáveis de fuga ao quotidiano ou momentos pouco agradáveis mas necessários de chamamento à pedra da vida.

SEXTA. Os negros americanos celebrizam-se geralmente (admito que haja exceções, as tais que confirmam as regras) através do desporto e da música. As mulheres do mundo nosso conhecido, o ocidental, portanto (outra minoria), celebrizam-se também (geralmente, está bem de ver) através da música, do teatro-cinema (como intérpretes, é bom não esquecer). James Baldwin, Luther King, Stokely Carmichael ou Richard Wright são tão excecionais como Simone de Beauvoir, Indira Gandhi, Golda Meir ou Bernadette Devlin.

Claro que há muitas exceções. Mas, como já disse, elas são necessárias às regras. Isto é, pelo menos, o que me parece.

SÁBADO. Uma criança sem credenciais de nenhuma espécie. Uma criança vulgar, só mais tímida do que as outras, metida numa redoma que ignorava, e donde não podia, por mais esforços que fizesse, sair. Tinha também uma pele extremamente frágil, tudo a arranhava, tudo a magoava. Às vezes chegava a casa dilacerada e coberta de sangue, mas ninguém lhe via os ferimentos tão invisíveis como a redoma dentro da qual – com a qual – se movia.

E então um dia fez uma viagem, uma longa viagem ao país fantástico de telhados brancos e céu cinzento onde os seus pais moravam. Esteve lá quatro meses ou quatro dias ou quatro minutos. E passado esse tempo, quando voltou ao difícil dia a dia, os colegas rodearam-na interessados e ela pôs-se a contar coisas dos patinadores de gelo, do pequeno incêndio no Bosque de Schottenhof, do príncipe e da princesa sueca recém-casados a acenarem ao povo dentro de um carro aberto e cobertos de flores. De muitas coisas mais. Entretanto, descobria que era útil conhecer uma coisa que mais ninguém conhecia. Era a sua credencial, a única, porque não era uma criança bonita nem simpática e tinha a tal redoma. Nem mesmo muito mais tarde quando aprendeu a pintar quadros e fez exposições se sentiu momentaneamente tão digna ou pelo menos tão objeto de interesse como depois dessa viagem dos seus sete anos. Foi um interesse que durou enquanto a escola primária durou. No liceu, a coisa atenuar-se-ia até se diluir por completo. No terceiro ano, apareceu um colega que tinha nascido no Brasil e outro que passara recentemente férias em Madrid. Ah, a grande força das últimas notícias em detrimento das antigas. Mesmo em Madrid essas férias passaram a ter um interesse muito maior que as suas, já perdidas no tempo. Contaram-me hoje esta história. A criança. Que fez, anteontem, 40 anos.

8 de setembro de 1971

DOMINGO. Leio uma pequena frase que pode dar pano para mangas, como é costume dizer-se. Ei-la: «Este ano nasceram mais homens do que num século no tempo de Jesus Cristo.»

SEGUNDA. Encontro-a vegetalmente parada e tranquila, à beira de uma estrada deserta. Nem uma aragem a mover-lhe os verdes cabelos. Parece estar ali há séculos, e talvez esteja. É alta e forte, do género de aguentar a pé firme, sem que o seu corpo estremeça, invernos e tufões. Não sei que árvore é, não as distingo. Só pinheiros, eucaliptos e oliveiras, e ela não é nenhuma dessas coisas. Uma árvore simplesmente. Enorme, senhora de uma sombra alta e ampla de catedral, ali onde nunca passei e onde talvez não volte a passar. Uma árvore que eu gostava, não de possuir, não, não se pode possuir uma árvore, e quem julga que tem árvores é porque nunca pensou bem no caso. Elas foram-lhe emprestadas durante uns anos ou, quando muito, uma vida. E o que é uma vida? Não é, pois, ter aquela árvore que eu queria, mas morar perto dela ou ela perto de mim. Ela perto de mim era preferível. Sonhos luxuosos e impossíveis, está bem de ver, de quem vive na cidade, numa simples fatia horizontal de prédio.

TERÇA. O calor do sol e o barulho embalador do mar agem nas criaturas como uma droga tranquilizante. Ali, na praia, são esquecidos os problemas que há quinze dias eram importantes e que o serão de novo dentro de uma ou duas semanas. Por enquanto, findos os receios, as pequenas e grandes invejas, as frustrações. Ali tudo é fácil e belo. As próprias criaturas são diferentes, têm outra pele, doirada, usam outro traje. Aboliram-se as classes sociais, senão totalmente pelo menos em parte. E, quando a diferença é muito visível, isso não cria complexos aos menos queridos dos deuses. E em quase todas as vilas turísticas há um passeio dos tristes que não se sentem absolutamente nada tristes e gostam de ver os outros, os tais, os mais elegantes, entrarem para o Casino ou para a *boîte*. É que o calor do sol e o barulho embalador do mar prolongam-se, por assim dizer, pela noite fora. Não há frustração que resista. Mas daqui por duas semanas há o regresso à cidade, ao trabalho, aos problemas. E é como se as pessoas fossem lançadas num poço de onde não há saída possível.

A não ser para o ano, claro. Em agosto ou setembro.

QUARTA. Senhoras a trocarem entusiasticamente amostras de rosetas para colcha. Vi-as e ouvi-as. Por acaso. Estava ali. Tão contentes, tão tranquilas, tão vaidosas com as flores de linha branca saídas das suas mãos de fada! E sem pensarem que as colchas de rosetas e outros trabalhos manuais idênticos estão a dar o seu último suspiro. Porque as filhas (as netas nem falar nisso é bom) não terão criadas. Elas vão desaparecendo em todo o mundo. Porque seríamos nós privilegiadas? E sem criada haverá tempo para cuidar desses requintes, para os executar? Depois... Daqui por uns anos as mulheres trabalharão cada vez mais fora de casa, todo o dinheiro é pouco, a vida está cada vez mais cara, não é verdade? Colchas de rosetas e outras rendas? Meu Deus, são coisas de quem precisa de gastar o tempo, de quem precisa de provar a si própria ou aos que a rodeiam (mesmo sem dar por isso) que sabe aproveitá-lo. Isto em muitos casos, claro. Não digo de todos. Sou contra as generalidades.

QUINTA. Era um homem vexado, usado como um ser desprezível, sem alma, contaram-me. Como uma coisa. Era um homem assim no dia em que soube, porque alguém lho disse, porque alguém o disse a outra pessoa e ele ouviu. Tinha concorrido a um lugar, tinha feito provas, não fora aceite, adiante. Recebera a notícia com tristeza, é normal, mas sem revolta. Era a vida. Houvera um concorrente melhor, paciência. Depois, um dia, nesse dia, soubera que não tinha havido concorrentes melhores nem piores, pela simples razão de que o lugar estava antecipadamente prometido a alguém, e tudo aquilo não passara de uma nuvem de poeira atirada aos olhos ingénuos e até aos olhos sabedores de umas tantas pessoas. Então aquele homem gritou a sua indignação, a sua raiva, sentiu-se enganado, sujo, objeto de irrisão, de total indiferença. Como se não fosse um ser humano.

Tinha razão.

SEXTA. Entrou logo depois de mim e bateu ao de leve mas firmemente no balcão com as chaves do carro. «Não há quem atenda?», perguntou num certo tom de voz que faz vir como cordeirinhos todas as empregadas de todas as lojas. Queria *Evasion* ou *Sortilège* ou *Imprévu,* já não me lembro, só que era um frasco com um nome assim, vago mas requintado, que logo pagou com umas boas centenas de escudos. A sua voz também era requintada, por estudo ou nascimento, e *Sortilège, Imprévu* ou *Evasion* deviam estar certos para ela. Era mulher de não se interessar pelos mundos em redor, só pelo seu mundo pessoal, harmonioso e confortável, povoado por gente que triunfou na vida ou já entrou nela triunfante. E por mais ninguém. Mesmo à empregada, que acorrera pressurosa, ela, ia jurar, não a via.

Quando a mulher saiu, a rapariga deu comigo ali, encostada ao balcão e a pensar em tudo isto. E perguntou-me o que queria num tom de voz um tanto ou quanto aborrecido. O que até é compreensível. Eu queria simplesmente um vulgaríssimo verniz para as unhas.

SÁBADO. Depois de uma longa viagem de automóvel em que encontrei todo o género de motoristas, desde aqueles que acima de tudo se preocupam em ultrapassar o próximo, aos que seguem pelo meio da estrada, tranquilos e imperturbáveis, encontro, no *L'Express,* esta definição de motorista, dada pelo sociólogo Georges Friedmann: «O motorista é o comandante solitário, omnipotente ou que assim se julga. Na realidade, trata-se na maioria das vezes de um indivíduo vulgaríssimo que sabe mexer num travão ou num botão. O motorista é um exemplo do subdesenvolvimento intelectual e afetivo da humanidade; na civilização técnica, o homem é inferior às suas obras. E este tipo de homem inferior às suas obras, há-os em centenas de milhões de exemplares, é o tipo motorista.»

15 de setembro de 1971

DOMINGO. Ele, o artista súbito, gritou qualquer coisa que não ouvi – estava longe –, fez um gesto largo e decerto elucidativo porque, a uns metros de distância, a sereia, toda ela *maillot* preto e pele avermelhada, mudou logo de posição, voltou a cabeça uns noventa graus para a direita, ficando de perfil, dobrou um pouco uma das pernas, ei-la à espera da imortalidade através da máquina. Estava encarrapitada numa pequena rocha cercada de mar por todos os lados, mar pequenino, de onda fraca, levemente verde. Ele, o fotógrafo, tinha água até à cintura, ossos do ofício. Era um domingo de verão. Havia sol mas nunca fiando. Algumas nuvens, grandes e redondas, opacas, estavam a aproximar-se perigosamente (é um modo de dizer) da estrela da vida.

E pronto. O rosto girou ao de leve, em sentido inverso, a perna endireitou-se, a sereia subitamente mulher – *vulgaris* de Lineu, diga-se de passagem – desceu aos saltinhos, e rindo muito, do seu pedestal com mexilhões esculpidos. Penteou os cabelos com os dedos abertos, aproximou-se do Pigmalião de há um instante, deram as mãos e seguiram pela borda da água. Daí a bocado vi-os a atirar mãos-cheias de mar um ao outro. Divertiam-se imenso e estavam sós no mundo, ali, naquela praia de um domingo à tarde.

SEGUNDA. Este inverno a moda volta de novo a página – há quem diga que o que ela, moda, faz é recuar muitas páginas –, e eis de novo a senhora *chic.* Ao tempo que não encontrávamos esta senhora que se vestia bem e caro, que era ao mesmo tempo discreta e luxuosa. Até a velha raposa voltou, até a saia pelo joelho. Findo Katmandu e outros centros mais ou menos *hippies,* onde explodiu a antimoda dos últimos anos. Findo Jean Bouquin e outros costureiros mais ou menos cabeludos. Cardin, Chanel, Saint-Laurent são novamente reis.

Mas, e a juventude que há anos ergueu a sua bandeira e se vestiu como muito bem entendia? Irá ela desistir lá porque uns senhores, bons criadores mas acima de tudo bons negociantes, o decidiram? Parece-me que não, e que vamos assistir a um inverno em que as mães deixarão de se vestir como as filhas, só isso.

TERÇA. A falta de água na Terra, nesta Terra que delapida entusiasticamente os seus bens sem pensar no dia de amanhã, é um dos grandes males que ameaçam a Humanidade. Crescemos assustadoramente de ano para ano, a água dos rios corre para os mares, a água subterrânea, das nascentes, vai diminuindo. Nunca pensámos no dia de amanhã porque as riquezas nos pareciam sem fim. Agora, porém, sabemos que esse fim se aproxima, embora com relativa lentidão. E a falta de água – a pobreza de água – significa não só a sede e a falta de uma higiene a que nos habituámos, mas também ou principalmente a fome, visto que os campos não serão bem irrigados.

Talvez os gelos eternos das altas montanhas salvem a Humanidade ameaçada. Cientistas russos, chineses e chilenos já estão a estudar muito a sério esta «economia dos glaciares». Os estudos são feitos a norte do Tibete e nos Andes Meridionais. Gelo que será um dia água preciosa, mais preciosa e rara do que as joias de hoje, que, afinal, de pouco ou nada nos servem.

Por enquanto vamos pensando – não custa nada – que a água corrente, nas nossas casas, será talvez um dia para os nossos descendentes – esperemos que afastados – um luxo asiático.

*

Leio que se prevê para os próximos cinquenta anos a descoberta e o consequente aproveitamento, para fins utilitários, do fundo dos oceanos. Os minérios e petróleos desta Terra vão estando gastos e então os homens irão buscá-los um destes dias às grandes profundidades subaquáticas. O Japão, que nestas coisas é sempre pioneiro, já consegue anualmente dez milhões de toneladas de carvão extraído das profundidades marítimas. E preveem-se plantações nos mares que poderão talvez alimentar os homens que levianamente se multiplicam, sem pensarem que um dia destes os alimentos serão insuficientes, mesmo nos chamados países ricos. Dos outros, dos da fome, é bom nem falar.

Enfim, o homem ou voa até à Lua (por enquanto só até à Lua) ou mergulha nas grandes profundidades. A Terra firme é que já lhe diz pouco. De facto, só no desconhecido pode haver alguma esperança.

QUARTA. «Esta fotonovela é uma coisa…» E a menina bonita do anúncio de não sei que produto – fiquei tão espantada que nem ouvi o resto – morde o beicinho de entusiasmo. Muitos e variados brindes têm sido dados por muitos e variados produtos: chávenas, frigideiras, facas, panos do pó, sei lá. Coisas úteis, enfim. Mas esta das fotonovelas… mas esta da poluição mental em brinde é nova e é de espantar.

QUINTA. Para alguns, as férias já acabaram há um certo tempo, para outros estão a terminar. Muitas pessoas, depois de um ano de trabalho, procuram um ambiente igualmente exaustivo. Praia, barcos a motor, *boîtes,* ruído, conhecidos com quem é preciso conversar, a quem é urgente causar boa impressão. Enfim, divertem-se. Quantos de nós passamos as férias num lugar tranquilo, quase completamente isolado, fora da civilização? Poucos. A agitação apoderou-se de nós, já não sabemos descansar como dantes, numa rede ou numa cadeira de lona, em plena natureza. Depois… Pois é, depois também há isso. Uma pessoa leva onze meses ou onze anos, ou mais, sem se encontrar – tem lá tempo para isso – e de repente, sem preparação, dá de caras consigo. O encontro nem sempre é agradável. É mesmo, na maioria das vezes, incómodo. Muito mais fácil é continuar como durante esses onze meses ou esses onze anos, ou mais, distraído e como que drogado.

Por isso, os que já regressaram perguntam aos que chegam se as férias foram boas, se se divertiram. Ninguém pergunta se descansaram.

SEXTA. Os *clackers* (as terríveis esferazinhas de baquelite) que este verão invadiram a Europa via Itália foram primeiro lançadas nos Estados Unidos. Mas há quem diga que elas foram vistas (e ouvidas) há anos, num hospital psiquiátrico do Connecticut e também num manicómio norueguês.

SÁBADO. A época teatral anuncia-se perigosa. Há muito boa gente com medo de Virginia Woolf e outra tanta sem coragem de ver a peça do Brecht, que, ao que parece, se segue à *Querida Mamã,* de Roussin. Claro que talvez essas pessoas não tenham razão para tanto medo e falta de coragem, mas...

22 de setembro de 1971

DOMINGO. Há homens merecedores da gratidão de todos nós, e os bombeiros estão num dos primeiros lugares. Isto é sabido e indiscutível. Não é, porém, aos bombeiros que vou referir-me, mas a um bombeiro que até hoje julguei que fosse figura de ficção, produto da fantasia de um romancista de Alendo, Hervé Bazin. Conheci-o há anos no *Óleo Sobre as Chamas.* Chamava-se Bertrand Colu e era um homem infeliz em família, que ateava incêndios que depois, com desprezo pela própria vida, ajudava a apagar.

Ora ontem, no jornal, encontrei em notícia da F. P. a história de outro bombeiro pirómano, o belga Ludo Vlaeminck, que procedia exatamente como o Colu de Hervé Bazin.

Mas o que é a ficção neste mundo louco? Tudo é possível, tudo o que lemos pode ter acontecido ou vir a acontecer.

SEGUNDA. Hoje uma esplanada quase só cheia de homens e uma rapariga baixinha, sobre o forte, de *hot pants,* que passou. Meu Deus, o que eles disseram. O que eles ficaram a dizer. Alguns, claro.

Sou contra os *hot pants,* volto a dizê-lo. Felizmente, estão a dar o último suspiro. E sou contra porque assim vestidas as mulheres parecem exibir-se. E os homens portugueses, muitos deles, ainda são marialvas, conscientes ou inconscientes, deixarão de o ser algum dia?

Quando serão as mulheres, olhadas por eles como iguais, suas iguais, a quem, por exemplo, não se dizem coisas daquelas quando vão a passar? Mas também quando aprenderão as mulheres que todo o exibicionismo a que assistimos este verão é um atraso de vida, que as faz recuar para o velho lugar de objeto exótico, e nunca avançam para a desejada libertação?

TERÇA. O cardeal Martin, conforme os jornais disseram, andou perdido pela montanha durante três dias e duas noites. Entrevistado pela rádio, o cardeal declarou: «Passei três dias e duas noites sem comer nem beber, o que prova que, em geral, na nossa sociedade, nos tratamos demasiado bem.»

E Françoise Giroud comenta no *L'Express:* «A frase do cardeal, pronunciada nestas circunstâncias, mostra-nos o que separa a necessidade do desejo. *Foie gras* para quê? E até carne assada… Água quente, um automóvel, a televisão, creme de barbear, lençóis, para quê? Estes acessórios e milhares de outros que nós usamos são tão supérfluos, quando pensamos nisso, como os foguetões *Apollo*.»

*

Mas não se trata do bom e do mau, mas sim do fantástico americano em pílulas semanais. Temos *Mrs. Muir e o Fantasma,* temos *Casei com uma Feiticeira,* temos, até certo ponto, *Skippie,* filme em que um golfinho (todos sabemos muito bem que o cérebro do golfinho e o do homem, mas em todo o caso...), em que um golfinho, dizia, percebe o inglês da América com uma facilidade na verdade impressionante. Bruxas simpáticas e não tanto, fantasmas enamorados de mulheres vivas, animais que falam (enfim, quase) vêm-nos dos Estados Unidos em doses industriais. Sentemo-nos, pois, frente ao pequeno ecrã e sonhemos – não custa nada – que somos outra vez crianças.

QUINTA. Há professores – havia-os, pelo menos, embora raros, ainda existirão? – que, se não nos estragam o tempo, o deterioram, pelo menos, gravemente. A mim foi aos doze anos que isso aconteceu. Mas um dia pus os pontos nos ii à família e deixei de ir àquela aula. Como o ano estava quase no fim e eu não tinha faltas, a coisa lá foi e passei com dez no exame. Nada mau.

Devia ser uma mulher doente dos nervos, enfim, gravemente doente, aquela professora. Não falava senão aos gritos, proferia ameaças, e o ponteiro não nos poupava. Penso que ela devia estar no fio da navalha entre o juízo ainda e a loucura já. Na aula havia um ambiente de verdadeiro terror. Era o prolongamento na vida real da bruxa das histórias da nossa infância próxima. Tinha, de resto, o chamado *physique de l'emploi* [10]. Obrigava-nos a decorar, às vezes de um dia para o outro, um verbo inteiro – era francesa e mestra de Francês – e o mais pequeno erro e a menor hesitação enfureciam-na. Um dia, de tão irada, atirou um tinteiro a uma parede. Houve nesse instante o grande silêncio do terror.

Creio que foi nesse dia que resolvi abandonar aquelas paragens. A família compreendeu, felizmente. Parece que eu andava enfiada,

---

[10] Expressão idiomática francesa que associa os traços físicos à profissão que alguém exerce. Neste caso, a professora «tinha mesmo o ar de professora--bruxa-má». (*N. da Org.*)

tristinha e sem apetite. Era daquilo. Pois hoje encontrei uma colega desses dias deteriorados a quem nunca perdi de vista. Entrámos na mesma loja, demos connosco ao lado uma da outra e ficámos contentes por nos ver. Como sempre, embora nunca tivéssemos feito nada por estreitar relações.

Estás na mesma. Estás mais nova. Engordaste. Os teus filhos? Coisas assim. Conversas de não dizer nada. Depois eu, já não sei porquê, perguntei:

– E a mademoiselle Martin? Lembras-te da mademoiselle Martin? Que megera!

Ela suspirou e disse:

– Bons tempos, Emília, bons tempos.

Será infeliz, terá má memória? Ou ter-lhe-á dado a natureza o invejável condão de reconstruir a seu modo a infância?

SEXTA. O lojista disse:

– Que tempo! Ora faz um calor de rachar ora parece que estamos no inverno. Não há nada a fazer, o tempo já não é o que foi. Aqui está o que eles ganharam…

– Eles?

– Os americanos, pois. Está-se mesmo a ver. Está-se mesmo a ver. Desde que foram à Lua isto é assim. Não é preciso ser-se muito esperto para ver que é assim. Fizeram um bonito serviço, lá isso fizeram.

Foi isto o que disse o lojista. Não comento. Repito.

SÁBADO. As pessoas que diariamente desaparecem ou querem acima de tudo desaparecer desta paisagem! Pôr um ponto final. Recomeçar. As pessoas julgam que a paisagem tem grande importância num recomeço. E às vezes tem, de acordo. Mas só às vezes.

Leio o jornal um dia, hoje. E aqui temos os que morrem (geral mas não necessariamente velhos), os que fogem (quase sempre adolescentes), os que alguém apaga da sua existência com foto e declaração – eu abaixo assinado – (geralmente mulheres casadas). Há ainda os que morrem de desastre, os que foram assassinados, os que vendem o que têm por motivo de partida. Há os que oferecem o seu trabalho mas que querem ir para a África, há empregadas domésticas que pretendem ir para o estrangeiro, há os que já anunciam que têm passaporte.

Senhor, tantos desaparecidos!

29 de setembro de 1971

DOMINGO. Onde o patriotismo das criaturas pode ir alojar-se, senhores! Sem nos darmos conta, está bem de ver. Encontrei hoje a H humilhada e ofendida. Frustrada. Indignada. Pois eu não achava? Ah, tinha sido uma maquinação. Tentei fazê-la compreender – para sua tranquilidade de espírito – que talvez não fique nada disso. É que todas eram decerto muito bonitas e entre as belas escolher as mais e as menos belas deve ser às vezes um trabalho difícil como tudo. Lembrava-se do Páris, dos sarilhos que arranjou? Não ficou convencida. Nem vencida.

Tratava-se, como já perceberam, da eliminação da Miss Portugal. E eu, que sou contra concursos de beleza, despedi-me da H com um leve sorriso de superioridade – coitada da H, coitada da H – e a pensar ao mesmo tempo que, de facto, a pequena, não há direito, merecia, pelo menos, um segundo lugar. É que é mesmo bonita. Ali houve coisa.

SEGUNDA. Sei hoje através do *Diário de Lisboa* que nos Estados Unidos estão em curso estudos para a transformação de estrumes, água de despejos, detritos vegetais e lixos caseiros no bom petróleo, produto precioso e até causador de desentendimentos e guerras entre os povos. Parece que desde que não se trate de vidro ou metal, todos os desperdícios podem ser transformados na célebre hulha branca. Se Lavoisier fosse vivo, poderia rever a sua célebre lei e dizer que na Natureza nada se perde nem nada se cria, tudo se transforma… em petróleo. Ao que parece, estes estudos levarão uns dois anos a efetuar-se.

TERÇA. Neste nosso país em que todos somos mais ou menos Silvas, Sousas, Costas, etc., a nossa salvação devia estar nos nomes de batismo, o que não é o caso. E somos um nome igual a tantos, o que é, digam o que disserem, inferiorizante e fonte de muitas e variadas confusões.

– O senhor José Silva está? – pergunto ao telefone.

– Qual deles? – querem saber.

– Bem, este senhor José Silva é um pouco calvo…

– Vejamos… Calvo? Há o José S. Silva, que usa bigode; o José A. Silva, que é gordo; o José da Silva, que é magro…

– É um senhor baixinho – explico já sem voz.

– Há dois. Vejamos…

Acabo por falar com o José Silva em questão. Tempo perdido. A informação que eu desejava não depende dele. Devo ligar para o Sr. João Costa.

Felizes os Tarquínios, as Hélias, os Querubins, os Alceus, os Licínios, as Damianas.

Podem ser Silva, Oliveira, Ferreira, Costa, Sousa, Carvalho ou Mendes à sua vontade. Têm um nome pessoal e intransmissível.

QUARTA. Já me referi há tempos aos aportuguesamentos desnecessários e errados de palavras cujo equivalente português existe. Num dia eram os **valouvães** *(vol-au-vents)* e o **fotelhos** *(fauteuils)*. Temos a empada ou o pastel folhado, temos a poltrona ou a cadeira de braços. Não é verdade? Hoje encontrei na ementa de um restaurante da Linha uma omeleta de **champinhões.** Formidável. E eu a pensar que cogumelos era uma palavra conhecida. Pelos vistos não.

QUINTA. «Sempre gentis com as mulheres, e a elas submissas a ponto de se falar, cá fora, num matriarcado, os norte-americanos se contradizem dando aos seus ciclones nomes femininos. Já chegaram à letra G, e o último se chama *Gracie.*»

Isto escreveu o conhecido cronista brasileiro Henrique Pongetti no ano de 1964. É de crer que depois disso os americanos tenham chegado à letra Z e agora andem aos saltos pelo abecedário. Aos últimos ciclones de que me chegou notícia chamaram eles *Edith, Freda, Nelly, Wanda, Trixie* e de novo *Edith,* este último já neste mês de setembro. As emancipadas da NOW não aceitam de boa mente isto dos nomes de mulher dados às catástrofes naturais. E têm toda a razão. Quem diabo faz as catástrofes artificiais? Os homens, não é verdade?

SEXTA. Armazenámos ideias, armazenámos citações ao longo dos meses, ao largo dos anos. Lemos, lemos, o que nós lemos, senhor! Guardámos um pouco disto e daquilo em compartimentos não tão estanques como isso, misturámos tudo, misturámos muito, em todo o caso. De repente, estamos a escrever e uma frase, uma ideia, olha para nós, obriga-nos a parar, um pouco pensativos, um tudo-nada inquietos. Será nossa aquela frase, aquela ideia? Será mesmo nossa? Terá nascido agora ou tê-la-emos tirado da amálgama onde caiu em qualquer época da nossa vida? Estaremos nós involuntariamente a roubar alguém? Mas quem estaremos a roubar neste momento? Às vezes, acontece muito simplesmente estarmo-nos a roubar a nós próprios, a repetir-nos, diz-se. É isso, a repetir-nos. Mas que é esta vida senão uma contínua e incessante repetição?

SÁBADO. E aqui há tempos deu-nos para imitar tudo aquilo que não podemos possuir porque é caro ou raro ou ambas as coisas.

Acontece mesmo que, de início, a imitação é chique. Mas depois cai na vulgaridade e vai-se tornando desaconselhável. Temos por exemplo as joias de vidro que parecem mesmo preciosas. Há anos havia mesmo em Paris, na Place de l'Opéra, salvo erro, uma loja célebre em todo o mundo naquele tipo de joias. As carteiras de plástico a imitar crocodilo ou cobra. As flores de plástico. Os casacos de pele em fibra. E as pessoas – mas isso foi de sempre – que imitam quase na perfeição (sempre há um pequeno defeito a mostrar às vezes que aquilo não é autêntico), que imitam, dizia eu, a bondade, a amizade, a inteligência, a dedicação, o espírito de sacrifício? E essas? O que é uma carteira de falso ofídio comparada com esses fingimentos às vezes muitíssimo mais perigosos?

Hoje encontrei uma senhora muito caritativa que sempre se esteve nas tintas para os outros, para todos os outros de A a Z. Mas criou uma personagem e aquilo, por qualquer razão, agrada-lhe. Há cinco anos e meio que é caridosa. Começa a ter uma expressão de bem-aventurada.

DIÁRIOS

6 de outubro de 1971

A tarde e a noite, só algumas horas, portanto, mas tão longas, numa casa iluminada por candeeiros de petróleo, sem água corrente, sem telefone, com um transístor (que aqui só apanha estações espanholas, o malvado), a quatro quilómetros – de mau piso – da civilização, que é uma vila com bastante passado mas sem presente que se veja. A falta de eletricidade proíbe bebidas frescas, notícias do mundo, todo e qualquer conforto. Para fazer comida é preciso ir à vila ou arranjar alguém que lá vá, depois acender um velho fogão. Uma viagem, pois, de algumas horas, ao passado. No entanto, ainda não há muito tempo vivia-se assim ou, pelo menos, podia viver-se assim, era frequente.

As coisas de que nós hoje precisamos, as coisas sem as quais não podemos viver e cuja ausência, mesmo momentânea, nos deixa perdidos. A eletricidade e todos os eletrodomésticos, o gás, o telefone...

E, no entanto, o necessário à vida continua a ser bem pouco. O necessário para sobreviver mas já não para viver. O que pode fazer neste mundo, mesmo agora, hoje, uma criatura de Deus a quem tiraram todos os seus brinquedos sonoros e luminosos? Murchará, claro, como uma planta sem ar.

8 de outubro de 1971

Neste começo de época, com quatro salas a funcionar, não há teatro em Lisboa, mas a nossa grande consolação é que (que me lembre) nunca rimos tanto. Estamos – ou devíamos estar – doentes de tanto rir.

Como a *Ivone, Princesa da Borgonha* se exibe em Cascais, vamos pô-la de parte. É de Lisboa que se trata e é em Lisboa... Bem temos «uma atrevida e divertida comédia», diz o anúncio intitulado *Uma cama para toda a gente*. Há depois *Empresta-me o teu apartamento.* Vejo também anúncios de *O aniversário da tartaruga,* «um espetáculo com muita pinta». E pronto.

Gosto muitíssimo de teatro, do outro, do que não há em Lisboa. Mas tento consolar-me. Ora! Nunca rimos tanto, sempre é uma compensação. Comédias divertidas, terrivelmente humorísticas, espetáculos com pinta, etc., etc., etc. Teatro para quê, digam lá? Rir é que é bom, o resto é conversa, como no anúncio do sabão. E às vezes chego a pensar: mas o que é isso de teatro, que já não me lembro?

11 de outubro de 1971

Quando, por qualquer razão, tenho de entreabrir a porta do mundo da burocracia e espreitar mesmo ao de leve lá para dentro, sinto-me totalmente incapaz de raciocinar. Tudo o que me explicam, às vezes com a melhor boa vontade – em todos os mundos há gente de boa vontade, até no da burocracia –, cai por assim dizer num imenso saco sem fundo onde há papéis dispersos, logo se mistura com eles, onde está, como era? É preciso preencher um documento, explicam-me. Mas para isso é necessário ver mais cinco. Ora, para preencher devidamente cada um desses cinco, é necessário ter outros tantos. E dá-se o caso de o primeiro ser indispensável para se conseguir um dos últimos. Claro que isto não é assim, nem podia ser, mas a verdade é que dou comigo num labirinto de papéis selados e não sei como sair dele. Uma deficiência minha, claro. Qualquer pessoa normal percebe. Eu não, paciência.

E ponho-me a dizer cobras e lagartos da burocracia. Sou como as pessoas incapazes de compreender uma ideia, que por isso mesmo lhes mete medo. Então dizem dela todo o mal e até a difamam.

12 de outubro de 1971

Ir ao circo é fazer uma breve estadia fora do mundo. No teatro ou no cinema vamos encontrar, vincados e retocados por mãos de artistas, os problemas da vida. As pessoas amam-se, odeiam-se, estão sós ou acompanhadas, morrem, sofrem. No circo, nada disto. No circo, há lindas jovens desafiando a força da gravidade sobre brancos cavalos de alta escola ou voando, levíssimas, com os seus companheiros, de trapézio para trapézio. E tudo aquilo a uma luz deslumbrante, quase solar. Da floresta virgem chegaram bichos que fazem coisas sensacionais. São elefantes, macacos, ursos, todos eles por assim dizer humanizados, simpáticos, graciosos, sábios e incapazes de fazer mal a uma mosca. Os palhaços são musicais e risonhos, e, se as suas piadas já têm barbas, possuem também a vantagem de não obrigar ninguém a ser inteligente, o que simplifica muito a vida dos espetadores durante aquela estadia fora do mundo. E os equilibristas? E os *jongleurs*? E os fabricantes de ilusões que são capazes de coisas tão extraordinárias como tirar um coelho ou três pombos de um simples chapéu, e tudo aquilo tão elegantemente vestido e com um ar tão digno. Depois, no circo, tudo é assexuado e sereno, e a única violência é a bofetada a fingir, bem estalada, que o palhaço rico dá ao pobre, ou vice-versa, estão a ver? O circo é um pequeno satélite onde a vida é diferente e outras as criaturas.

13 de outubro de 1971

Conheci, em tempos de juventude, uma rapariga bonitinha que escolhia cuidadosamente as amigas entre as colegas mais feias. «Porque», dizia ela em momentos de fraqueza, «assim torno-me notada. Ao pé de raparigas como eu (sei que não sou uma beldade mas também não sou feia como os trovões) quem ia reparar em mim? Era mais uma, só isso. Assim dou nas vistas e isso agrada-me.» Não quero discutir esta atitude, na verdade, pouco edificante e extraordinariamente egoísta. Não era amizade que ela pretendia, mas um pano de fundo que a valorizasse. Lembrei-me hoje dessa jovem, que nunca mais vi, de quem nunca mais ouvi falar, ao folhear um *magazine* feminino. Nas páginas de moda encontrei uma vez mais o insólito que os fotógrafos procuraram e conseguiram, valorizando assim modelos e manequins. Vejo, pois, vestidos de noite em pleno campo, vestidos *habillés* numa arrecadação, *hot pants* rodeados por aldeões numa rua de aldeia pobre, uma noiva vestida luxuosamente, passeando tranquila e séria por uma rua estreitinha de bairro antigo e pobre. Coisas assim. O impacto produzido pelo insólito, pelo impossível, pela oposição também. A minha ex-colega já o sabia. Há pessoas que, por assim dizer, nascem a saber as coisas.

14 de outubro de 1971

Gosto de passear pensando que nunca vi aquilo que estou a ver. Eis-me, pois, numa cidade desconhecida, entre gente estranha cuja língua não entendo. Meu Deus, tantas obras, onde se viu isto senão nas cidades que foram bombardeadas? E aquele lindo prédio de um cor-de-rosa intenso? E o pedacinho de céu azul? E as casas tão feias, novas e velhas? E as outras – poucas – tão bonitas? Mas sobretudo as cores. Quando me esforço por ver pela primeira vez o tantas vezes visto, é como se um aguaceiro forte tivesse lavado todas as coisas e elas estivessem ali, frescas e belas, na minha frente.

Há um produto, diariamente anunciado, que oferece às crianças como brinde uma coleção de peixes. Nada de extraordinário. Os brindes vão-se tornando quase obrigatórios. Só que entre os referidos «peixes» veem-se logo de chapa na imagem uma tartaruga e um caranguejo. Estará certo induzir as crianças num erro tão evidente? Ou tudo o que vem à rede é peixe, como diz o outro?

19 de outubro de 1971

Leio que a televisão norte-americana matraqueou duramente, meses e meses, os ouvidos dos telespectadores com anúncios constantes a produtos com nomes extremamente sugestivos, tais como: «Esteja calmo», «Senhor Sono», «Mundo Calmo», coisas assim. Tratava-se de pílulas calmantes ou para dormir, fabulosamente eficazes e vendidas, a quem quisesse comprá-las, sem receita médica. Eram pílulas da felicidade, que a maioria dos americanos tomava, a que se habituou, sem as quais já não podia viver.

Mas eis que um senador curioso ou desconfiado resolveu investigar. E descobriu que as célebres pílulas eficacíssimas tinham tanto de calmante como uma vulgar pastilha elástica. Não sei se a venda continua ou se foi proibida. Se foi, é mal feito. Porque uma noite de excelente sono por uma pílula de coisa nenhuma, que não faz mal a ninguém, é um ótimo negócio para quem vende e para quem dorme.

21 de outubro de 1971

Sim, senhores, as agências. Sim, senhores, a concorrência e a sua indiscutível utilidade. Quando a concorrência existe, todos querem ganhar mais e, portanto, fazer melhor. Claro. Sem dúvida. Estou de acordo. Mas…

Há sempre um mas. E neste caso o «mas» é importante. Como adiante se verá. Eu conto.

Conheço uma mulher, já de idade, que trabalhou toda a vida na mesma casa. Empregada doméstica. As pessoas para quem trabalhava morreram e os filhos quiseram dar-lhe uma reforma. Merecida. Isso, com qualquer coisa que fora pondo de parte, dá-lhe para viver. Resolveu, pois, alugar uma casinha de duas divisões de parceria com uma irmã. Já tinha visto no jornal. Casas de duas divisões, aluga-se. Um conto e quatrocentos, um conto e quinhentos.

Aqui começa o drama.

Encontrou uma casa de duas divisões com a indicação Benfica (ou talvez fosse outra zona qualquer de Lisboa, já não sei) e telefonou. Disseram-lhe que para visitar a casa em questão tinha de ir a determinada morada – a da agência – e inscrever-se. Foi, inscreveu-se e pagou duzentos escudos. Recebeu em troca a morada e lá foi. Não gostou, por razões que não vêm ao caso, e no dia seguinte continuou a procurar no jornal, porque naquela agência não havia de momento outra casa de duas divisões. Encontrou, de facto, outra, na Estefânia (ou talvez fosse no Conde Redondo). Telefonou. Mas, como a agência era outra, teria de pagar mais duzentos escudos. Experimentou uma terceira, creio que à Estrela. Mais duzentos escudos. Era uma terceira agência.

É gente modesta, como disse. Desistiram. Creio que vão para a terra, ela e a irmã.

23 de outubro de 1971

O senhor Jean-Francis Held, colaborador de *Marie Claire,* escreveu no último número deste *magazine* um artigo sobre a mulher ao volante. Começa assim: «Primeiro preconceito, o maior, o mais estupidamente machista: as mulheres ao volante são um perigo público. Todos os homens verdadeiros dão o seu veredicto maquinal com uma mímica de indulgência aborrecida ou de ternura possessiva tão estritamente codificada como as genuflexões da missa. As mulheres... vasto conglomerado nivelado à força do qual nenhuma mulher individual tem a menor possibilidade de sair.» Mas o que interessa de momento não é isto mas a definição de machismo dada ao fundo da página. Escreve Jean-Francis Held:

«O machismo é, na América Latina, o repugnante orgulho dos homens, que se tomam por monarcas de direito divino, a pretexto de que têm barba.» Na América Latina? E então os bons latinos da Europa, especialmente os da Península Ibérica, que até tem fronteira, embora alta, com a França, senhor Held? Nunca ouviu falar? Francamente...

Encantam-me as velhas senhoras – raramente se trata de homens, as mulheres são, digam o que disserem, mais resistentes – que têm cem anos, fizeram-nos agora, ontem, hoje mesmo. Velhas senhoras, velhinhas, um pouco espantadas, decerto, com o facto de terem sobrevivido neste mundo louco e veloz que já não é o seu mas o dos bisnetos. Um mundo em que se vai à Lua, e elas a recordar o casamento do rei, o ultimato, coisas assim. Gostam de procurar longe o passado, de o recordar, sobretudo agora, ontem, hoje que fizeram cem anos. Às vezes são entrevistadas para os jornais, porque os casos de longevidade interessam toda a gente. Quase sempre têm um truque, tiveram-no, enfim. Não beberam. Não fumaram. Só comeram vegetais. Deitaram-se cedo. Levantaram-se cedo. Porque as pessoas têm a preocupação de explicar tudo o que não é normal e aquilo de ainda andarem por este mundo não o é. Houve como que um esquecimento de alguém na sala de espera. Todos foram atendidos, todos saíram, todos desapareceram. Ele – ela quase sempre – ficou.

Encantam-me as velhas senhoras quando recordam o seu tempo de meninas. Um século, meu Deus. Que terrível coisa ou que maravilha.

24 de outubro de 1971

Li um livro importante, *Le travail au féminin,* de Robert Gubbels, e não resisto a transcrever a seguinte passagem: «O comportamento da mulher evolui e ela adquire uma liberdade cada vez maior, principalmente de vestuário. E isto é importante.

»O traje, pelos entraves que traz à liberdade de movimentos, foi sempre uma das maneiras de escravizar a mulher, de lhe proibir determinadas atividades. E o uso dos vestidos era obrigação estrita. A principal acusação feita a Joana d'Arc era ela usar roupas masculinas, evidentemente indispensáveis à sua vida de combate. Claro que a minissaia não resolve nada. Apresenta mesmo um certo perigo: pode convencer as mulheres de que essa emancipação está feita, dar-lhe a impressão de que adquiriu uma liberdade que não está preparada para exercer. Não está preparada para ela, na medida em que toda a sua formação e toda a sua personalidade continuam condicionadas por conceções tradicionais que lhe conferem um papel limitado e um estatuto desigual.»

26 de outubro de 1971

As duas perguntas que vou fazer nada têm de desprimoroso para as boas donas de casa. Digo mesmo, desde já receando más interpretações, que não há nada mais agradável e tranquilizador do que entrar no lar de uma boa dona de casa. Ali tudo é limpo, arrumado, certo. Até o som parece diferente, naquela atmosfera onde não ficou esquecido um grão de pó. E a cozinha cheira que é um regalo.

Até há pouco tempo a mulher entregava-se sem discutir e conscienciosamente a esta profissão a tempo inteiro e não remunerada. A esta profissão por assim dizer inevitável. Ora, eu creio que o erro está nisto do tempo inteiro. A mulher ter uma profissão em que se realize como ser humano e uma casa onde não faça culinária mas comida, onde não borde mas cosa.

E dito isto, vamos às duas perguntas, que até não têm nada a ver com dificuldades ou facilidades monetárias. O problema é o tempo irreversível.

Culinária requintada, que bom. Mas durante quanto tempo poderemos nós fazê-la? Estamos à beira da comida enlatada, dos congelados e dos supercongelados diários. E um dia por semana procuraremos no restaurante o especialista-cozinheiro, a fim de recordar os bons velhos tempos.

Toalhas bordadas e colchas de *crochet.* Porque não? Mas onde o tempo para as fazer? O futuro-próximo anuncia-se sem empregadas domésticas e com emprego fora de casa. É que mesmo as que não sentem necessidade de realização pessoal precisam de concorrer para a casa. A vida está cada vez mais difícil. E depois, pensando bem, por que razão há de o marido ganhar para a família inteira?

Pois não é verdade? É a vida, que fazer? É o tal sentido irreversível do tempo.

27 de outubro de 1971

Era um perfil como qualquer outro, na fila da frente, um pouco para o lado esquerdo. Nem bonito nem feio e nem já muito jovem. Um perfil cuidadoso, em todo o caso, daqueles que nunca por nunca ser se esquecem de que são perfil desenhado no espaço e evitam por isso o perigo do duplo queixo, erguendo um pouco o rosto, não muito, uns dez graus é o bastante. Um perfil desses.

Como o filme não tinha afinal de contas um interesse por aí além, comecei a minha difícil viagem pelo passado. De onde viria aquele perfil? Do liceu? De uma praia qualquer, há muitos anos? De casa da Tininha, aonde ia tanta gente? Dantes, nesse tempo, não sabia bem em qual, não havia razão válida para recear o duplo queixo, mas a posição era aquela. Adivinhação? Talvez.

Não sabia, mas o meu ouvido a certa altura precipitou-se, colaborou. E uma voz pausada, de contralto, contava a vinte raparigas deslumbradas as férias es-tu-pen-das que passara num colégio da Suíça. Andava-se a cavalo, jogava-se o ténis e o golfe, nadava-se no lago. E as pessoas que lá conhecera! Até uma princesa, a Giovanna. E a Sharon, que era milionária.

O seu lugar era na segunda carteira, do lado esquerdo, como agora – do lado esquerdo? Enfim… –, e usava um penteado como só ela. Cabelo já liso e muito loiro, nesse tempo de permanentes a quente, e carrapito sobre a nuca muito branca. As colegas percebiam vagamente que ela sabia qualquer coisa importante, mas só mais tarde compreenderiam de que se tratava. Essa coisa importante era um estilo pessoal.

30 de outubro de 1971

A publicidade ajuda-nos, empurra-nos. Você é esperto, prefere o tecido A. Você é um homem requintado, faz a barba com a lâmina B. Você é uma mulher elegante, veste na casa C. Você é uma dona de casa económica, lava a roupa com o detergente D. Todos têm os seus adeptos. O esperto, o requintado, o elegante e a económica reconhecem-se (ou julgam reconhecer-se) no espelho que lhes é proposto, nas palavras que lhes são dirigidas. E ei-los a fazer a experiência, a preferir, a adotar.

Claro que A, B, C e D são-nos apresentados, explicados, tim-tim por tim-tim. O que prova, entre outras coisas, que até a sabedoria das nações evolui com o tempo e se modifica. E o segredo já não é a alma do negócio. A alma do negócio é a publicidade.

«Quando pinto não envelheço, deixo o meu corpo atrás da porta», disse há dias Pablo Picasso, de 90 anos, no auge do seu talento e das suas capacidades de trabalho. Lembro outro Pablo, Casals. Que alimentará a vida destes velhos fabulosos? Talvez a arte, que os mantém porque eles são a mão e a alma de que ela necessita para existir. Uma espécie de homens-deuses, fugidos às leis da vida porque é necessário que tornem o mundo mais belo até ao fim do seu ciclo.

1 de novembro de 1971

Disse-me alguém, um dia, que a leitura do jornal não era, para ele, uma necessidade de estar a par, de estar vivo e saber disso, mas uma espécie de conforto diário, de ajuste de contas tranquilizador, de contentamento, apesar disso ou por isso mesmo, de cobertor quentinho em que uma pessoa se enrola – e se os outros morrerem de frio que se há de fazer? –, de história contada sempre na terceira pessoa do singular ou do plural. Ele. Ela. Eles.

Se não pensava que os outros eram ele?

De modo algum. «Eu sou eu. Chego a casa ao fim da tarde já com o jornal debaixo do braço e leio-o, e ao fim da manhã também, antes do jantar e antes da televisão. Por alto, claro. Os títulos, em todo o caso. Todos os títulos. Informo-me. As guerras lá para o Oriente. Sempre as houve, não é? Uma epidemia, enfim, já é mais aborrecido. Um sismo, às vezes, mas em geral longe como tudo. Coisas assim. Estas e outras. Tenho o meu *whisky* à mão, o meu aquecedor (ou a minha ventoinha) ali mesmo, sou feliz.»

«O que você é, é um sádico e um egoísta.»

Ficou sinceramente ofendido porque nunca tal coisa lhe passara pela cabeça. Ele, um egoísta? Ele, que até adotara uma criança, um egoísta? Ele, que não matava uma mosca, um sádico?

Não sei se é vivo ou morto, mas há dias, ao ler os jornais, lembrei-me dele. E que era dia para se sentir imensamente tranquilizado no seu casulo.

2 de novembro de 1971

Uma das últimas campanhas que surgiram neste mundo em geral e na América do Norte em particular – uma das últimas que chegaram ao nosso conhecimento, quero dizer – é nem mais nem menos do que a «Campanha de Proteção do Nariz Americano». O título é esquisito, sem dúvida. Mas não é só o título. Vejamos o que se propõe esta campanha levar a efeito. Alindar os narizes americanos? Protegê-los do frio, do calor e da poluição? Não, nada disso. Trata-se é de perfumar vacas, bezerros e outros animais, de forma a não impressionarem desagradavelmente o olfato apurado do americano tranquilo ou intranquilo, mas civilizado e desabituado dos cheiros violentos da natureza bruta. Desodorizantes delicados serão, pois, aplicados nos campos próximos das cidades, e vacas, carneiros e estrumes passarão a cheirar lindamente a pinheiro, a laranja, a miosótis. A miosótis, sim, senhores. Pergunto a mim mesma se o bife americano… Bem, é que o bife com cheirinho a uma primavera qualquer guardada em *spray*...

4 de novembro de 1971

Meu Deus, se não fosse a sociedade de consumo, se não fosse a tecnologia, se não fosse a publicidade... Meu Deus, que seria de nós, mulheres? Assim... Não cheiramos, que degradação seria, a suor (isto do suor é, pelos vistos, tipicamente feminino, não vejo homens a publicar produtos contra o eufemístico odor corporal), temos pele de bebé (basta um simples sabonete, que beleza), temos cabelos livres, livres, livres (por causa de um champô ou de uma laca, ou lá sei), ganhamos mãos macias a lavar roupa (junta-se o útil ao agradável), temos um corpo atraente por causa de um certo *soutien-gorge*. Eis-nos, pois, salvas da fealdade graças à sociedade de consumo, etc. Eternamente jovens, belas, perfeitas, inodoras. Diz-me, espelho, haverá neste mundo mulher mais bela do que eu? Mas talvez seja melhor não fazer esta pergunta indiscreta ao espelho. A época das maravilhas passou há muito e os espelhos costumam ser verdadeiros. A publicidade é fada, mas só até certo ponto. Fada na medida em que aceitamos ser crianças. Portanto...

5 de novembro de 1971

Em coisas destas não somos pioneiros. Nunca. Mas seguimos, isso sim, a onda, logo que temos possibilidade de a atingir. E creio – talvez me engane, é possível – que esta onda está a começar. E que cada vez aparecem mais crianças nos anúncios.

Li um artigo de Christiane Sacase, no *L'Express,* intitulado «Crianças à venda». Aquilo passa-se em França, que será na América? Só uma agência parisiense possui 91 *coverkids*, meninas e meninos pequenos que são fotografados por um tanto à hora. São muito bem pagos, eles ou os pais? Madame Sacase refere-se a um advogado que teria perguntado: «Como é que uma criança de quatro anos vai receber um cheque?» Os pais, portanto. Certa mãe declarou mesmo um dia com total inconsciência ou estupidez: «Compro vestidos com o dinheiro que o meu bebé ganha. Que mal faz?»

O mal que pode fazer não se dá por ele à primeira vista e só um psicólogo infantil poderá dizer qual é, quais são.

De resto, estas mães que se sentem triunfantes através do retrato do filho nos jornais e revistas, através da sua imagem na televisão ou no cinema, não pertencem em geral aos meios de gente mais desprotegida, para quem aquele dinheiro ganho pelas crianças seria uma dádiva dos céus. Geralmente. Talvez haja exceções. Há-as sempre.

6 de novembro de 1971

É um casal que resolveu fazer obras na casa de banho, já antiquada. Paredes bem pintadas, alcatifa, nova banheira, novas torneiras. Muito bem. Ficou uma beleza, melhor, estava a ficar uma beleza quando algo como uma campainha de alarme soou aos ouvidos da mulher ou do marido ou de ambos. E a banheira velha? Que fim iriam dar à banheira velha?

Fizeram vários telefonemas para vários ferros-velhos. Em vão. Nenhum estava interessado. «Para que quero eu uma banheira?», perguntavam antes de desligar. Sim, para quê, vendo bem? Em todo o caso, ele, o casal em questão, é que não podia conservá-la em casa. Uma banheira inútil não é propriamente um *bibelot.* De súbito, uma ideia surgiu. Como são dos raros privilegiados com jardim, sugeriram aos filhos que levassem a banheira, a enchessem de terra e lhe plantassem flores.

Os pequenos foram salvos pelo operário que dava os últimos retoques e que disse que não tinha banheira e propôs levá-la para casa. A família inteira aceitou a solução com entusiasmo. É que comprar novo é agradável. Mas que fazer ao velho quando não é antigo nem tem títulos de nobreza? Quando, ainda por cima, não tem tamanho para se deitar no caixote do lixo? É que é um problema e tanto!...

7 de novembro de 1971

Em leitura salpicada, de *magazine* – falta o tempo para ler tudo o que gostaria de ler e antes sacrificar revistas do que bons livros –, encontro estas três palavras: **companheiros de vida**. Paro porque acho bonito, acho certo, o casal devia ser isso mesmo, dois companheiros de vida. Ora, raramente se tropeça no companheiro – na companhia para a vida, na pessoa com idênticos ideais, idênticas ambições, que até podem ser a total ausência de ambição. Daí as frustrações um dia, o «não me compreendes», o «sou muito desgraçada», dela, ou a ausência dele, que procura compreensão fora de casa. Até porque essa compreensão é mais fácil de obter durante algumas horas por dia do que no dia a dia de uma vida inteira. É que os homens exigem muito mais «companheirismo» do que as mulheres. Acham que elas, só porque são mulheres, devem desistir sem amargura da sua própria personalidade e vestir a dos maridos, a fim de serem as companheiras de quem nunca fez um esforço por ser companheiro.

Bonito, isso de companheiros de vida, mas tão raro…

8 de novembro de 1971

Nós, os que vivemos nos grandes prédios das cidades grandes, esburacados como favos, somos bem diferentes das abelhas, quase células de um animal chamado cortiço. Para nós, para a nossa grande maioria, não há vida coletiva. Somos a família, e uma família reduzida à sua expressão mais simples: o casal, os filhos do casal. Nem as casas, como agora se fazem, permitem as grandes famílias de outros tempos. Uma família vive, pois, num prédio de muitos andares, numa rua de muitos prédios, sem conhecer ninguém. Várias barreiras impedem o convívio, e uma delas, a mais importante talvez, é a da boa educação. A palavra «vizinhos» lembra demasiado as comadres das aldeias, os problemas resolvidos aos gritos de quintal para quintal. Pessoas bem-educadas baixam, pois, a cabeça quando se encontram na escada ou no elevador, dizem bom-dia, boa-tarde, quando muito. E acabou. Será este modo de viver saudável? Há quem pense que não. Há quem pense que a velha «ágora» era o ideal, e em França vai começar a ser construída uma praça pública de 30 000 metros quadrados. Nesta praça haverá um centro de acolhimento, lojas, restaurantes, jardins, uma casa da juventude, piscina, teatro, sala de desportos e casa da Família. Uma «ágora» do século XXI, moderna e alegre, dentro de uma cidade grande, de gente melancólica e muda. A cidade chama-se Evry.

9 de novembro de 1971

Uma família no Tamariz em domingo de sol outoniço. Cabelos loiros, as peles ainda levemente rosadas. Uma certa maneira arrastada de falar. Crianças bonitas, desembaraçadas, por ali, brincando. Uma mulher passou, parou, disse: «Olá!» Era morena e miúda e vestia uma coisa qualquer amarrada na cintura, preta com pintas verdes e lilases.

– Que é feito? – disse a outra. – Aos anos, não é? Senta-te um bocado. O meu marido… A… Fomos colegas. Senhor, o tempo!

A recém-chegada não se sentou mas deixou-se ficar um pouco como se isso lhe soubesse bem, como se assim, olhando para a antiga colega, regressasse um pouco ao passado.

– Tens visto alguém de lá? – perguntou.

– Tenho. No S. Carlos, em casa de amigos comuns. Continuei a dar-me com a Clarinha, lembras-te da Clarinha? É madrinha do meu pequeno mais velho. Tens filhos?

A outra disse que não, que não tinha filhos. E mudou rapidamente de assunto, ou melhor, voltou atrás. Que nunca mais tinha visto ninguém. Também era raro sair. Hoje tinha sido uma festa.

– Viemos com uns amigos, estão ali adiante, na praia.

– O teu marido?

– Também lá está. Nunca temos tempo para nada. A vida, não é verdade? Bem, vou indo.

Mas ainda ficou. Melhor, foi partindo mas tão lentamente que nem se dava por isso. Aquilo era vagaroso mas implacável como o tempo. Acabou por dizer:

– Então, adeus, Guida, gostei muito de te ver, estás na mesma.

– Ora! Não era mau, não. Na mesma, vê lá tu.

Mas sabia que o que a outra dizia era quase verdade, que estava quase na mesma.

– Aparece.

– Um dia, talvez.

A outra afastou-se, foi até lá adiante, desapareceu.

A mulher ficou pensativa. Depois disse:

– Não consigo lembrar-me do nome dela. Também não tem importância. Naturalmente nunca mais a vejo.

– Disseste-lhe que aparecesse – lembrou o marido.

– Coisas que se dizem. Nem lhe dei a morada nem ela a perguntou, reparaste?

O marido tinha reparado.

11 de novembro de 1971

Entre as dez ou doze séries atualmente em dolorosa exibição na TV, duas delas têm bruxas como protagonistas e a terceira tem como figura (?) principal um fantasma. É certo que Nanny é uma jovem feiticeira inglesa e benévola (fada-madrinha, *Mary Poppins* e *Música no Coração* em partes iguais) e que Samantha é uma bruxinha arrependida, que deseja integrar-se no mundo das criaturas normais. A mãe de Samantha, essa, sim, é mesmo bruxa no péssimo sentido da palavra. Que significará toda esta irrealidade cómica ou que pretende sê-lo, que nos chega da América em filmes mais ou menos (mais do que menos) maus? Isto depois do caso Manson, que foi tudo menos engraçado, deixa-nos pensativos. Necessidade de ridicularizar um problema, mostrando ao mundo, através do riso, que ele é risível? A atração do sobrenatural, quer através de bruxedos quer de fantasmas? Regresso via histórias de quadrinhos ao feliz tempo da infância perdida? Não sei. Mas esperemos confiantes. Um dia virá em que teremos no pequeno ecrã elfos, dragões e ogres, vivendo sossegadamente em casa de qualquer americano tranquilo.

12 de novembro de 1971

Tudo é vaidade, disse pois Salomão, e pensam-no, decerto, continua a ser vaidade – e a alto nível – nesta sociedade de consumo em que diariamente nos consumimos. Vaidade e outras coisas mais. Pecados mortais e outros, dantes discretamente escamoteados, são nos nossos tempos exibidos e servem mesmo em larga escala a publicidade. Vendem-se, enfim. Claro que não é só a vaidade mas também a gula, a inveja, a luxúria, a soberba, que diariamente vemos, por exemplo, no pequeno ecrã, exibidor de anúncios em tão larga escala que perguntamos a nós próprios se em vez de pagarmos uma taxa anual não deveríamos antes receber uma anuidade compensadora.

Tudo é vaidade, disse pois Salomão, e pensam-no, decerto, figurões como o Cardin, Saint-Laurent e outros que tais, metidos nesse pecado até ao pescoço. E as mulheres de todo o mundo com poder de compra renovam todos os anos o guarda-roupa (pelo menos duas vezes). Não interessa que a roupa do ano passado esteja nova, moda é moda e quem não seguir a onda pode tornar-se notada e sentir uma grande frustração. Também os homens começam, ou melhor, recomeçam a entrar na referida onda. Discretamente, claro. Resolveram ser discretos neste capítulo no século XX e ainda estão muito tímidos. Tanto que não perdoam aos filhos os cabelos compridos e os colares.

E a vaidade em exibir um nível de vida que não se pode – ou que se pode ter? E a vaidade da inteligência? E a da beleza física? E a da boa educação? E a das boas famílias? E a do tradicionalismo? E a do antitradicionalismo? E a dos bons conhecimentos? E a dos conquistadores?

Paremos aqui, senão nunca mais acabávamos. Tudo continua a ser vaidade.

14 de novembro de 1971

Conheci em tempos uma jovem (hoje com filhos homens), que me contou:

– Íamos casar e nenhum de nós tinha dinheiro para pagar um anel. Ora eu sempre sonhei com um anel bonito. Então escrevi ao Aga Khan e expliquei-lhe o meu problema. Que tinha dezoito anos, que era pobre, que ia casar, que pensava que ele podia oferecer-me uma pedrinha mesmo pequenina para eu mandar fazer um anel.

– E ele?

– Nunca respondeu, vê lá tu.

Não disse «nunca respondeu, claro», mas «nunca respondeu, vê lá tu». Porque ainda nessa altura era pessoa de acreditar em sonhos, ou melhor, em fadas.

Encontrei-a há poucos dias. Tem filhos homens, como já disse. Mas falou-me com riso de esperança de muitas e muitas coisas que se estavam mesmo a ver que não iriam acontecer, e com tristeza e espanto de outras que era bem claro que nunca podiam ter sucedido. Lembrei-lhe a história da pedrinha preciosa e ela disse-me:

– Vês? As pessoas são incríveis! O que tinha custado àquele homem… Mas o mais certo, sabes?, é que ele nem tenha recebido a carta. Esta gente importante, não é verdade? Tem secretários e secretários de secretários…

Nada a fazer.

17 de abril de 1971

Nesse tempo ainda não havia mãos de fadas para pintarem minuciosas flores ou leves borboletas no bibe de uma criança. Era um tempo tranquilo, apesar de tudo, o que eu levava. Lento a passar para mim e para quem me rodeava. Com dias longos, cujas horas era necessário abreviar um pouco. Nasciam então, e cresciam, toalhas e lençóis, e *napperons,* hoje inúteis. E, enquanto as mãos faziam um *napperon,* esqueciam-se os problemas. Para elas, para as mulheres desse tempo, o trabalho era aquele, e viviam enlevadas nas obras que iam criando, hoje um pouco, amanhã um pouco mais. Lenta e pacientemente, sem desistir. E um dia a toalha (ou o lençol ou o *napperon*) estava pronta e era preciso-urgente-começar outro, para que a vida fosse macia e mansa, e não se desse pelo implacável correr dos dias.

Eram mãos engelhadas pela idade e pela doença. Mãos secas, pequenas, tranquilizadoras. Quando eu tinha febre, tocavam-me na testa e eram sempre boas e frias. As donas dessas mãos lá estavam sentadas nos seus lugares, a trabalhar, sempre, sempre.

Só mais tarde compreendi que estavam a fazer o meu enxoval.

18 de abril de 1971

De «Os venenos da abundância» (Julien Vladimir) publicado com outros artigos no livro *O Suicídio da Humanidade,* permito-me transcrever o seguinte parágrafo:

«As laranjas são picadas com *citrus red n.º 2,* os enormes bifes são coloridos de belo vermelho e polvilhados com *tenderizer,* quase todos os produtos estão recobertos de produtos químicos e embalados em plástico, as conservas contêm infalivelmente glutamato, as conservas de carne nitrato de sódio (rigorosamente interdito em França pela sua toxicidade). Uma dezena de agentes químicos intervêm no fabrico do pão: propionato de cálcio para conservar a farinha; diacetato de sódio para retardar a maturação; sulfato duplo de alumínio e de potássio para facilitar a ação da levedura artificial; butil-hidroxi-anisol para evitar a oxidação; citrato de mono-isopropil para assegurar uma conservação de uma dezena de dias...»

Isto passa-se nos Estados Unidos. Felizmente, para nós, ainda não estamos tão civilizados. Felizmente nisto de alimentação antinatural, claro.

19 de abril de 1971

O caçador e o guerreiro primitivos permanecem no homem do nosso tempo. A dona de sua caverna na mulher tradicional. Mas há também os chefes (que nasceram para mandar), os mais ou menos escravos (que nasceram para obedecer sem discussão), os conquistadores (que à falta de terras conquistam mulheres), os descobridores, que, à falta de luas (isso é para americanos e russos, talvez), descobrem a pólvora. Isto é um modo, claro está, de falar.

É fantástico o que nós, mulheres e homens, descobrimos. Descobrimos uma loja formidável onde se vende tudo bom e barato, descobrimos o homem (ou a mulher) da nossa vida, descobrimos uma modista sensacional que não mente nem nada, descobrimos o colégio ideal para os nossos filhos, o cabeleireiro ímpar para os nossos cabelos, o alfaiate bom e barato para os nossos fatos. Há mesmo quem descubra o sentido da sua existência, o que não é qualquer coisa neste mundo louco em que vivemos.

20 de novembro de 1971

O problema dos ruídos nas grandes cidades é tão grave para a saúde mental dos seres humanos que o Governo francês acaba de tomar as suas medidas, medidas essas que podem considerar-se drásticas e que começarão a vigorar ainda este ano. São elas: não ultrapassagem dos 80 decibéis nos ruídos feitos pela construção civil e outras obras; certificado acústico para todos os aviões; construção de casas insonorizadas; novas normas para todas as viaturas, a fim de que o ruído que elas fazem baixe alguns decibéis.

De resto, espera-se que o grande poluidor, que é o motor dos automóveis, seja modificado muito em breve. Teremos então o automóvel a vapor, dez a vinte vezes menos poluidor do que o motor de explosão. Mas para quando este motor limpo? E não haverá muitos interesses criados a impedir a sua realização e mais ainda a sua adoção? A ver vamos.

23 de novembro de 1971

Móveis antigos de madeiras que se chamavam castanho, carvalho, pau-santo, mas também vinhático, sucupira. As escrivaninhas eram secretas. Abriam-se, fechavam-se. Lá dentro havia portinhas, gavetas, nichos, às vezes segredos. Carregava-se num botão qualquer e logo surgia o esconderijo das cartas de amor, contrariado ou pecaminoso. Havia arcas enormes e lá dentro, com fechadura forte, a caixa inamovível para as moedas de ouro. Guardar, esconder, era a ordem. Todas as gavetas tinham chaves e cada gaveta era uma caixa de segredos.

Hoje os móveis são lisos e sem mistérios. Quem escreve cartas de amor? Quanto ao dinheiro, esse, está depositado no Banco, e a prazo porque sempre vai rendendo um pouco. Isto quando há dinheiro, claro.

24 de novembro de 1971

Azougada é uma palavra assustadora, até porque, entre outras coisas, não sabe envelhecer, já li no jornal, em anúncio de teatro (ou de cinema) referências a uma azougada atriz. É de esperar que o adjetivo seja eficiente e chame público, a gente da publicidade deve saber. A mim dá-me uma vontade enorme de fugir para bem longe. Esperto, vivo, buliçoso, finório, diz o dicionário acerca de azougado. Mas creio que não há homens azougados, só mulheres. E azougada é para mim faladora, sem medida, louquinha, saltitante, buliçosa, pois claro, aí está outra palavra de meter medo.

Conheço uma mulher que foi, dizem, uma rapariguinha azougada. Hoje é uma velha azougada. Simplesmente terrível, não calculam. Deus nos acuda.

25 de novembro de 1971

Desaparecem todos os dias, todos. Basta abrir o jornal e olhá-lo com olhos de ver, basta isso. Senhor, as pessoas que desaparecem, as famílias angustiadas a dar os sinais, a pedir a quem souber do seu paradeiro... Num dia de olhos de ver desapareceram três jovens, duas de preto vestido, a terceira de maxissaia amarela. Houve também um rapazinho de cabelo loiro, calça cinzenta e casaco esverdeado. Houve ainda um suíço num *Chevrolet* azul-celeste.

São quase todos jovens descontentes com a vida que levam, que é cinzenta, que é desconfortável, que se lhes afigura – e talvez com razão – sem saída. E eles querem sair, encontrar outra coisa, e sem demora. Por isso partem com o que trazem vestido e dirigem-se para onde julgam que a vida é verde. Não pensam no pai nem na mãe, não querem, opõem-se a isso. Pensam em si próprios, no seu futuro. Serão alguém, viverão, hão de triunfar. São jovens e acreditam que a vida é fácil de viver, os pais é que não souberam, os pais eram velhos, ou incapazes, ou estúpidos, os pais tinham todos os defeitos, por isso aquela ausência de remorsos, aquela indiferença perante as lágrimas.

Desaparecem todos os dias. O jornal dá a notícia. Não diz, porém, se alguém soube do seu paradeiro, se voltaram, se triunfaram, se foram infelizes, se se arrependeram. Não diz.

27 de novembro de 1971

Folheio uma revista feminina, luxuosa. Não interessa o nome nem a nacionalidade. Podia ser portuguesa, francesa, alemã, norte-americana. É mais uma naquele género. Excelente papel, ótimas fotografias. *Magazine* só para certa classe privilegiada.

Encontro muita moda, uma entrevista com um manequim, desporto a alto nível, alta culinária (ou o modo de engordar o mais agradavelmente possível), dietas e saunas (ou o modo de bem emagrecer). Outras coisas, claro, mas não muitas, isto era o essencial.

Folheio aquela revista (já folheei outras no género) e estou de súbito no Petit Trianon, com a rainha e as suas damas, brincando alegremente às camponesas.

28 de novembro de 1971

Gaiola é um eufemismo. Dizemos gaiola para não nos sentirmos mal com a nossa consciência. É bonito ter um pássaro numa gaiola. É decorativo. É alegre. Uma gaiola luxuosa, de sala, ou modesta, de fora-da-janela. Os pássaros cantam, que é a sua maneira de existir. Mas sabemos lá se estão alegres ou se morrem de tristeza. Decidimos que cantam, pronto. Eis-nos de consciência tranquila.

Mas gaiola: pequena clausura para aves, diz-me este dicionário que tenho à mão. Clausura, sim. Chamemos-lhe, porém, gaiola e pintemo-la de doirado e dêmos à pequena ave de asas desnecessárias comida com fartura e água fresca.

Quem, senão os mal-intencionados, irá pensar que aquilo é uma terrível prisão perpétua?

29 de novembro de 1971

Fui a casa de uma modista aonde não ia há dois, três anos. Sentei-me na sala, à espera de que ela pudesse receber-me, e fui olhando em volta. A sala, modesta mas confortável, estava igual ao que era dantes, o que não causava espanto, as pessoas não andam a mudar móveis todos os dias. Mas de repente – horror – o meu olhar fixou-se nas flores de plástico. Eram as mesmas, as flores de plástico e sua verdura. As mesmas, reconheci-as logo. Uma coisa daquelas não se esquece com facilidade. E mesmo se julgarmos vê-la esquecida, ela lá está, no nosso subconsciente.

Não sei quando começou a luta contra as flores. Luta de amor errado, de interesses certos. Com o fito consciente ou inconsciente no mau gosto das gentes. Recordo uma velha coleção de bilhetes postais com ramos e ramos de flores, autênticos pesadelos fotográficos, que hoje até talvez fossem apreciados por isso mesmo, por serem *kitsch*. Vejo mãos de jovens mergulhando em pétalas de papel chinês, fazendo rosas, dúzias, centenas de rosas, tudo aquilo com araminhos e uma tesoura, meu Deus, que prendadas que elas eram! Recordo quadrinhos pintados a óleo e o motivo era também as flores, não copiadas do vivo mas dos tais postais, pois claro. Recordo tudo isso. Mas nada podia comparar-se a este horror das flores de plástico, que não sei quem inventou um dia e que, graças ao mau gosto das gentes, ainda subsiste.

O que vale é que as flores nascem, crescem e morrem indiferentes a tudo.

30 de novembro de 1971

Não sou saudosista mas há uma boa meia hora que estou a lembrar-me do *yô-yô,* em frente de uma folha de papel em branco. O *yô-yô* era um brinquedozinho simpático de enrola-desenrola, as crianças gostavam, os adultos também. Não era perigoso, não era incómodo. Uma beleza.

Claro que o que me faz pensar no *yô-yô* é o *clacker,* que um inventor-pecador colocou nas mãos inconscientes das crianças do Velho Mundo Novo.

Há os ruídos necessários – inevitáveis até mais ver – e há os sobressalentes, uma espécie de ruídos – enfeite de ruídos – *gadgets,* completamente inúteis. São as buzinas gritadoras que dizem aqui-vou-eu-olhem-para-mim, são as máquinas musicais abertas a todo o pano por exibicionismo ou egoísmo ou ambas as coisas, são agora os *clackers.*

Aqui, onde neste momento me encontro, estou entre dois jogos, um necessário, outro inútil. No andar de cima há quem escreva à máquina, no andar de baixo há quem brinque com um *clacker,* e com tal perícia que as bolas não se movimentam no ar, batem decerto na parede, Senhor! A esta hora estão felizmente fechadas as telefonias, os gira-discos, os gravadores do prédio, e as crianças que brincam com o piano da família encontram-se na escola. Mas há o ruído seco das teclas e o das bolinhas coloridas e alucinantes que nos incomodaram durante o verão nas praias e que, pelos vistos, continuarão a poluir o som durante o inverno.

Por isso me lembro do *yô-yô*.

10 de dezembro de 1971

Ainda doente – estas gripes –, os meus diários têm de ser leituras.

Na publicação *Correio Diese* vem um pequeno artigo cheio de humor e bom-senso, da autoria do professor Jean Mayer, que ensina Nutrição na Universidade de Harvard. Intitula-se o referido artigo «Como assassinar legalmente o seu marido», e nele aponta o professor Mayer várias maneiras de agir consideradas ótimas por muito boa gente e que afinal são perigosíssimas para a saúde. Escreve ele: «Engorde-o. Mantenha-o bebido. Acima de tudo, mantenha-o sentado. Dê-lhe margarinas. Comida bem salgada. Ofereça-lhe cigarros. Mantenha-o acordado até tarde. Não o deixe ir para férias. Pelas dúvidas aborreça-o e preocupe-o.» Estes «métodos» são explicados em poucas mas claras palavras. Permito-me transcrever o da engorda: «A obesidade encurta a vida. Aumenta a mortalidade por moléstias do coração, doenças circulatórias, diabetes e doenças renais. A obesidade é especialmente perigosa se o seu marido tiver muito colesterol, tensão alta ou problemas nos pulmões. Consegue-se facilmente engordar o marido forçando-o a repetir o prato, habituando-o a molhos elaborados e convencendo-o de que nenhuma refeição será completa sem um bolo feito com muito açúcar e manteiga. Vinte e cinco quilos a mais nele devem dar-lhe a si 10 anos extra de liberdade.»

11 de dezembro de 1971

Está havendo em França – diz-me o *L'Express* – uma autêntica dança de santos de calendário. A época é propícia. É que há os que desapareceram a fim de dar lugar a outros, há os que mudaram de lugar. A reforma – todos o sabemos – foi decidida pelo Concílio Vaticano II.

Mas o mais curioso é que a Federação Nacional dos Floristas enviou um delegado a quem de direito, a fim de defender um santo que lhe é precioso, o São Valentim. É que se São Valentim desaparecesse do calendário ou mudasse de lugar isso prejudicaria enormemente os floristas de toda a França.

É que São Valentim é o padroeiro dos namorados, e no seu dia, 14 de fevereiro, a venda de flores duplica.

13 de dezembro de 1971

Faz-me muita impressão aquelas casas que se compram já com mobília e tudo (quando vejo as fotografias dos anúncios até me parece que elas se compram já com gente dentro). Será aquilo um prenúncio do morar de amanhã? Desaparecerão um dia as casas-retrato de quem lá mora, as casas feitas a pouco e pouco, conforme é possível, com amor, com esperança, pacientemente, hoje um móvel, amanhã um *bibelot,* mais tarde um quadro? As casas confortáveis ou requintadas, sóbrias ou barrocas, de bom ou de péssimo gosto? As nossas casas?

16 de dezembro de 1971

A minha amiga A disse-me ontem:

– Preencho o totobola com desavergonhada ignorância futebolística, dizem que assim é que as pessoas ficam ricas, não acredites.

Escrevo um 2 e depois um X e outro X e de novo um 2, fica equilibrado, interpolado, é bonito, parece-me. Compro uma cautela –, compro sempre uma cautela pelo Ano Novo, tenho uma grande fé em que as coisas vão mudar com a mudança do último algarismo, mas que ideia, parece é que foi lavada com o último dos detergentes, o melhor, portanto, tal a sua imaculada brancura. Faço todos os concursos e fico à espera de casas, andares, automóveis, sei lá. Os projetos que eu faço, não calculas. Já fui ao Japão, ao Ja-pão, sim senhora, no meu carro. Atravessei toda a Europa, a Ásia inteira, foi mara-vi-lho-so. Já vivi à beira-mar, o meu sonho, numa moradia sensacional.

– Nunca te saiu nada? – perguntei.

– Nada. Conheço pessoas a quem têm saído coisas. A mim, nada. Ah, mas de qualquer modo são dias de uma agradável expectativa. Dias em que tudo pode ser possível, compreendes? Bastava que os números se pusessem de acordo e... Estou a viver esses dias neste momento.

– Estás com bom aspeto.

– Pois não achas? Tenho andado a organizar a minha viagem a Itália. Se me sair qualquer coisa, está bem de ver. Acho que estes dias fazem parte das prendas de Natal que recebemos.

Isto disse-me a A.

17 de dezembro de 1971

A pomba, símbolo do Espírito Santo e da Paz, suave habitante de estátuas e jardins onde brincam as crianças, a doce pomba sem fel, é, acaba de o dizer o professor Pierre Lépine (que não é qualquer um mas membro da Academia de Medicina Francesa e virólogo conhecido em todo o mundo), um perigoso inimigo da saúde pública. Já aqui há tempos tinha havido uns zunzuns a este respeito, mas agora a coisa não admite dúvidas. O pombo é um perigo, e o professor Lépine, que respeita os sentimentos dos amigos dos animais, para quem o genocídio dos pombos seria um golpe, propõe que às fêmeas seja administrada a pílula anticoncecional, para que a espécie vá diminuindo de número e o perigo seja, portanto, reduzido ao mínimo.

A doença que os doces pombos podem transmitir – pelo simples facto de esvoaçarem – é a toxoplasmose, de efeitos terríveis nas mulheres grávidas (provocando deformações gravíssimas do feto) e causadora de atrasos de desenvolvimento e até epilepsia nas crianças entre os quatro e os seis anos.

18 de dezembro de 1971

Estamos na época do ano em que mais livros infantis são publicados. Não tantos como seria de desejar, claro, mas alguns, em todo o caso. Hoje chegaram-me às mãos dois livrinhos de Alice Gomes, incansável amiga das crianças. Chamam-se eles *Vidrinho de Cheiro* e *História de Uma Menina.* Alice Gomes está no número dos escritores e professores que entre nós vão escrevendo para as crianças, lutando assim contra a invasão das histórias de quadrinhos, que as não deixam criar o gosto pela leitura, e também, vamos lá, contra um certo desinteresse editorial. Alguns nomes que nesta quadra do Natal vale a pena lembrar: Sophia de Mello Breyner, Mário Castrim, Matilde Rosa Araújo, Maria Alberta Menéres, Lília da Fonseca, Manuel Ferreira, Isabel da Nóbrega, Ilse Losa, Patrícia Joyce.

14 de dezembro de 1971

Estou cansada de ouvir falar da nova música ligeira portuguesa e de pouco ver chegar. Não quero dizer com isto – apresso-me a explicar – que seja adepta da antiga, longe disso. Mas a verdade é que, tirando um ou outro cantor de baladas, muito bom, poucos há que nos digam coisas que mereçam, de facto, a pena ser ouvidas. Claro que temos o José Afonso, excelente cantor e compositor, muito ligado às fontes do nosso folclore, tal como o Adriano Correia de Oliveira, temos o Luís Cília, com toda a sua saudade de lusitano exilado, temos o Letria, o Manuel Freire. Nomes a sério, poucos mais.

Agora surgiu alguém que faz música não obrigatoriamente portuguesa. Música com maiúscula. Tem sido muito falado, mas só hoje ouvi o seu último disco, que é também a sua revelação. É, pois claro, o José Mário Branco. Aposto que daqui por pouco tempo ele terá um nome fora deste retângulo português e dos seus admiradores de Paris. O *Caminheiro* e a *Mariazinha,* por exemplo, são canções de correr mundo, não através de festivais mas a mais alto nível. Ficamos à espera. José Mário Branco tem tudo a seu favor. É um músico sabedor e um compositor inspirado, sabe escolher os poemas e sabe fazê-los, tem uma voz muito agradável, vive em Paris. Até isso, vive em Paris.

26 de dezembro de 1971

Não são só os jornais, alguns jornais, melhor, algumas das suas secções. Não são só os livros, claro que alguns livros, felizmente raros. A doença está entre nós, portugueses, em muitos de nós, quero dizer. É que, quando escrevemos, quando mandamos, por exemplo, anúncio necrológico ou outro para a imprensa, deixamo-nos apanhar sem luta pelo adjetivo-caçador que emerge da nossa memória, onde esteve, por assim dizer, de emboscada. Claro que há adjetivos e adjetivos. Estes a que me refiro são, porém, os perigosos como tudo, os prontos-a-vestir mas em segunda ou em milésima mão e que, gastos de tanto uso e abuso, já na verdade não se podem ver.

Eis alguns exemplos frequentes, primeiro os do ritual da morte, depois outros: o saudoso extinto, a família enlutada, a mãe extremosa, a esposa dedicada, o inditoso operário, o piedoso ato, o doloroso dever, a eterna saudade ou o eterno descanso, o ente querido, a chorada esposa, a ilustre família, o belo talento, o cavalheiro respeitável, o nobre exemplo, a diabólica tentação, a síntese magnífica, as merecidas férias, o repouso compensador, a delicada sensibilidade, o tema aliciante, o talento multifacetado, a prosa despretensiosa, a excecional craveira, os momentos cruciais, a veneranda professora, a justa (ou expressiva ou merecida) homenagem, a nobre figura, o conceituado industrial, a progressiva cidade (ou vila). Nunca mais acabávamos se nos propuséssemos fazer uma lista relativamente completa destes adjetivos de todos os dias.

27 de dezembro de 1971

Eis-me vingada de tantas humilhações. Quantas vezes respondi, rubra de vergonha ou pálida de indignação, que não senhores, que Lisboa **não** era Espanha, que **eu** era portuguesa e não espanhola, e que na península havia **dois** países, o meu e o outro. Isto passava-se na França de antes da emigração, a Itália estava inocente. É, no entanto, dela, da Itália, que a tal vingança me chega, pela mão de um dos seus *magazines* mais categorizados, o *Domenica del Corriere.*

O artigo da vingança – chamemos-lhe assim – trata de um cofre, encontrado no século XVII, e que continha dois manuscritos em letra gótica, com profecias, algumas das quais se referem (ou parecem referir-se) ao nosso tempo. A certa altura, o autor do artigo em questão escreve: «Durante a demolição de um pórtico na Igreja de Palos de Moguer, em Portugal (igreja onde Cristóvão Colombo rezou antes de partir para a descoberta da América), os pedreiros encontraram uma caixa que levaram consigo, convencidos de que tinham encontrado um tesouro.» Etc., etc., etc. Eis-me perplexa. Então Colombo embarcou em Espanha e rezou, antes da partida, numa igreja portuguesa? E este nome, Palos de Moguer, será português? De resto é um nome de que me recordo vagamente. Procuro-o no Matoso dos meus tempos do liceu e lá está ele. «Oferecera-se (Colombo) a Castela, que depois de várias hesitações lhe confiara três navios, com os quais partira do porto de Palos, em 5 de agosto de 1492...» De Palos, na província de Huelva.

Para muita gente mal informada ou esquecida ou distraída, que no dia 14 de dezembro e seguintes leu o *Domenica del Corriere,* Palos (Huelva) é, portanto, Portugal, Colombo saiu de terras portuguesas, a sua América foi – logicamente – colonizada por portugueses e o Tratado de Tordesilhas não teve razão de ser. E nas Américas, claro, não se fala espanhol.

Se isto não é estar uma pessoa vingada...

28 de dezembro de 1971

Leio que vinte *gourmets* se reuniram recentemente em Hong Kong, vindos de todo o mundo, a fim de competirem numa maratona pantagruélica (três dias a comer à razão de dezoito a vinte horas por dia). O jornal (de Macau) onde a notícia veio publicada comentava o facto dizendo: «Estas coisas não deviam ser permitidas porque constituem um insulto à humanidade sofredora. Enquanto uns não têm o suficiente, ou não têm mesmo nada para comer, outros, porque possuem muito dinheiro, entregam-se a enormidades como esta.»

Continuando a folhear jornais vindos de longe, encontro, num jornal português publicado nos Estados Unidos, uma notícia de Liverpool, que me diz que um jovem de 13 anos reivindicou o recorde mundial de fatias de pão com marmelada: comeu 78 no espaço de uma hora. Sem comentários. Mas com uma pergunta: terá pais, esta criança?

30 de dezembro de 1971

Porque será que os grandes deste mundo – sejam eles titulares, milionários ou estrelas de cinema – têm histórias de amor tão complicadas?

Certo dia, como tivessem perguntado a Racine porque eram sempre príncipes infelizes ou torturados os principais intérpretes das suas peças, o grande escritor francês explicou que só os poderosos tinham tempo bastante para se entregarem às suas paixões.

5 de janeiro de 1972

Parece que as famílias cantoras estão na moda. A ideia teria vindo da América com as King e as Cowsil e com a nossa conhecida Partridge, que nos últimos tempos se nos instalou com demasiada frequência à mesa do almoço.

A notícia vem de França. Duas famílias cantoras, a Foux (pai, mãe e cinco filhos), a Jaget (pai, mãe e quatro filhos), e outra ainda, com avô e avó, vão conquistando um mercado, não muito exigente mas extremamente compensador, desta Velha Europa, que já tinha idade para ter juízo.

Daqui por uns anos – as coisas chegam sempre aqui com um certo atraso, o mar é largo, os Pirenéus são altos (às vezes tudo isto é uma vantagem) –, daqui por uns anos, dizia eu, talvez cá chegue a moda das famílias cantoras. Mas não nos preocupemos. Por enquanto, ainda estamos nas *misses,* que já não são novidade em parte nenhuma, mas que, pelos vistos, nos deixaram em transe. Há dias, à minha frente, no cinema, discutia-se acaloradamente o caso de uma jovem que já aparecera fotografada não sei onde e tinha, afirmava-se, muitas possibilidades de ganhar.

Não, por enquanto estamos livres das famílias cantoras. Felizmente. O bom multiplicado por quatro ou cinco vozes nunca é excelente, mas o mau multiplicado pelas mesmas é sempre um horror.

6 de janeiro de 1972

Casas nos arredores, quantas vezes de um mau gosto enternecedor, que se chamam o seu ninho, mira serra ou mar, ou têm um nome de mulher ou um diminutivo de criança. Há nelas trepadeiras, alpendres, lanternas, santos de azulejo a fingir antigo, chegam a ter andorinhas pretas, de loiça. Tento adivinhá-las por dentro. Deve por lá haver, em muitas delas, dísticos do género de a minha casa é o meu mundo, ou seja, bem-vindo quem vier por bem. Coisas assim. Só não têm rosas de plástico porque há um jardinzinho modesto onde alguém cultiva amorosamente flores.

São casas comovedoras, não sei bem porquê. Talvez porque parecem casas de boneca. Casas para brincar a quem tem casa, durante uma vida, duas quando muito. Porque um destes anos, uma destas décadas, a cidade que vai crescendo através das suas satélites, arrasá-las-á e fará que, no seu lugar, no seu chão, seja construído mais um prédio de andares onde várias famílias irão amontoar-se, fechando para sempre os olhos à natureza que vai ficando longe como tudo, nem uma réstia de terra haverá para consolar os olhos. Colmeias e colmeias de cimento armado, cheias de abelhas sem asas e sem flores.

7 de janeiro de 1972

Do interessantíssimo livro *Anatomia da Nova Europa,* de Anthony Sampson, permito-me respigar alguns parágrafos:

«Pela primeira vez na história, o medo da fome, a velha fobia da raça humana, cedeu o lugar ao igualmente intenso e oposto terror do colesterol.»

Disseram-me que se um dia houver uma nova refeição europeia «aceite igualmente por todos os países ela começaria provavelmente com *minestrone,* seguida de bife com batatas fritas e legumes mistos, sorvete de baunilha com molho de morango e terminaria com queijo *Cheddar* ou *Edam*».

«O anúncio de uma cera alemã que dava brilho muito mais rapidamente não teve êxito enquanto não se lhe adicionou uma legenda dizendo: "Para que você tenha mais tempo para cozinhar." Mas até a cozinha, agora que há espinafres congelados e *spaghetti* enlatado, ocupa muito menos tempo. As mulheres alemãs acima dos quarenta, sem filhos em casa, sofrem de alarmantes nevroses provocadas pela sensação de tédio e de não se sentirem necessárias: "Uma mulher de certa idade pode sentir-se muito inadaptada num ambiente em que tudo funciona bem, como o atual...", explica o Prof. Schulte.»

8 de janeiro de 1972

Está clinicamente provado que faz bem trabalhar até tarde. O que se me afigura errado é um indivíduo ainda capaz de ser útil à casa ou à entidade onde gastou a vida (a prova é que procura outro trabalho) ser reformado do seu emprego as mais das vezes com uma mensalidade que mal lhe dá para sobreviver, e isso só porque atingiu a idade-limite. Ora o novo emprego que o reformado arranja, quando o arranja, é muitas vezes mais cansativo e frustrante do que o primeiro. Até porque a cobrança, biscate tantas vezes reservado aos velhos, obriga a subir e a descer continuamente escadas. Não falando já do facto de ele se sentir posto de parte e imprestável.

Talvez estejam a pensar que coisas destas sempre aconteceram, aqui e em toda a parte. Talvez seja assim, não sei. Mas que não está certo, não está. De resto, os problemas da velhice são talvez dos mais angustiantes da nossa sociedade.

Às vezes, entre os anúncios de jornal, encontram-se alguns deste teor: «Reformado precisa-se para voltas», ou «Reformado admite-se para atender assuntos externos», ou ainda, no final de um anúncio: «Dá-se preferência a reformados.»

Ora dá-se-lhes preferência porquê? Porque o anunciante é um coração de ouro? Permitam-me que não acredite em corações de ouro de anúncio. Parece-me antes que ele, o tal anunciante, se propõe pagar menos do que a um homem novo. Um reformado é velho, não tem possibilidade de escolha, aceita o que aparece e dá-se por muito feliz. É quase sempre assim. Aceita. E se não se dá por muito feliz, não o diz a ninguém.

10 de janeiro de 1972

Todas nós andámos sempre à procura de um pedacinho de esperança, de tranquilidade, portanto, até que seja só de que nos convençam de que ela, essa esperança, essa tranquilidade, existe. Temos – até certa idade, depois a história é outra – os espelhos. Diz-me, espelho, haverá neste mundo mulher mais bela do que eu? Perguntas assim, a que eles, os espelhos, mentirosos como tudo, respondem. Para ajudar o espelho temos o cabeleireiro e todas as maquilhagens possíveis. Há também as pessoas que nos elogiam. A modista ou a empregada da *boutique* que nos diz que determinado vestido nos fica bem, aquela antiga colega de faculdade – que irá decerto para o céu – que nos afirma que estamos na mesma, como é possível, parece que o tempo não passou por nós... Os meios de comunicação fornecem-nos grosas de esperança e de tranquilidade. Seremos belas, boas donas de casa, teremos maridos fidelíssimos, seremos empregadas imprescindíveis se usarmos os produtos tal. Ainda os mesmos meios de comunicação propõem-nos diariamente a segurança, o antimedo durante 24 horas, não é formidável? Através de umas tantas linhas de horóscopo em que todo o mal se chama simples contratempo, ideias imaginárias, pequenos desentendimentos, posição monetária mediana, cansaço, leves desequilíbrios, dureza de expressão. Mas logo nos dizem que devemos adotar uma alimentação leve, mais rica em vitaminas, ou modificar o nosso procedimento e assim alcançar a felicidade. Lemos, portanto, e até acreditamos às vezes. A necessidade que temos de ser tranquilizadas, de ser amparadas. Falo no feminino porque são geralmente mulheres as leitoras dos horóscopos, as grandes influenciadas pelos anúncios.

13 de janeiro de 1972

Um artigo da autoria de Mariela Righini, recentemente publicado no *Nouvel Observateur,* diz-nos algumas coisas muito sérias sobre um problema aparentemente fútil, o dos brinquedos. Eis algumas delas:

a) O brinquedo é o *Ersatz* do jogo impossível e a criança só recorre a ele à falta de melhor. Por isso (e não só por falta de dinheiro), a criança do campo, senhora das árvores, dos caminhos, dos bichos e dos regatos, não sente uma necessidade tão urgente dos brinquedos como a da cidade.

b) As famílias ricas (não milionárias) compram menos brinquedos do que a gente modesta (não miserável). À ascese dos mais favorecidos monetariamente opõe-se o consumo exagerado dos menos providos de dinheiro. Dá-se mais quando se pode menos.

c) Os pais oferecem muitas vezes brinquedos que correspondem às suas próprias simpatias, às suas ambições, às esperanças que têm no futuro dos filhos.

d) O problema dos brinquedos não está só na falta de dinheiro para os comprar – essa é outra história – mas na falta de lugar para os ter. Se ainda há apartamentos onde a criança pode circular no seu pequeno automóvel ou ter a sua casa de bonecas, outros há em que o espaço é tão exíguo que não há um só quadradinho de chão para brinquedos e brincadeiras.

14 de janeiro de 1972

O Lico, que tem oito anos e ainda não lê jornais, não sabia disso das dez mais elegantes, mas arrebitou a orelhinha cor-de-rosa quando ouviu lá em casa falar das «mais mal vestidas», principalmente da Ali e da Jacqueline. «Então a dona Alice do quinto andar?», perguntou francamente desconsolado.

A dona Alice do quinto andar é uma senhora já de certa idade, francamente gorda, e que de verão e inverno veste uns estranhos fatos vermelhos em *tricot* manual, que ela própria executa porque assim ficam mais em conta. A senhora em questão é pobre e tem de deitar muitas contas à vida para o dinheiro lhe chegar até ao fim do mês. E o Lico, que, como disse, tem oito anos, ainda não sabe que não é «mais mal vestida quem quer», e que «as mais mal vestidas» são tiradas de entre as que mais dinheiro gastam a vestir-se. Não sabe, enfim, que, para se ser considerada «a mais mal vestida», tem de se ir aos melhores costureiros da Europa ou dos Estados Unidos e escolher nas suas coleções os maiores e mais caros horrores, os que pior fiquem à compradora, os que provoquem maiores arrepios nas espinhas dorsais das jornalistas de moda de todo o mundo.

16 de janeiro de 1972

Que é já trintona, diz-se de uma mulher, depreciativamente. Que é quarentão ou cinquentão, diz-se de um homem, não tão depreciativamente como isso. Depois começam os «genários» escritos. Há a sexagenária que foi atropelada (embora, como as coisas estão, qualquer pessoa de qualquer idade o possa ser, basta andar na rua). De septuagenários, não sei porquê não se fala, passa-se para os octogenários. Nonagenários também os não há. Quem diz que Picasso ou que Pablo Casals são nonagenários, quem? Eles têm noventa e noventa e cinco anos, o que é muito diferente. Agora os centenários, esses, são poucos mas bem aproveitadinhos. E isto em todo o mundo onde as agências noticiosas têm correspondente. E põem-nos a explicar os seus truques de longevidade. Deitaram-se sempre cedo e levantaram-se cedo. Não beberam. Não fumaram. Comeram muitos legumes. Beberam muito leite. Evitaram as gorduras. Depois silêncio absoluto e definitivo. Acabou-se.

18 de janeiro de 1972

Ao ver o anúncio de uma clínica de televisão, ainda por cima com as maiúsculas SOS, penso como aquele caixote mais ou menos mágico (de boa ou má magia) tomou importância na vida do homem de hoje. Os médicos das televisões vêm a casa, consertam no próprio dia. Qual o médico dos homens que pode afiançar uma coisa dessas?

A televisão faz que se esqueçam as conversas necessárias, o círculo dantes fechado, voltado para um centro comum, passou a voltar-se para o mesmo lado, que é exterior à família, e todos se tornaram acima de tudo telespectadores. Claro que a TV nos facilita bons e maus conhecimentos. Quem não se sente, por exemplo, um pouco aparentado com aqueles simpatiquíssimos e humaníssimos Forsyte, que ainda há pouco tempo íamos às vezes visitar, com saudades, ao segundo canal? Estes eram os bons conhecimentos. Estes e outros, não muitos, valha a verdade. Não vou falar dos maus. Queria só referir-me ao perigo do exagero, do aceitar de tudo, do não poder passar sem os fantasmas caseiros que o pequeno ecrã nos fornece. Já não falo do caso-limite de bater até à morte em quem estraga o brinquedo. Falo no facto de a família esquecer as conversas necessárias, as discussões aonde nasce a luz, só porque o Roger Moore ou o Lagardère estão ali, na nossa casa, diante de uma família em transe, a fazer das suas.

19 de janeiro de 1972

As pessoas matam-se a trabalhar para sobreviver ou então (é a estas que me refiro) para comprar, para possuir. Mobilam uma casa, tornam-na logo ou lentamente confortável, depois compram um carro, mais tarde arranjam outra casa – a tão ambicionada residência secundária –, às vezes no campo, de preferência ao pé do mar. E mobilam-na confortável também. A casa – as casas – tem recantos muito agradáveis onde apetece a uma pessoa sentar-se, fechar os olhos ou abri-los bem, aproveitar em todo o caso aquela tranquilidade, aquela beleza. Mas os dias são cada vez mais curtos e as horas fogem à velocidade implacável do tempo. As pessoas matam-se a trabalhar para comprar, para possuir, mas depois falta-lhes o tempo para poderem gozar aquilo que têm. Se não há tempo para viver numa casa – os filhos raramente veem o pai, a mulher pouco vê o marido – como pode havê-lo para viver em duas?

Conforme o poder de compra vai sendo maior, as pessoas vão sentindo que o tempo corre mais velozmente. E os eleitos dos deuses Penates, com casas e palácios, *cottagges* e *pieds-à-terre* semeados por esse mundo de Cristo, devem sentir uma grande frustração porque o tempo os trai e corre a uma velocidade que eles, mesmo a jato particular, não conseguem vencer.

Bem dizia dona Ritinha, senhora minha conhecida, profunda em provérbios que às vezes, desconfio bem, ela própria inventava: «A quem nada falta, falta-lhe o tempo.»

25 de janeiro de 1972

Estou sentada a uma mesa à espera de que o empregado me traga o jantar e não tenho mais que fazer senão olhar em volta. Não é meu costume, mas hoje dou comigo a imaginar a senhora que se sentou à mesa ao lado com um cavalheiro, seu esposo e bem instalado na vida. Seu esposo porque não falam, vê-se à distância que já gastaram todas as palavras. Bem instalado porque ela tem pelos ombros o casaco-farda das esposas dos homens bem instalados sem exagero: *astrakan* com gola de *vison*. As dos exageradamente bem instalados têm vários casacos de várias peles, claro está.

Dou, pois, por mim a olhar para a senhora de *astrakan* vestida, ainda bonita, embora já um pouco gorda, com brilhantes nos dedos, pérolas ao pescoço, crocodilo na mala, ondas nos cabelos cor de mel bem penteados e lacados, enfim, todos os matadores da mulher de meia-idade-realizada. Deve ter uma casa com muitos dourados, penso. Móveis antigos em imitação mais-que-perfeita. Criada ainda, e fardada. Filhos bem casados, que é como quem diz, casados com gente de meios. Netos saudáveis. E todos saudavelmente egoístas, que é condição indispensável para a felicidade das criaturas de Deus.

Isto penso eu primeiro. Depois ouço a senhora dizer qualquer coisa e não obter resposta. Depois ouço-a dizer mais qualquer coisa e responderem-lhe por um monossílabo agastado. Vejo então – ou julgo ver? – um olhar vazio, de repente vazio, molhado. Uma coisa a salva, porém, decerto. Talvez só muito raramente, talvez só naquele instante, quem sabe?, suspeite de que é infeliz, de que está só no mundo. As pérolas, o casaco, os anéis, não falo já dos filhos bem casados, têm muita força. São, por assim dizer, uma armadura.

Deixo de pensar na senhora, até porque o *chateaubriand* chega e tem muito bom aspeto.

Sete Palmos de Terra e Um Caixão, é o título de um conhecido e notável ensaio do sociólogo brasileiro Josué de Castro. Sete palmos de terra e um caixão é aquilo sem o que não podemos passar, já que a incineração não é hábito entre nós. Mas eis que leio num jornal que há falta de espaço nos cemitérios dos arredores de Lisboa. É normal. A população cresceu desmedidamente nos últimos anos, e se os vivos têm dificuldade em arranjar casa, também os mortos começam a conseguir dificilmente os tais sete palmos de terra onde morarão para todo o sempre (se tiverem posses para isso), ou durante os primeiros anos da morte, se as não tiverem. Este problema não é só dos arredores de Lisboa, claro está, é de todas as grandes cidades do mundo. A população cresce de maneira aflitiva e foge dos campos e das cidades mais pequenas. É um problema à escala mundial. Já não se sabe muito bem como alimentar de futuro os vivos, onde alojá-los. Onde enterrar os mortos começa também a ser problema. Nos países onde não se faz incineração, claro está.

Há anos, longe desta minha cidade e do seu doce sol de inverno, lembrava-a com saudades como a uma cidade-sol, uma cidade em que a estrela da vida era mais importante do que tudo o resto, mais até do que o céu azul, as pedrinhas de basalto e o futebol. Lembrava-a também como a uma grande aldeia tranquila, um pouco lenta talvez mas tranquilizadora. Ontem, porém, olhando-a com olhos de ver durante um longo e vagaroso percurso a pé, não reparei no sol (se o havia), nem nas pedras, e vi que Lisboa crescia como certas flores dos desenhos animados, crescia, por assim dizer, à vista desarmada. E olhasse eu para onde olhasse, a verdade é que só via andaimes. Eram estreitos, altos, baixos, cresciam, estavam crescidos, tinham homens pendurados, baldes subindo e descendo, eram mudos e com vozes, modestos e luxuosos, escondidos dos olhos de quem passava por belos tapumes com não menos belos cartazes publicitários, ou mostrando-se por exibicionismo ou falta de meios. Mas o que é isto?, pensei. Mas o que aconteceu à minha cidade? Mas o que lhe foi acontecendo, a pouco e pouco, até chegar a este exagero de demolição-construção? Foi bombardeada? Houve terramoto? Ou está a ser, para muita gente, um excelente negócio?

31 de janeiro de 1972

Os escritores escrevem para que os leiam, os músicos para que os escutem. Mas os homens cuja arte é fazer dinheiro raramente falam disso aos outros. É tabu. Todos conhecemos uma ou várias pessoas francamente ricas que, ao falar-lhes alguém dos seus haveres, dizem com modéstia ou acanhamento ou até uma vergonha que se ignora: «Rico não, remediado.»

A capa de um dos últimos números do *L'Express* foi dedicada ao dinheiro, e a frase que a acompanhava dizia: «Falai de dinheiro e toda a gente se cala.» Dentro da revista, no artigo «Os franceses e o seu dinheiro» podia ler-se: «A palavra [dinheiro] embaraça porque a coisa parece incómoda. O bom tom, herdado da aristocracia, quer que se desprezem os detalhes materiais. O despeito dos que o não têm, o snobismo dos que o têm em grande quantidade, a vontade geral de esconder a situação monetária fazem que os franceses sejam as pessoas mais pudibundas do mundo quando se trata de capitais.»

Vem isto a propósito de um anúncio que vi num jornal, um anúncio como tantos outros, diga-se de passagem. Reparei nele por acaso, ou talvez porque tinha lido o artigo a que me refiro. Tratava-se de uma grande moradia situada numa das avenidas mais belas de Lisboa. Uma moradia para venda «a família de posição, corpo diplomático, etc.» Ora no **etc.** é que estava, por assim dizer, o busílis. Porque, que interesse tinha o proprietário em que quem comprasse a casa fosse gente de posição ou pertencesse ao corpo diplomático? Interessava-lhe é que tivessem dinheiro para pagar aquilo que ele pedia, não é verdade? Mas aí está, as palavras riqueza, dinheiro, fortuna, não se podem escrever. São como já disse tabus. Então dá-se a volta, dão-se várias voltas. E eis a família de posição – de tratamento, também acontece –, o corpo diplomático, etc., etc. **Etc.**

Julgamos renascer todas as primaveras, no fim de todos os verões, no princípio de todos os anos. É como se nos preparássemos para abrir um portão novo para além do qual a vida será mais verde, mais fácil, em que todos os erros cometidos serão emendados, em que a sensatez dominará, e chegará a sorte, pois claro, não esqueçamos a sorte, essa deusa avara que a poucos abre os braços. «Quando voltar...», dizemos nas férias. «Daqui em diante...», asseguramos quando o velho ano se aproxima do fim. «De futuro tudo mudará...», prometemos, convictos, quando o mundo se veste de cores vivas. Também acontece mudarmos de emprego (agora é que vamos triunfar, ganhar melhor, sentirmo-nos realizados), ou até, muito simplesmente, mudar de casa, o ambiente é importantíssimo. Há ainda, pois claro, os que mudam de mulher, as que mudam de marido, os que partem para outro país e lá recomeçam vida. Esquece-se tudo, nasce-se de novo.

Mas no fundo... No fundo tudo continua como dantes, porque a casa e o emprego e o marido e a mulher e o país onde se vive estão fora de uma certa prisão sem grades que é o nosso corpo e também a nossa alma, uma prisão dentro da qual existimos. A prisão perpétua da nossa condição.

1 de fevereiro de 1972

Às vezes sentimo-nos chocados com a falta de entusiasmo, com a ausência de espanto dos nossos filhos, que se nos afiguram *blasés,* velhos antes de tempo, nós não éramos assim. E não nos lembramos de que eles já chegaram a este mundo no tempo da lapiseira *Bic,* do *nylon*, da primeira fuga à força da gravidade (por vezes), do frigorífico, do gravador, da televisão, do avião a jato, etc., etc., etc. Nós ainda estamos um pouco espantados com tudo o que nos sucede, o que nos rodeia. Para eles, os homens na Lua no pequeno ecrã não foram, por isso, nada de extraordinário. Claro que não. Se assim não fosse, se os espantos não se tornassem com o tempo hábitos, desde a descoberta do fogo ou da primeira arma de pedra ou do primeiro utensílio de ferro que o espanto se teria apossado de nós para não mais nos deixar, que todos nós viveríamos em tão perpétuo, hereditário espanto que não teríamos tido tempo para descobrir, para inventar mais nada.

4 de fevereiro de 1972

Folheio uma publicação vinda de fora e detenho-me em duas páginas de pequenos anúncios. O título geral é «Novidades sensacionais do mundo inteiro». Eis algumas dessas novidades, quase todas elas acompanhadas das tradicionais fotografias de **antes** e **depois.** «Esta fórmula de laboratório faz deter a queda do cabelo, ativa o seu crescimento, alonga-o, torna-o espesso. Convém tanto a homens como a mulheres. Nova composição alcoolizada à base de dez plantas raras. Transformação radical, garantia visível entre o 6.º e o 23.º dias.» Outra, esta ilustrada por autêntico Hércules: «Desenvolva os seus músculos sem exercícios, alimentando-os. Basta massajá-los com o novo creme X e os seus músculos alimentam-se e desenvolvem-se enquanto dorme.» Outra ainda: «Saúde, felicidade, dinheiro, amor, sorte estão agora ao seu alcance graças a um novo invento japonês. Esta pulseira magnética liberta no seu organismo um fluxo ininterrupto de ondas benéficas que lhe expulsam do corpo as dores, a fadiga, a tensão nervosa, dando-lhe ao mesmo tempo um poder de concentração que atrai a sorte, o amor e o dinheiro.» Há ainda um produto que faz desaparecer as rugas em três tempos, mais concretamente em poucos segundos.

Estes e outros anúncios são de um género que julgava desaparecido mas que afinal as pessoas ainda leem. E claro que vão experimentar os produtos. À espera de quê? À espera mesmo? Mas creio que esperam sem grande exagero, por isso não ficam talvez muito desoladas quando as promessas falham. Entretanto, sonharam. O homem frágil, em quem ninguém repara e que durante o sono (ou o sonho?) se transformará num Hércules, o calvo com uma bela cabeleira, a senhora já não muito nova com a pele lisinha de outrora. Em poucos segundos? Será possível? Mas está ali escrito e aquelas novidades sensacionais têm algo de mágico, naquela página, ao lado da pulseira da felicidade. Da felicidade, senhores… Vamos experimentar? E o dinheiro que se gasta? Claro, o dinheiro, muito importante, o dinheiro. Mas não se gastou no futebol? E no cinema? E no cabeleireiro? Onde não nos prometem nada, pois não? Já veem…

Não estou a defender este tipo de anúncio, longe de mim. Mas é que ainda hoje gosto de histórias fantásticas.

6 de fevereiro de 1972

Não sei quem juntou pela primeira vez as palavras «massa humana». Como não foi um passageiro de metropolitano em hora de ponta, tratava-se, sem dúvida, de alguém com dom divinatório. É que se trata, de facto, de uma massa humana com um pouco de ar sobre as cabeças para consentir a vida até ao lugar onde cada um se apeia. Massa humana, pois claro. Quando haverá um limite para o «enchido»? Ou quando haverá mais carruagens? Ou quando serão os cais mais compridos a fim de consentir mais carruagens?

TEXTOS TITULADOS

FICÇÃO AO VIVO

1) Pode ser considerada uma história de ficção científica a do japonês Shoichi Yokoi, que em 1944 se escondeu das tropas americanas nas selvas da ilha de Guam, no Pacífico, e que só agora foi, por acaso, encontrado. Ele sabia, por panfletos que em 1952 tinham caído sobre a floresta, que a guerra acabara, mas, como ignorasse as condições do armistício, resolvera não aparecer, com receio de represálias dos americanos. Espantou-se, pois, muitíssimo, com a amizade entre os Estados Unidos e o seu país. Mas muito mais coisas o terão decerto espantado, coisas essas a que os jornais não se referem, de tão óbvias que são. Porque, o que terá ele dito da televisão? E dos jatos? E dos satélites passeando tranquilos e incansáveis à volta da Terra? E das fotografias de Marte? E do baixo-relevo de Lénine e das armas soviéticas em Vénus? E das viagens à Lua? E dos homens na Lua vistos em nossas casas? E das máquinas pensantes chamadas computadores? E dos amigos que há 28 anos eram inimigos, pois claro, e vice-versa? É como se Yokoi tivesse hibernado durante quase três décadas ou como se tivesse feito a sua viagem no tempo. Sim, é bem uma história de ficção científica a deste homem que fugiu do mundo precisamente na época em que a ciência e a tecnologia deram o maior salto de que há memória.

2) Entre as personagens de ficção, grandes amigos de infância que não esqueci, contam-se alguns criados por Andersen: a Sereiazinha, a menina dos fósforos, aquele pequeno duende que morava na mansarda de um estudante mas acabara por se mudar para casa de um merceeiro (creio que era um merceeiro) porque aí se comia incomparavelmente melhor, o intrépido soldado de chumbo, sei lá. Naqueles contos havia algo que na altura eu não saberia explicar, mesmo que o quisesse. Andersen escrevia bem?, perguntei a mim própria mais tarde. Tinha muita imaginação? Amava as crianças? Decerto. Mas só isso?

Há dias, folheando um volume de Hans Christian Andersen há pouco traduzido para o português com o título *Uma Visita a Portugal em 1866,* pareceu-me descobrir o mistério. Era com olhar verde que Andersen via as criaturas. No seu livro fala frequentemente de pessoas gentis e acolhedoras, de talentos prometedores, de olhos lindos, cheios de sol, de poetas talentosos, de casais amáveis, etc. Ele não procurava em volta o mau ou o menos bom, ou talvez os seus olhos não vissem mesmo nada disso, não estivessem, por assim dizer, programados para tal. E assim chegava – chega – facilmente, sem esforço, à alma das crianças.

7 de fevereiro de 1972

NÓS E OS OUTROS

Tamanha é a nossa falta de imaginação que sempre precisamos de ver os deuses com faces humanas e não conseguimos pensar na existência, por exemplo, de outras cores que não as do espectro solar, de outras coisas que não pertençam aos reinos animal, vegetal e mineral, mesmo noutro planeta de qualquer outro sistema.

Vemos os outros através de nós. Eu a ele (a ela) fazia isto e dizia aquilo. E consideramos A e B uns sem-vergonha ou uns estúpidos porque não agiram como nós-no-lugar-deles teríamos agido. Vivemos vidas inteiras junto de pessoas que desconhecemos porque esperámos sempre que dissessem o que nós diríamos e fizessem o que nós faríamos. Isto nós. Porque a ela (ou a ele), à nossa (ao nosso) companheira, acusá-la-emos sempre de incompreensão. Somos o pobre incompreendido. Mas compreenderemos nós o que quer que seja? Fizemos o que quer que fosse para sair do nosso mundo fechado e entrar no nosso mundo tangente?

Que não é possível, há quem diga. Talvez não seja possível. Mas para quê exigir dos outros aquilo que nós próprios também não podemos dar? Para quê mergulhar no poço de azedume das nossas frustrações e não compreender como também somos, claro que sim, frustrantes?

8 de fevereiro de 1972

O CABELO EXPLICA

Quando uma pessoa se sente mal, doente, os médicos recomendam geralmente as análises de sangue, de urina ou de tecidos suspeitos, a radiografia. Recentemente, porém, um dermatologista americano da Universidade de Emory parece ter chegado a uma conclusão que nos deixa espantados, mas que, pensando melhor, não é tão estranha como isso. O professor Emory aconselha a análise do cabelo dos doentes. O cabelo é o tecido que cresce mais depressa e é essencialmente composto de proteínas. Ora, parece haver uma correlação entre o estado de saúde do homem e o estado do seu cabelo. Através de um microscópio muito potente é que o professor Emory e a sua equipa estudam o cabelo humano. Deficiências ósseas e renais, doenças mentais, deficiências de metabolismo, etc., tudo (ou pelo menos muito) pode ser diagnosticado através da análise do cabelo.

9 de fevereiro de 1972

POLUINDO A POLUIÇÃO

E eis-nos poluindo na medida das nossas forças ou da nossa indiferença este ar, cuja composição já não é bem aquela que um dia nos ensinaram. Não temos, claro está, as possibilidades das grandes fábricas e complexos fabris, cujas altíssimas chaminés sujam o ar das nuvens. Mas possuímos as nossas pequenas, modestas chaminés-cigarro privativas, muitos de nós. É a nossa contribuição, o nosso dever. Eis-nos tranquilos com a nossa consciência poluidora. E se nos esquecemos, alguém nos bate, por assim dizer, no ombro. O colega que trabalha em frente, a pessoa que come na mesa ao lado, até a imagem preto e branco, lindamente envolta em fumo, que se instala na sala de estar ou de jantar, onde temos a televisão. Então lembramo-nos e logo acendemos o cigarro, que cabeça a nossa, estávamos distraídos, desculpem lá.

E os anúncios? Tão lindos, os anúncios. As volutas de fumo, o mistério, o à-vontade dos gestos, a mão segurando o cigarro, uma beleza. É certo que os jornais nos dizem, de vez em quando, que aquilo é – pode ser – mortal. E os americanos, após oito anos de luta, conseguiram que toda a publicidade feita a cigarros traga no fim a indicação de que eles «são prejudiciais à sua saúde».

Mas quem vai acreditar? Olhamos em volta e todos fumam como pequenas fábricas ativas e ambulantes. Poluímo-nos a nós e também à nossa casa e a todos os que respiram o seu ar. Poluímos um ar já poluído na medida das nossas forças e da nossa indiferença. Aonde chegará tudo isto? Aonde chegaremos nós?

14 de fevereiro de 1972

PARA MEDITAR

Recebo, enviado por mão amiga, um livro notável, *The Female Eunuch,* de Germaine Greer. Permito-me traduzir um parágrafo:

«As crianças de ambos os sexos leem histórias de aventuras. As mais pequenas leem aventuras unissexuais em que há indiferentemente heróis e heroínas. As mais velhas têm direito a uma literatura específica em que as aventuras são todas elas masculinas ou todas femininas. A verosimilhança não consente aos autores de histórias para meninas que excluam totalmente as personagens masculinas, mas evitam toda e qualquer referência de ordem sexual ou sentimental. Para os rapazes, a exclusão de sexualidade traz consigo a exclusão de personagens femininas. Na puberdade, a jovem deixa de se identificar com uma heroína como Pony, que salva o coronel Buffalo Bill Cody batendo com uma pena num índio, índio esse que a salva dos dentes de um crocodilo duas imagens adiante. Agora a imprensa cor-de-rosa inicia-a nas emoções passivas das suas heroínas infanticidas. Para os adolescentes masculinos a fantasmagoria da narrativa de aventuras amplia-se, englobando as mulheres como objetos de aventura.»

16 de fevereiro de 1972

O ANO DOIS MIL

1) A ideia não foi nova para mim quando a encontrei no jornal. Já a tinha tido muitas vezes, serei uma ficcionista científica que se ignora? Ou terá ela, a ideia, ocorrido a todas as criaturas num dia de mais chuva encharcadas até aos ossos?

De qualquer modo, o senhor Von Braun, pai germano-americano das viagens espaciais do ocidente, dos homens na Lua, etc., não a apresenta como um sonho irrealizável (destes que nos ocorrem durante o breve tempo de um suspiro e logo se vão), mas como uma coisa que no ano 2000, daqui a vinte e oito anos, portanto, poderá ser real nos países mais ricos, tecnologicamente mais evoluídos, mais civilizados, portanto. Diz a notícia vinda de Houston, terra de maravilhas, que, segundo Von Braun, o homem conseguirá dominar as condições atmosféricas de modo a ter sol durante o dia inteiro e reservando a chuva (desagradável mas necessária) para a noite. Hipótese fantástica para os turistas e os que do turismo vivem, terrível para os notívagos por vocação e para os notívagos por profissão. Terrível também para os comerciantes especializados em gabardinas, guarda-chuvas, etc., mas enfim é impossível agradar a toda a gente. E quem no ano 2000 sofrer de reumático e outras mazelas sentir-se-á bastante alegre e confiante num futuro cheio de dias ensolarados e de noites passadas em casa, diante da televisão ou dormindo ao som sincopado da chuva a bater nas vidraças.

2) Ainda pelo ano 2000 enormes hemisférios de matéria plástica preta (preta por causa do calor solar) partirão já com relativa facilidade desta Terra gasta e ameaçadora a caminho da Lua, primeira escala da fuga desesperada – ou esperançada? – dos homens. Nesses hemisférios haverá ar respirável e tudo o que é necessário à sobrevivência. Durante quanto tempo? Durante quanto tempo ficarão os navegadores do século XXI nessa pequena ilha deserta, tão

próxima da costa e tão longínqua, olhando para o infinito e para o sonho com enormes telescópios que já não procurarão novas estrelas mas novos mundos para onde fugir, onde viver, onde subsistir até Deus querer e os outros homens deixarem?

18 de fevereiro de 1972

GLÓRIA E «MS»

Um M (maiúsculo) e um s (minúsculo) são duas letras que, juntas, não significaram nada até hoje. Mas «Ms» é o título de uma revista feminina e feminista que acaba de ser lançada nos Estados Unidos. A sua diretora, a famosa e belíssima Gloria Steinem, explica o título da seguinte maneira:

Ms. é o equivalente feminino de Mr. O homem (americano e inglês), casado ou solteiro, é sempre Mr. Mas a mulher solteira é Miss e a casada Mrs. «Ms» será doravante qualquer mulher, não importa qual for o seu estado civil. Gloria Steinem é uma feminista convicta. Já foi «coelhinha» da *Playboy,* mas só para fazer, com conhecimento de causa, uma reportagem em que arrasou o famigerado Hefner e a sua organização erótico-machista em que a mulher surge como simples objeto. Steinem, a quem chamam a *pin-up* do movimento de libertação da mulher, tem sobre os homens opiniões menos drásticas do que Betty Friedan. Ela é, de resto, a mulher mais falada este ano nos Estados Unidos. No mundo, porém, a já citada Friedan e Angela Davis ainda a vencem.

20 de fevereiro de 1972

DIÁRIO

1) Li em tempos no jornal a notícia da morte de um homem cuja neta casava nesse dia. A morte ocorreu, se bem me lembro, a meio da festa, que prosseguiu como se nada fosse, com o cadáver lá para o fundo da casa.

Hoje leio no *L'Express* outra notícia do mesmo tipo mas bastante pior, atingindo mesmo as raias do humor negro. Umas boas centenas de milionários andam neste momento em cruzeiro de três meses a bordo do *France*. Trata-se, por assim dizer, de uma exploração do mundo. Ora, como os milionários também envelhecem, acontece que a média das idades destes viajantes a altíssimo nível é de 70 anos. A vida a bordo é divertidíssima e come-se excelentemente, como é óbvio. O *France* não é um barco qualquer. Claro que nem todos os corações de 70 anos resistem, e um dos milionários, um norte-americano, morreu. A mulher pensou duas vezes e acabou por resolver continuar aquela agradável viagem. O ente querido também. Mas esse vai no porão ou no frigorífico, não sei.

2) Encontro numa publicação vinda de França nem mais nem menos do que o anúncio de todos estes talismãs: o de Civa, joia prodigiosa que possui um poder espantoso e abre a porta de todos os tesouros; a cruz sagrada de Maya-Tuh, que é o mais poderoso captador de proteção biomagnética; a autêntica cruz de Ágadès, que tem a faculdade de neutralizar magneticamente as ondas planetárias negativas; a cruz de Constantinopla, que dá aos que a usam o seu misterioso privilégio de felicidade e proteção; a cruz de Belém, que promete felicidade e triunfos; a cruz biomagnética, que protege, alivia, dá felicidade de viver. Com as joias astrológicas contemporâneas triunfa-se na vida. E há ainda o verdadeiro talismã lunar, que já não me lembra o que promete. E muitas coisas mais.

Pelos vistos, neste nosso tempo da ciência e da técnica, há quem continue a acreditar em coisas de tempos idos, quem não lute pela felicidade mas procure, comprando-o (é bom não esquecer que vivemos em plena sociedade de consumo e também os talismãs são negócios publicitados), o pequeno objeto cuja posse trará tudo o que se deseja. Eis-nos em plenas «mil e uma noites».

25 de fevereiro de 1972

SONHO DE GRANDEZA

Viveu sempre muito modestamente, mas tinha aquilo a que o marido chamava sonhos de grandeza. É que houve coisas – não muitas – que desde criança invejou na casa dos outros e que nunca pôde ter. Na sua casa de solteira e depois na de casada só houve sempre o essencial. Ora, como pode viver-se perfeitamente sem carpetes e sem cortinados (os tais sonhos de grandeza), nunca os possuiu. Houve, porém, aquela pequena herança e ela resolveu arranjar melhor o cenário e pensou então nos cortinados e nos tapetes, era normal.

Ainda esteve hesitante sobre se alcatifaria ou não a casa. A palavra alcatifa era sedutora e rica de sugestões. Mas acabou por desistir sem querer confessar a si própria o porquê da desistência... E optou pelas carpetes.

Logo no dia em que elas foram colocadas nos lugares respetivos, a mais curta distância entre dois passou a ser para ela não a linha reta mas a linha quebrada. Para atravessar as casas contornava-as cuidadosamente, só caminhava pelas faixas laterais, ali está a razão por que não quis alcatifas. Quanto aos cortinados, passaram a existir de mais, a serem como que as paredes entre ela e o sol, a rua, a vida exterior. Estão sempre corridos e há em toda a casa uma penumbra triste que lembra doenças e doentes, visita iminente de um médico, dores de cabeça pelo menos. Talvez por isso, o marido pergunta-lhe sempre, quando chega, se está boa, se tudo correu bem e se não houve nenhum azar, como se na verdade estivesse à espera – mas à espera mesmo – de ver desabar uma desgraça sobre a cabeça ou uma terrina de sopa sobre a carpete da casa de jantar.

Felizmente ainda não aconteceu nada disso, mas ela, por precaução, vai forrar de plástico transparente os tapetes. Depois de se ter sentido realizada, sentir-se-á tranquila.

26 de fevereiro de 1972

TRANSPLANTAÇÕES, AINDA

Calaram-se durante um tempo as vozes sul-africanas dos transplantadores, mas agora volta a falar-se do caso. E diz-se mesmo, aqui pela Europa, que talvez os corações de alguns animais sejam, de facto, num futuro mais ou menos próximo, colocados com êxito em corpos humanos. A coisa não sei se parece aflitiva antecipação se perigosamente mitológica, mas lá estranha é. Estamos habituados a viver em compartimentos estanques com os nossos irmãos inferiores e a mistura anunciada choca um pouco, mesmo sendo eles os sacrificados e nós quem ganha mais uns anos de vida com o negócio. Mas, vendo bem, pensando melhor, quantos seres aparentemente humanos mas com corações de lobo péssimo, de raposa matreira, de tubarão insaciável, de macaco sabido, de cobra venenosa, de tigre, de hiena, até de leão como o velho rei Ricardo, não encontramos nós diariamente? São os que já nasceram transplantados ou foram fazendo a sua autotransplantaçãozinha discreta ao longo da vida. Sem Barnard nem publicidade, nem perigo de rejeição. Caladinhos e saudáveis que é mesmo um gosto.

PRESSA

Está cada vez mais pequeno o mundo e nós mais apressados. Voamos a jato sobre cordilheiras de montanhas sem dar por elas; o nosso chão é horizontal e aparentemente estável. Voamos sobre o mar e sobre o que resta de floresta virgem, e por baixo de nós tudo são nuvens.

«Cheguei anteontem dos Estados Unidos», diz-nos Fulano. «Parto amanhã para o Japão», elucida-nos Beltrano, com o à-vontade dos grandes viajantes sedentários, confortavelmente instalados na sua poltrona. E falam numa voz pausada e sem espanto, a voz de quem tudo conhece, de quem venceu todos os obstáculos pelos seus próprios méritos.

1 de março de 1972

CONVERSA

– Não calcula a chuva que apanhámos nesse dia. É que foi um autêntico dilúvio. Ficámos todos, *to-dos*, completamente encharcados. Não pode calcular. *En-char-ca-dos.*

A manicura podia, até porque decerto já apanhara chuva muitas vezes, mas, sabedora de que tal coisa não era para ali chamada, mostrava-se extremamente interessada na chuva da *madame*. Esta, de resto, não estava ali para ouvir mas sim para falar. Escutavam-na e ainda por cima arranjavam-lhe as unhas e o cabelo, era de graça.

– Constipámo-nos todos, *um horror*. O mais pequeno foi para a cama cheio de febre. Apanhei um destes sustos, só a mim. Estava a arder, tiro-lhe a temperatura, *39 graus*. Chamei o médico, mas qual, era domingo, e ao domingo, não é verdade?… Uma *ra-la-ção*. Depois foram os outros, o que vale é que já sou um pouco médica e lá os tratei. E com a criada de férias na terra. As criadas, agora…

A manicura concordou que as criadas atualmente…

– *Um horror.* Ah, aquele dia fica-me de lembrança, pode crer. Já disse ao meu marido: passeios em dias de chuva, acabaram-se.

– E ainda a *madame* tem carro, um bom carro…

– Sim, não é mau, custou cento e oitenta contos, não é mau, mas as crianças não sossegam, querem ir para a rua, é uma ralação. *A-ca-bou-se.*

A manicura concordou que era uma ralação no momento em que dava a última demão à última unha da *madame.*

2 de março de 1972

VULCÕES, ESTRELAS E CAIXOTES DO LIXO

Esta de transformar os vulcões em caixotes do lixo era coisa de que ainda ninguém se tinha lembrado, nem mesmo os deuses do Olimpo, que deviam ter manias de grandeza, suponho eu. Também, se eles não as tivessem, quem as teria?

O caixote do lixo, que já não é caixote há muito tempo mas que conservou o velho nome, cá vai servindo para as nossas casas modestas, mal, é certo, porque nunca se deitou tanta coisa fora como atualmente. É verdade que já há casas com incineradores, exaustores, etc., mas adiante. Estávamos a falar de caixotes. E de lixo.

Ora há lixo e lixo. E há-o também de alto nível, altamente perigoso, poluidor, mais ainda, envenenador. São os restos dos produtos radioativos, de produtos tóxicos que, ao que parece, teriam felizmente deixado de ser utilizados no Vietname. Porque tudo isto se passa, claro está, nos Estados Unidos. Portanto, os vulcões. Eis a grande solução do problema; como é que ninguém ainda se tinha lembrado disso? Possíveis perigos de tremores de terra? Ora, ora, quem é que vai pensar em coisas dessas? Eles serão ao mesmo tempo caixote-forno e libertação. Uma espécie de saco sem fundo. Claro que ir deitar o lixo ao vulcão não é trabalho para qualquer, até porque nem todos têm vulcões ali à mão de semear. Nós, por exemplo, se precisássemos deles tínhamos de ir até aos Açores. Há de tudo um pouco neste retangulozinho à beira-mar plantado; falta-nos um vulcão, que maçada.

Mas parece que o estado do Texas, onde o vulcão salvador se encontraria, não concordou com a ideia, e foi então que se pensou no Sol. A solução é tão luxuosa que nunca tinha ocorrido a ninguém. O Sol, pois claro. Será ele, portanto, num futuro mais ou menos próximo o grande incinerador universal dos desperdícios perigosos. Parece que já há mesmo projetos em estudo.

Mas não irão os desperdícios voadores tornar maiores ou menores as famosas e misteriosas manchas e perturbar perigosamente o equilíbrio natural do Universo, dominado pela estrela da vida? A ver vamos. Quem cá estiver, pois claro. E entretanto enchemos diariamente os nossos modestos caixotes com caixas, frascos, garrafas e latas que a natureza se recusa terminantemente a devorar, transformando-as – como era seu hábito – em vida. No tempo em que tudo era normal, inevitável e ninguém pensava mais nisso.

5 de março de 1972

GULA É PECADO?

Quando pela primeira vez pensámos a sério nos 7 pecados mortais, todos nós achámos que a gula ali incluída era um exagero. Pois como era possível compará-la com a ira, a avareza, a luxúria, a preguiça, a soberba ou a inveja? Como era possível, se todos nós incitamos (e fomos incitados) à gula? Desde crianças que nos fizeram pratos saborosos e as nossas mães tinham um sorriso feliz e realizado quando nos viam devorar bolos e pudins! Depois, mais tarde, fomos nós a fazê-los, a mandá-los fazer, a comprá-los! Quando os nossos entes queridos os devoram, sentimo-nos felizes! A gula um pecado mortal?

Aldous Huxley escreve na *Volta ao Mundo de Um Cético:* «A gula, pecado essencialmente do nosso tempo – porque nunca se viu, na história, tantos homens e mulheres comerem tão imoderadamente – passa quase despercebida.» E no seu livro *A Fome no Mundo,* Claude Morgan diz-nos: «Cerca de 60 por cento da população de globo não recebe mais do que 10 por cento do rendimento mundial. Em contraste com isto podemos observar que mais de 70 por cento do mesmo rendimento cabe aos 19 países mais desenvolvidos e mais ricos, que apenas representam 16 por cento da população terrestre. As regiões mais desfavorecidas, em que a fome reina endemicamente, podem comparar-se a enormes campos de morte lenta em que seres humanos vegetam num regime de deficiência física e moral, crónica, até uma idade de 25 ou 30 anos, em que morrem.»

A gula, pecado mortal, sem dúvida, é um dos maiores neste nosso tempo de população sempre crescente. Só que não nos damos conta disso. E continuamos a fazer bons pratos, a comê-los, sem o menor peso na consciência. Antes com a alegria do dever cumprido. E sofremos de obesidade e de outras coisas porque comemos de mais.

6 de março de 1972

VENENOS A DOMICÍLIO

Compramos um medicamento na farmácia e podemos ler, se assim o desejarmos, qual a sua composição. É certo que em geral não percebemos grande coisa, aqueles nomes sem fim, complicadíssimos, pouco ou nada nos dizem se somos analfabetos na matéria. É que as indicações não se dirigem ao doente mas ao médico. Com os produtos de beleza e higiene já a coisa, porém, é diferente. Nenhum médico no-los receita e se os compramos é porque nos damos bem com eles ou até porque a sua publicidade foi e continua a ser muito eficaz. E geralmente nenhuma indicação concreta acompanha o produto. As indicações, quando as há, são bastante vagas.

Alain Jaubert escreve no *Nouvel Observateur,* semanário que nada tem de sensacionalista, que muitas das coisas que gastamos com à-vontade (sabonetes, espumas para banho, champôs para o cabelo, loções para depois da barba, desodorizantes, antitranspirantes, pastas dentífricas, loções para bebé e para peles oleosas, etc.) são feitas à base de um produto muito eficaz mas altamente perigoso por se recear que seja cancerígeno, o hexaclorofene. Mas que produtos o contêm, se isso não é geralmente dito ao comprador nas embalagens ou literatura que as acompanham? Nos Estados Unidos, onde, de resto, o perigo foi reconhecido pela Food and Drug Administration, ainda existem à venda 400 produtos com hexaclorofene. Ora a indústria americana enche o mundo...

Quando saberemos quais os venenos que nos são dados? É que, se logo que a primeira voz de alarme soa, a venda dos artigos não é proibida, que ao menos nos seja consentido aceitar ou recusar o veneno.

Mas hoje mesmo leio no jornal a proibição em Moçambique da venda de um creme para bebés contendo hexaclorofene. Eis um bom princípio que, esperamo-lo, tenha continuidade entre nós.

9 de março de 1972

FUTURO ASSUSTADOR

Quem pode estar certo do que quer que seja? Levamos anos seguros disto e daquilo (ensinaram-nos que era assim, transmitimos o conhecimento aos nossos filhos), e de repente o preto ficou branco, porque não só não era bem isto como até era exatamente o contrário. Há pelo menos quem o diga, quem defenda cientificamente esse ponto de vista. Certo? Errado? Veremos.

A última destas viragens é a que diz respeito à higiene do corpo humano. O banho diário, as crianças repreendidas quando aparecem todas sujas e são imediatamente metidas na água, tudo isso deve acabar, pelo menos segundo o critério, parece que abalizado, do Dr. J. M. Knox, diretor dos serviços dermatológicos da Faculdade de Medicina Baylor, em Houston – cidade que costuma olhar para cima e não para os lados. O Dr. Knox acha que um pouco de sujidade não faz mal a ninguém, antes pelo contrário, que andar uma pessoa sempre a lavar-se destrói a camada oleosa natural, protetora da pele, e que ela, a tal camada, até é o melhor dos cremes de beleza. E esta? Passamos de A a Z com uma facilidade!

Mas vejamos. Parece que a água doce começa a desaparecer da face da Terra e que aqueles que nascem neste momento já um dia, mais tarde, lhe vão sentir a falta. Ela, a água, sempre nos pareceu – ainda nos parece, digam o que disserem – inesgotável, coisa que nos é devida, tão natural como o sol que nos aquece, como o ar que respiramos. Se continuarmos a gastá-la como até agora, é-nos dito, caminhamos a passos largos para a sede e para a imundície. O Dr. Knox será um pequeno travão, uma espécie de sinal de perigo? Mas de que serve? Quando a coisa depende de todos, ninguém acha que o seu contributo pode ser importante. De resto, as indústrias de todo o mundo são as grandes gastadoras de água doce. E continuam a gastá-la sem medida.

Mas o Dr. Knox é um homem do futuro. Porque daqui por umas dezenas de anos seremos vivamente aconselhados – ou obrigados – a gastar pouca água. Por motivo à vista, como costuma dizer-se nos anúncios do jornal.

13 de março de 1972

MISSES E CANÇÕES

Como todos os recém-convertidos, somos uns exagerados terríveis. Convertemo-nos há dois anos a isto dos concursos de beleza e desde então tem sido o que se vê. Note-se que não sou contra os concursos de beleza. Nem contra nem a favor. Tão errado me parece este clima em que estamos vivendo como a contestação violenta das feministas americanas do NOW. Um concurso de beleza tem algum interesse mas não me parece certo fazê-lo ultrapassar certos limites. Claro que todos gostam de ver as beldades. Eu, por exemplo, já marquei lugar em frente da minha televisão, para a noite do concurso. Mas, se pudéssemos medir com fita métrica as colunas já escritas e a escrever (até ao concurso internacional de Miss Europa que este ano se realiza cá na terra) pela nossa Imprensa diária, veríamos o exagero.

Mas, enfim, somos recém-convertidos, deve ser isso. Às *misses,* portanto. Tivemos também o festival da canção. Depois das *misses* a nível nacional, vamos para o festival em Edimburgo. E depois ficamos à espera das *misses* a nível europeu. Ora digam lá, depois disto, que não acontecem coisas cheias de interesse nesta nossa terra.

14 de março de 1972

VIAGEM

O rapazinho veio da sua cidade, lá do Norte, e ainda por cima de um colégio interno, até Lisboa, e aterrou sem preparação em casa de uns primos. Ele e a mãe, de visita. O rapazinho ali estava, pois, quieto e inquieto, calado e atento ao estranho mundo que o rodeava. O primo só chegou à hora do jantar, mas a prima e os filhos (já homens e mulheres ao pé dele, rapazinho de oito anos) entraram, saíram, falaram, discutiram. Tratou-se de LPS, de *Hit Parades,* de *drugstores.* Os Who, os Deep Purple e os Rolling Stones deviam ser íntimos da casa. Discutiu-se esta e aquela *boîte*. A prima mais velha estava aborrecidíssima porque o *mixer* se tinha avariado e a empregada estragara o *soufflé.* Alguém conhecido fazia *spots* na Tê Vê e adorava *free-jazz, hot,* coisas assim, dizia a priminha que estava aborrecida e queria um *drink,* um *scotch* de preferência. E a certa altura falou-se de *Ranglers* e *Levi's* e o primo mais velho, que já tinha chegado, explodiu porque, disse ele, o Levi Strauss era um homem importante e não um par de calças.

«Aquilo ali é que era o estrangeiro, não era, mãe?», perguntou o menino no dia seguinte, já no comboio, de regresso à base.

19 de março de 1972

A TÁBUA QUE PASSA

Estamos, ignorantes, em plena corrente e agarramo-nos à tábua que passa sem termos consciência de que também ela é uma simples coisa sem raízes à superfície das águas. Desejamos os pés no chão e não acreditamos que este simulacro de chão nos foi emprestado para um brevíssimo passeio que um dia destes terá o seu fim. E então segurança é a palavra-fada. Todos a desejamos, fazemos tudo por a conseguir mesmo antes de sabermos o que ela significava, disso se encarregaram os nossos pais. Estudamos, pois. Empregamo-nos. Somos seguros, só dizemos o que queremos. Somos seguros, só gastamos o indispensável. Há mulheres que casam «bem» para se encontrarem a salvo na floresta. Seguras. E fazem-se seguros de vida a pensar no dia de amanhã dos nossos. E fazem-se seguros contra acidentes a pensar no nosso dia de amanhã. Seguramos a casa e o carro. Há quem segure a voz ou as pernas ou as mãos porque ganha a vida a cantar, a tocar, a dançar. Há quem tenha uma renda vitalícia. E se ninguém sonha com a reforma é porque ela não significa (longe disso) segurança, ficou quieta, lá longe, e o custo da vida pulou. Lutamos corpo a corpo, traímos, matamos se não com obras pelo menos com palavras, e tudo isso para nos sentirmos seguros. E procuramos o psiquiatra ou o padre para ficarmos mais seguros ainda.

Tudo isto e nós em plena corrente e o rio a arrastar-nos para o mar e nada nada a fazer.

21 de março de 1972

AS VELHAS COISAS

Os pais morreram e os filhos foram levar móveis para a casa da quinta ficar mais confortável. E, claro, deitar fora muitas coisas velhas ou aleijadas, sem conserto, inúteis a quem quer que fosse. Havia um quarto de arrumações cheio delas. Cadeiras partidas e com o fundo rebentado, que para ali tinham ficado esquecidas, uma mesa só com dois pés, frascos, garrafas, uma jarra para flores, partida, muitas coisas mais. Junto à casa já havia um monte de destroços condenados ao fogo.

Então surgiu o velho. Era um velho com casa ali perto. «Posso tirar?», perguntou. Claro que podia tirar o que quisesse, mas para quê se nada daquilo prestava? O velho, porém, olhava, sorria, procurava, encontrava. As maravilhas que ele encontrou! Uma cadeira que ia empalhar e que lhe seria muito útil, só tinha duas, a jarra que era bonita e encostada à parede nem se via que estava quebrada, uns madeiros para fazer uma casota para o cão, as garrafas eram sempre úteis para o azeite, para o vinho, para o vinagre… O velho curvava-se e tirava sempre coisas úteis, e a mulher, a dois metros de distância, esperava as pequenas e grandes maravilhas que iam sair das suas mãos.

Os que tinham deitado fora filosofaram um pouco sobre o caso. Só isso. Depois, como é normal, pensaram noutra coisa.

2 de abril de 1972

COM PÉS DE LÃ

Vêm vindo lentamente, com pezinhos de lã, ou melhor, deslizando no silêncio metálico da sua perfeição total. São trabalhadoras e prestáveis. Quem gosta de fazer contas? Elas fazem-nas. Quem gosta de fazer cálculos? Elas estão ali para isso. Se não é gentileza! Nos escritórios não são muito chocantes nem um bocadinho assustadoras. Um instrumento de trabalho mais atualizado, mais perfeito. Vimo-nos embora, adeus.

Mas de vez em quando surge uma diferente, que já não se limita a fazer o trabalho aborrecido, atreve-se a aconselhar-nos. Claro que as pessoas acham graça e até pagam para ser aconselhadas. Tão novo, tão diferente de tudo. Aqui há uns anos foi em Paris, em plenos Campos Elísios, o *Astroflash.* As pessoas formavam bichas enormes para serem atendidas, preencherem um questionário, e a *Astroflash* dizer-lhes tudo sobre o seu signo, os astros bons e os maus, os bons e os maus dias. Depois surgiram em várias partes do mundo computadores casamenteiros que em três tempos descobriam, entre centenas de cartões perfurados, as almas gémeas. Quando as almas eram mesmo o mais gémeas que imaginar se pode, uma luzinha acendia-se festejando o acontecimento. Agora leio que as mulheres de Londres estão entusiasmadas com o *Modoscope,* computador que lhes explica quais as cores e os modelos que lhes ficam bem. Uma maravilha.

As pessoas sentem um grande entusiasmo. Mas não haverá, misturado, um certo receio? São máquinas engraçadas, amáveis, mas serão sempre assim, amáveis e engraçadas? Não tomarão um dia posse de nós obrigando-nos a fazer o que querem, enfim, o que alguém, por intermédio delas, quer? Não seremos marionetas nas suas garras-botões? Com esta máquina caseira que já nos proibiu, quase, a leitura e a conversa, que nos obriga a olhar para ela, enquanto quer, enquanto não fecha a janela maravilhosa?

Por enquanto são graciosas. Estão a mostrar as suas habilidades, só isso. Mas um dia?

4 de abril de 1972

AS PLANTAS TÊM MEDO

Damos os nossos periódicos passeios lunares (já está outro marcado para um destes dias), mas ainda não conhecemos, por absoluta falta de tempo para assuntos sem importância, tantos dos mistérios da velha Terra. Julgamo-la vista e revista, gasta, sem nada para nos dizer. Com pouco, em todo o caso, para nos dizer. De vez em quando, porém, estacamos surpreendidos com a notícia de algo tão espantoso que ficamos sem fala. Claro que já tinha havido vislumbres, mas no campo das hipóteses. Agora, porém, os resultados estão, por assim dizer, à vista. Preto no branco.

Cleve Backster, diretor executivo do Instituto de Investigação Backster, de Nova Iorque, lembrou-se um dia (quando estava às voltas com um detetor de mentiras, tratando de coisas bem diferentes) de aplicar o galvanómetro com que estava a trabalhar a uma das folhas de uma planta que tinha no seu laboratório, enquanto a regava. Viu então, surpreendido, que no rolo de papel do aparelho surgiam traços semelhantes aos que um ser humano podia provocar. Animado por esta primeira experiência, ocasional mas apaixonante, resolveu levar o estudo mais longe. Pensou então em colocar uma chama perto da planta, mas, antes mesmo de ter pegado no isqueiro, viu, impressionado, que ela sentira a ameaça, e o registador ultrapassara em intensidade o limite superior do diagrama. Backster fez então outra experiência. Comprou uma pequena quantidade de caranguejos pequenos, numa loja de alimentos para peixes de aquário, e deitou-os em água a ferver, sempre perto da planta e com o galvanómetro a funcionar. Imediatamente a agulha se agitou numa grande excitação. E isso aconteceu mais vezes, muitas mais, com aquela planta e com outras. As plantas tinham medo quando as células vivas (animais ou vegetais) morriam junto delas, ou quando sentiam uma ameaça. Backster, entusiasmado com essas primeiras descobertas, continuou o seu estudo. E afirma que as plantas não têm somente medo… Sentem dor, ansiedade e até afeto por quem cuida delas.

Tão importante pareceu esta descoberta ao bispo de Pittsburgh que ele lhe consagrou quase todo o seu sermão de Quarta-feira de Cinzas. Talvez o bispo tenha dito que os homens quanto mais vão aprendendo menos importantes deviam julgar-se. Mas não sei se o resultado será esse ou precisamente o contrário.

12 de abril de 1972

OS CONTOS DE FADAS

Entrou na sala de espera do consultório, sentou-se e mergulhou logo, sem transição, na leitura que trazia consigo. Era uma jovem discreta, de aparência modesta, baixinha, pouco bonita, nada bonita mesmo, sejamos francos. Cara redonda, feições sem graça, cabelo pobre. Vi-a, pois, quando entrou, depois deixei de a ver porque se sentou ao meu lado, na única cadeira livre, e só lhe avistava as mãos papudas, com unhas minúsculas, cor-de-rosa transparente, agarrando a revista, passando a folha.

Olhei sem querer para o que ela lia, na altura não pensava no jornal mas no dente que me estava a doer. Que lia ela com tanto entusiasmo, tão apaixonadamente? Estava longe de mais para decifrar as legendas, mas as fotografias eram sugestivas, diziam muito. Dois jovens belos e um pouco tenebrosos, ele, sobretudo, a cavalo. Falam, o que dizem não sei. Algumas fotos adiante, há uma rapariguinha de ar melancólico e rosto vulgar, que serve chá a uma senhora idosa. Ao fundo, um criado de colete às riscas. Aquilo passava-se em casa com criado de colete às riscas. Quem seria a rapariga vulgar? Uma parente pobre? Uma afilhada da mãe do «rapaz»? Uma dessas coisas, decerto. Claro que a rapariga vulgar mas bondosa vai casar na última fotografia da última página com o belo tenebroso. Eu sei e a jovenzinha ao meu lado também o sabe. Sabe mas sofre até ter a certeza. Porque é ela, de certo modo, quem vai casar, quem vai ter uma vez mais a certeza de que a beleza e o dinheiro não dão a felicidade, de que a bondade é sempre recompensada, de que não é preciso ser bela, nem culta, nem das chamadas «boas famílias» para conquistar o homem sonhado (culto, rico, belo e de famílias excelentes). Todas as fotonovelas que até hoje leu – e foram decerto muitas – lhe disseram que é aconselhável ser-se pobre, bondosa e ignorante, não para conquistar o céu mas para alcançar os bens deste mundo. Porque a outra, a má, não é geralmente nada disso. E é quem perde.

Nunca vi leitora mais atenta, mais entregue, mais esquecida de que o mundo existe. Pobre rapariga, pobres raparigas drogando-se com histórias de fadas que nem sequer têm poesia, nem imaginação, nem beleza.

16 de abril de 1972

DIÁRIO

Do livro *La femme aujourd'hui* permito-me transcrever o texto que se segue de Francine Dumas:

«Durante milénios a alteridade triunfou graças a uma palavra que abria todas as portas, a palavra "natureza". A Humanidade comum foi posta em segundo plano, a natureza em primeiro. Segundo essa ótica de alteridade extrema, o homem e a mulher eram dois opostos.

»O homem é o senhor: "Há um bom princípio que criou a ordem, a luz e o homem", diz Pitágoras. O homem tem todos os direitos: "Temos *hetaíras* para os prazeres do espírito, mulheres fáceis para os dos sentidos e esposas para nos darem filhos", afirma Demóstenes.

»A mulher é o negativo desse positivo, a sua antítese. "Há um princípio que criou o caos, as trevas e a mulher" (Pitágoras). "A mulher não tem nenhuma autoridade" (Santo Agostinho). Claro que não tem nenhum direito. A falar verdade, nem mesmo tem, neste mundo, nenhuma necessidade, nem sequer a de conceber. Só tarde os biólogos se deram conta de que era necessário um princípio masculino e um feminino para criar a vida. Ésquilo, trágico grego, dizia: "Tal como um depositário estranho, a mulher recebe o gérmen e, se Deus o quiser, conserva-o."

»Enfim, consequência natural deste quadro, a mulher não tem alma, e aqui saltamos para a Idade Média, em Amsterdão, onde o autor de *A Controvérsia sobre a Alma da Mulher* declara com a maior das calmas que a mulher deixará de ser, no fim do mundo, visto ter sido unicamente criada para o homem. O que implica a ausência da alma.»

Vale a pena dar às vezes uma vista de olhos pela História da Mulher – que não é, de modo nenhum, a mesma História do Homem, para compreender a luta que ela tem travado ao longo dos séculos para chegar a este quase século XXI ainda a tentar libertar-se.

17 de abril de 1972

A MULHER MÃE

«Mães em *part-time*», chamava-se um artigo que li aqui há tempos. Tratava-se, está bem de ver, da mulher-mãe que trabalha fora de casa porque a sua ajuda é necessária ao orçamento familiar, ou porque, fechada entre quatro paredes, se sente frustrada. Ambas as razões são compreensíveis e respeitáveis. A mulher, lá porque é mulher, não nasceu obrigatoriamente com a vocação do lar-e-mais--nada. Ela é, antes de mais, um ser humano, com os seus deveres, pois claro, mas também com os seus direitos. O direito a uma profissão, o direito a ser útil à sociedade através do seu trabalho, é indiscutível e digno da ajuda de todos.

Ora essa ajuda tem sido muito lenta. Primeiro, porque a mulher não votava e não tinha por isso lugar na República. A política era com os homens. Como iam eles lembrar-se dos direitos dela, se tal coisa nem lhes convinha? Mas elas lembraram-se, elas lutaram por isso, lutaram mesmo tanto que conseguiram, em parte, o seu objetivo. Em parte. Porque ainda se encontram na situação de seres que trabalham mais do que é humano (o emprego, a casa, o marido, os filhos) e são olhadas com condescendência (pelos homens, por alguns homens) e com desconfiança (pelas mulheres que optaram pela casa ou que deram por si donas de casa e mais nada, por serem de outra geração).

Às vezes são heroínas, as mulheres que trabalham. Refiro-me às que não têm empregada, nem mãe, nem sogra que as ajudem. Também não têm creches onde deixar os filhos com tranquilidade de espírito. Creches a preço razoável, quero dizer. E quando as crianças, que ficaram em casa, têm um acidente há sempre quem diga: «Se ela estivesse ao pé dos filhos nada disto tinha acontecido.»

Mas elas, as mulheres do nosso tempo, não se detêm. O tempo caminha sempre e o seu sentido é irreversível. Elas sentem que não podem voltar a ser em tempo inteiro as guardiãs do templo, as limpadoras do grão de pó, as amas das crianças, as esquecidas, as incapazes, as dependentes.

Esperam só que os homens que governam os países se lembrem delas. Creches em número suficiente e a preços razoáveis é o que pedem primeiro por elas. Pelos filhos.

23 de abril de 1972

ENCONTRO NÃO MARCADO

A senhora estava estupefacta e também extasiada. Estupefacta e extasiada em partes iguais. De princípio ficara sem voz, eu bem a vi desaparecer, à voz (ela, a senhora, queria falar, mas como?). Depois a voz regressou onde as vozes moram, mas ainda estava desagregada, com moléculas recalcitrantes em redor, quando a senhora conseguiu dizer: «É tal e qual como eu. Tal e qual.»

Eis-me sentada numa cadeira de sala de espera, esperando portanto a minha vez de ser atendida e a assistir ao encontro – ocasional – de duas almas gémeas. Não sei como a conversa tinha começado. Eu acabara de me sentar quando acontecera aquilo de a voz ter morrido e ressuscitado. Como na mesa central só havia os inevitáveis *magazines* com anos de vida, que fazer senão ouvir?

– Tenho tentado tudo – afirmava o homem. – Tudo. Dizem-me que um remédio faz bem, vou logo experimentá-lo, mas qual! É o mesmo que nada.

– Como eu. Exatamente como eu. Tenho uma gaveta cheia de medicamentos. Levanto-me, faço *tricot* para os meus filhos e para os meus netos. Porque, quando tenho insónias, e é quase sempre, dura a noite inteira.

– Comigo é o mesmo. Às vezes pela manhã é que passo pelo sono. Ouço música, baixinho, para não incomodar os hóspedes da pensão onde moro, ou então organizo os meus selos. Sou colecionador. Entretém muito, isto dos selos. E agora que estou reformado...

– Não calcula o dinheiro que eu gasto em lãs – disse a senhora. – Às vezes leio um bocado, mas os meus olhos já não são o que foram, e canso-me.

– Eu também. Arranjei a coleção por isso mesmo, para ter um passatempo. A leitura fatiga-me. Leio uma página, duas, tenho que fechar o livro.

– É curioso que vou fazer sessenta anos e nunca tinha encontrado um caso como o meu. O meu marido, que Deus tem, dormia como um justo (não serei justa, eu?) e não acreditava nas minhas insónias, dizia que eu exagerava.

– Quem dorme bem não sabe a fortuna que tem – declarou o homem pausadamente, como se acabasse de descobrir uma verdade fundamental e a oferecesse ao mundo numa bandeja.

– É exatamente o que eu digo.

Uma voz branca atirou um nome pela porta dentro. Era o nome da senhora mas ela não o ouviu, deslumbrada por aquele encontro.

A família talvez não ligasse importância ao seu problema, talvez risse um pouco, quem sabe? Dormia bem, a família. E ela, no silêncio das noites, sozinha em casa, no prédio, na rua (na cidade não, sabia agora que alguém fazia a sua coleção de selos), e ela tricotava.

A voz branca chamou de novo e a senhora então ouviu-a, pôs-se de pé com lentidão, despediu-se com pena daquele amigo que talvez não voltasse a ver. Conhecimentos de sala de espera são assim.

26 de abril de 1972

O TERRÍVEL ENCONTRO A SÓS

Leio algures que o domingo é o dia da semana em que no mundo há mais suicídios. Não sei se uma tal afirmação se baseia em estatísticas ou se é puramente impressionista. De qualquer modo, quero crer que seja verdade e que as pessoas descontentes com esta vida, e com pressa de partir, escolham o domingo para a viagem. Não é, porém, à morte que eu queria referir-me mas aos encontros desaconselháveis connosco próprios. Como raramente temos tempo para nos ver, para parar um pouco e perguntar como estamos, como vai a vida, é geralmente ao domingo que isso acontece.

Nunca gostei dos domingos. Têm qualquer coisa de muito natural porque estamos libertos das ocupações da semana, dos horários fixos, das tarefas urgentes, e ao mesmo tempo de muito anormal porque nos desabituámos dessa liberdade de ação, desse tempo liso, e não sabemos que fazer dele, dela. Somos – conforme as nossas possibilidades e posses – parafuso de máquina ou botão luminoso que a põe em movimento, e de repente, um dia na semana, um dia em certa semana, reparamos com espanto que somos gente, que temos umas tantas horas vazias diante de nós e que podemos usá-las como nos aprouver. Há quem vá ao futebol, há quem faça visitas, há quem se meta num cinema. Modos diferentes de preencher um vazio mais ou menos assustador. Mas há também quem esteja cansado de mais, ou desconsolado, e resolva ficar em casa a conversar consigo próprio. Ao tempo que não se encontrava! Olá, eu, que é feito?

Luz vermelha. Perigo. O encontro é – pode ser – indesejável. Desfia-se um longo rosário de frustrações, de inibições, de erros irremediáveis, de rugas nos espelhos, de cabelos brancos ou pintados. Abrem-se as mãos, as mãos que durante a semana se agitaram numa grande azáfama necessária, inevitável, fatal, e estão vazias. Às vezes, claro. Tudo isto é – felizmente – às vezes.

Dia perigoso, o domingo. Aconselho o cinema, o futebol, até as visitas. Tudo pode ser preferível àquele encontro a sós.

28 de maio de 1972

TELEFONES COM LUPA

Alguém escreveu há tempos que o sol merecia uma estátua que lhe fosse dedicada pelos *«dermatologistas reconhecidos»*. De facto, embora os especialistas de pele não tenham a menor responsabilidade no caso (a responsabilidade é do próprio sol, e mais ainda, claro está, dos seus devotos), são procurados por muitos doentes a quem a estrela da vida criou vários e às vezes gravíssimos problemas. Parafraseando quem escreveu as citadas palavras, permite-me dizer que também «os oftalmologistas e oculistas reconhecidos» poderiam mandar construir este ano uma estátua, dedicada não a um corpo celeste mas à muito terrestre e prosaica lista dos telefones. É que, enquanto na lista do ano passado as palavras e os números, embora minúsculos, eram bem pretos, bem nítidos, os carateres deste ano são em grande parte cinzentos e fininhos. Ora, como o papel é tradicionalmente amarelado, torna-se na verdade necessário apurar muito a vista para decifrar o que lá está escrito. Sugiro que a lista número 92 traga apensa uma lupa. É o menos que se pode pedir, já que raríssimos assinantes ou seus familiares e empregados serão capazes de escrever *Os Lusíadas* numa caixa de fósforos ou de qualquer outra habilidade miniatural deste género.

2 de junho de 1972

SALA E *LIVING*

Havia – ainda há – nas casas (em algumas casas) uma sala chamada de visitas. Havia-as – há-as – fechadas, para não se gastar a carpete, para o sol não comer as cores, para não se partir nada. Conheço uma mulher que não consente que outras mãos que não as suas limpem a sala de visitas. São mãos pagãs, iconoclastas, que poderiam quebrar alguma imagem. A sala de visitas burguesa e tradicional só abre as suas portas àqueles que explicam a sua existência e lhe deram mesmo o nome: às visitas. Elas podem portanto fazer aquilo que aos da casa é negado pela guardiã do templo: sentarem-se nos *maples* e nos sofás, com naturalidade, num dia qualquer, a qualquer hora.

Vem isto a propósito (ou a despropósito) de uma notícia que há tempos li no jornal. Um par de namorados algarvios, vendo constantemente os turistas estrangeiros a beijarem-se nas ruas, com o maior dos à-vontades, resolveu trocar um beijo **rápido e fugidio.** Mesmo rápido e fugidio, o beijo português foi, porém, visto por um polícia e – a lei é a lei – eis os jovens multados em quatrocentos escudos. Pois é. Somos muito diferentes com os que recebemos e com aqueles com quem coabitamos. Temos sala de visitas, não adotámos ainda o *living-room.*

9 de julho de 1972

NÓS, POUPADOS

Vivemos numa sociedade de consumo extremamente poupada em certas coisas. Gastamos quase tudo o que ganhamos (às vezes tudo, às vezes mais). Será por isso, porque a nossa consciência (chamemos-lhe assim) nos acusa cem vezes ao dia de delapidadores, que somos frequentemente de uma extrema poupança? Não dos bens que nos cercam, que comprámos ou vamos comprar, mas daquilo que pode ralar, entristecer, impressionar o nosso **eu**?

Preferimos ignorar as desgraças alheias, recusamo-nos (olhando em frente) a ver o cego que estende a mão, gostamos de dizer que a miséria dos abarracados é uma história (eles até têm televisão), habituámo-nos a encarar os problemas dos outros com gelada frieza («Ah, sim?», perguntamos. «Quem diria! Mas mudando de assunto...»). Somos peritos em mudar de assunto. Somos também peritos em ouvir contar tragédias sem que um músculo do nosso rosto se mova. Porque acima de tudo não acreditamos. Pode lá ser! Coisas dessas no nosso tempo, na nossa terra... Cada vez para menos gente junto da pessoa que caiu, a fim de a ajudar, repararam? Quem interrompe o seu percurso para perguntar se no carro, ali, na berma da estrada, precisam de auxílio? É que podem precisar, não é verdade?, e, então, que atraso de vida. Somos do tempo do salve-se quem puder e como puder, do cada um trate de si e Deus ou o Estado de todos, do *Eu, Eu, Eu e os Outros,* que era o título de um filme italiano, extraordinário, que passou há uns anos aqui, em Lisboa, um tanto ou quanto despercebido.

16 de julho de 1972

TUDO SENTADO

Se os extraterrestres (no caso de existirem, está bem de ver) já por aí andassem a espiar-nos a fim de escolher a melhor ocasião de invadir este planeta, que ao longe, segundo dizem, é azul, belo e tranquilo, escolheriam decerto para o cometimento um dia de espetáculo a nível mundial ou quase, enfim, a nível de parte do mundo: dia de festival da canção, ou melhor, dia de desafio de futebol entre dois grandes, eurovisionado, está bem de ver. Porque os países respiram fundo como as pessoas, sentam-se diante do pequeno ecrã, a vida para, e outra vida, diferente, tem o seu início. Uma vida em que todos eles são muitíssimo desportivos. E, não o esqueçamos, enormemente patriotas. Não sou contra o desporto, nada disso, mas sempre me fez um bocado de impressão isto dos desportistas sedentários. Uns dão sugestões, comentam, criticam, gritam, berram, outros estão calados e não consentem que ninguém abra a boca. Alguns daqueles desportistas quase perderam o hábito de andar, de habituados que estão ao automóvel. Mas quem os ouvir, depois… É que não falam de outra coisa durante a semana inteira. Senhores, que desportivos que eles são. Que desportivos que todos nós somos.

23 de julho de 1972

A NOVA EFICÁCIA

Leio no *DL,* em notícia de São Francisco, que astrónomos daquela cidade preveem que existe um planeta muito para além de Plutão, o planeta mais distante até hoje conhecido, ou, enfim, suspeitado. J. I. Brady, da Universidade da Califórnia, escrevendo no jornal da sociedade astronómica do Pacífico, calcula que o planeta X é três vezes maior do que Saturno mas está escondido da Terra pelo brilho das estrelas da Via Láctea. Brady e outros cientistas baseiam as suas previsões no trabalho do gigantesco complexo de computadores do laboratório de radiação de Livermore.

Precisamente no mesmo dia em que leio esta notícia, sei também pelo *Paris Match* que está a ser feito na Faculdade de Letras de Nancy um dicionário de língua francesa de uma riqueza incomparável. Seu autor é um computador, o Gama 60. Esta máquina de tendências literárias tem digerido os grandes estilistas franceses de todos os tempos, alguns dos quais usaram na sua obra um número impressionante de palavras.

Até agora, o Gama 60 já pôs de parte 90 milhões de palavras. Uma obra gigantesca que, feita pelos homens, ocuparia muita gente durante muitos anos e que este computador literário faz com grande à-vontade.

Um novo dicionário, um novo planeta. Só num dia. Quantas coisas mais, boas e más, nos darão estes novos escravos a quem concedemos inteligência e poder, talvez com demasiada precipitação e demasiado entusiasmo. Sempre adorámos que trabalhassem para nós e os computadores são muito eficazes. Eficazes de mais, talvez, há quem o receie.

30 de julho de 1972

IMPRENSA FEMININA

As revistas femininas que nos chegam de França, da Bélgica, da Inglaterra, dos Estados Unidos (para só citar países de línguas acessíveis) deixam-nos perplexas. Trata-se de países onde há liberdade de expressão e somos por isso levados a pensar que, se elas publicam aquilo e não outras coisas, é porque é aquilo e não outras coisas o que agrada às suas leitoras. Ou não será assim? Ou não será tudo muito mais complicado? Ou não será a mulher uma simples marioneta que ignora que é marioneta? Que ignora mesmo o que é não ser marioneta?

Das revistas que aqui temos em cima da secretária, há-as para várias categorias de leitoras, categorias essas não só culturais mas também económicas e até marcadas pela idade. Numa coisa, porém, estão todas elas estranhamente de acordo: a não discussão, a não referência mesmo (ou só muito raramente para não se tornar notada) a tudo o que seja problema e possa criar ondas, tirando a mulher do confortável, belo e tranquilo lugar onde foi colocada pelos costureiros, visagistas, decoradores, peritos em culinária, fazedores de horóscopos, etc., etc., etc. Enfim, no seu lugar de criatura preocupadíssima com pequenos pormenores que nada têm a ver com a velocidade a que o mundo corre, a maneira como ele corre e os modos de ajudar ou refrear essa corrida. O «sê bela e cala-te» não está tão longe de nós como pode parecer à primeira vista. As fotonovelas que algumas (felizmente poucas) das revistas a que hoje nos referimos ainda publicam esforçam-se, de resto, por elogiar a jovem pouco culta que vence inevitavelmente a outra, que até pode ter um curso superior mas que é sempre muito má pessoa.

Portanto, nada de problemas. E isso agrada, pelos vistos, às leitoras, porque os problemas são uma coisa aborrecida, que faz pensar, e é muito mais agradável saber quem é o atual *chevalier servant* da Brigitte Bardot. Há revistas que de vez em quando se dão ao luxo de fazer umas referências – levezinhas, digeríveis sem necessidade de bicarbonatos – à Sagan ou a um cançonetista considerado intelectual. Vão mesmo até ao ponto de publicar contos dos senhores André Maurois ou Félicien Marceau, que, salvo erro, até são da Academia. Isto dá às mulheres com pretensões a evoluídas a convicção de que estão a ser muito consideradas e até a cultivar-se muito. Não haverá, mesmo na rica França, na moderna Inglaterra, na América milionária, mulheres ou classes de mulheres com problemas sociais, morais, monetários? No entanto, nem uma referência. Elas vivem bem, no melhor dos mundos, como dizia o Pangloss. Os seus problemas, ao que parece, não ultrapassam muito os das suas avós e bisavós, embora sejam vistos através das lentes deste século XX a acabar. E isso é que é estranho, quando o Homem chegou à Lua. A saúde dos filhos, o amor do marido, o *eu* segundo um psiquiatra (isto dos psiquiatras a domicílio tem dado pano para mangas – a vida dentro de nós em lugar da vida à nossa volta –, e depois tem um ar tão científico), o que vai fazer este ano a atriz A, a moda (muitas, muitas páginas), a beleza, a decoração, a vida prática no lar, o correio sentimental, a culinária, os horóscopos. Claro que a maior parte destes assuntos é útil e até necessária mas reduzir uma publicação para a mulher só a eles, não será um exagero? Quanto aos correios sentimentais, eles põem pequenos problemazinhos muito femininos, com resposta à vista, por assim dizer.

O secundário dominando o principal, eis uma das características da imprensa feminina, às vezes fotonovelesca, mesmo quando não publica fotonovelas e é feita por uma redação inteligente. Bem intencionada? Isso é ou pode ser outra história.

Folheamos uma revista francesa muito bem feita, muito bem escrita, muito bem fotografada e desenhada, de muito bom papel. Trata-se de uma revista para mulheres de alto nível económico, vê-se logo ao comprá-la (custa cara) e ao folheá-la. Mas não pensarão em mais nada, essas mulheres? Vejamos do que nos fala. O primeiro artigo, grande, lindamente ilustrado, trata de viagens. É, de resto, um número de verão, por isso a insistência nas viagens. De núpcias, em seguida (sua origem e história). Mais viagens ainda: como saber viajar. Depois um artigo sobre borboletas em que se ensina a fazer uma coleção e se aprende, entre muitas outras coisas, que o filho de George Sand foi um entomologista distinto, embora de George Sand não se diga coisa nenhuma. Flores secas e a maneira de as arranjar (belas fotos a cores, tal como para as borboletas). Tanques, lagos e jogos de água no seu jardim. Jardim sem lagos nem jogos de água. Culinária. Embora se trate de saladas, requinte. Algumas páginas sobre o seu automóvel. Segurança nas praias. Beleza. Moda. E, claro, o fatal horóscopo.

Eis o sumário de uma revista feminina para mulheres de alto nível económico neste nosso tempo. Não nos espantemos por não se tratar de problemas comezinhos nem de dificuldades financeiras. O nível, já o dissemos, é alto. Mas nem uma referência a um bom livro, a uma boa peça de teatro, a um bom filme, ao problema da poluição, à fome dos outros, à superpopulação de um planeta chamado Terra, onde melhor ou pior todos vivem. Ou serão também essas mulheres vestidas por Cardin e perfumadas por Dior elegantes e requintadíssimas marionetas movendo-se num cenário não menos elegante e requintado e puxadas por invisíveis fios de ouro puro?

9 de agosto de 1972

A FALSIDADE

Em dias que ainda não percebi se são demasiado negros ou excessivamente transparentes, se dificultam a visão das coisas ou se lhe dão mais luz do que era aconselhável, em dias desses, parece-me viver num mundo lindamente camuflado com palavras-flores (de plástico, está bem de ver, mas tão bem imitadas, perfumadas, que não se dá pela substituição). Se as criaturas respiram falsidade (onde estará o ar que aprendemos na escola e que já não existe?), se se alimentam de falsidade (em forma de legumes, de frutos, de aves de aviário), como hão de ser o que ainda por cima nunca foram, isto é, leais? O adjetivo *falso* é dos mais usados e dos mais pensados. Por todo o lado para onde nos voltemos só deparamos com falsas fachadas, falsas atitudes, falsos elogios, falsos amigos, falsas promessas, falsos sorrisos, falsas palavras. Se um dia, por milagre, milagre ao contrário, pois claro, surgíssemos todos como somos na verdade, todos sem exceção nem muito bons nem muito maus, mas na maioria das vezes mais isto do que aquilo, conhecer-nos-íamos? Mas Deus ou a Natureza protegeu-nos com esta farda de combate, da cor de trejeitos e de palavras, que acabamos por julgar que faz parte integrante de nós. Que até acaba por fazer parte integrante de nós. Só não é assim nos tais dias perigosos, em que nos encontramos sozinhos numa ilha. Dias esses que são raros e não acontecem a todos. Dias que não nos deixam contentes com os outros nem connosco próprios.

13 de agosto de 1972

MEIA HORA

Durante bem meia hora, pacientemente encostada ao balcão, à espera de que alguém desse pela bandeirinha azul selada que levara de casa, fui escrevendo sem lápis nem esferográfica, em não-papel, a minha crónica de coisa nenhuma. Ao retardador. Porque também eu já pensava e via e escrevia – é um modo de dizer – à velocidade ambiente.

Três senhoras de bata preta (uma gorda, uma magra e uma assim-assim, mas as três com óculos), três senhoras sem idade, absolutamente sem idade, atravessavam uma atmosfera opaca (a luz devia ver-se e desejar-se para entrar pelos vidros das janelas) por onde havia cadeiras e secretárias de idade provecta mas indigna. Moviam-se como astronautas no solo lunar ou homens-rãs caminhando nas profundidades submarinas. Havia muito visivelmente uma luta entre os seus corpos de cetim fulgurante um dia e o meio ambiente. Moviam-se, pois, ao retardador, as meias folhas azuis voavam muito devagar entre as secretárias, e elas, as senhoras, pareciam meio adormecidas pelo calor ou em estado de semi-hipnose.

A minha bandeirinha azul foi finalmente intercetada por uns óculos itinerantes, burocráticos, senti-me feliz. Mas não, mas não. Os óculos passaram dirigindo um corpo grande, cetáceo, e tudo aquilo deu à costa muito suavemente, na outra ponta do balcão, onde se tratava de compra e venda de um terreno não sei onde.

Mais um tempo de espera. A senhora magra passou várias vezes – flutuou – com um papel na mão. O seu olhar além-lentes era vago e os seus passos não pareciam ter um objetivo muito definido, porque não falava com ninguém e aparentemente não fazia nada. De papel azul na mão, vagueava.

Foi a senhora assim-assim quem me arrancou delicadamente das mãos a folha de papel selado e me perguntou com voz fininha, de criança, o que eu queria. Respondi-lhe que era daquela assinatura reconhecida. E, levada pelo momento, acrescentei: «Se puder ser.»

Olhou-me sem espanto, não respondeu. Eis-me na rua, outra vez entre a gente veloz junto da qual moro. Mas há pouco, lá em cima, o mundo era de papel e os relógios tinham parado.

16 de agosto de 1972

MAIOR-MENOR

E o útil imediato para todos nós acaba muitas vezes por se tornar agradável desporto para alguns. O cavalo, pernas resistentes, velozes e fiéis do guerreiro e do viajante, já não presta para a luta nem para as deslocações necessárias ao homem de hoje, nesta Terra louca e cada vez maior-menor. Inventaram-se máquinas e o cavalo ganhou brasões e foi reservado para passeios agradáveis e corridas desportivas de gente de gostos caros. Para bifes também, é certo. Mas adiante.

O próprio caminhar tornou-se *footing,* muito aconselhável à linha, uma das preocupações dominantes dos supervitaminados, superproteinados e às vezes superalcoolizados deste mundo. «O automóvel», disse Mcluhan recentemente numa entrevista ao *L'Express,* «encontra-se absolutamente ultrapassado. O seu futuro está talvez na Lua porque daqui por dez anos os automóveis serão proibidos nas cidades, é inelutável.» O que o substituirá não se sabe, mas a sua morte útil está talvez marcada pelo facto de já ter começado a ser um objeto de museu. Os *donas Elviras*[11] são apreciados por colecionadores de posses e também por gente nova que gosta de fugir à rotina e prefere por isso procurar o que já não se usa. O que passou pode ser uma reação contra o que está, quando não se consegue ainda descortinar no horizonte o que há de vir. O mesmo acontece com os comboios, que já têm, no nosso tempo, algo de chocantemente ultrapassado. A sua caricatura é-nos dada com frequência em parques de diversões, onde pequenas carruagens-brinquedo percorrem um espaço minúsculo cheias de crianças barulhentas e adultos um tanto ridículos, muito pouco à vontade, como se tivessem vestido o bibe dos filhos e assim se passeassem pelas ruas.

20 de agosto de 1972

UM DIA

Foi um dia de confissões espontâneas. Há dias assim. Logo pela manhã a mulher se queixou amargamente de muitas e variadas coisas que tinham todas elas um ponto comum: a falta de dinheiro. Era uma mulher que fora educada nos bons princípios de que o marido deve ganhar para tudo e, quando começou a choramingar, ele soube perfeitamente que ela estava a lamentar não ter casado com um ex-namorado que era rico. E sentiu-se um falhado, até porque fora educado nos mesmos bons princípios que ela.

O colega que encontrou pelo caminho falou-lhe, a propósito de qualquer coisa, na falência da sua vida. Tinha desejado ir para a marinha mercante e correr todo o mundo, e ao ouvi-lo, aquele

---

[11] Nome atribuído aos carros antigos. (*N. da Org.*)

homem julgou vislumbrar uma luzinha muito, muito, longínqua, que julgava esquecida. Afinal, a vida ferrara com ele atrás de uma secretária, disse o outro. Às vezes apetecia-lhe desaparecer, ir para qualquer lado, arranjar uns contos e pôr-se a milhas, mas isso não era possível, tinha filhos pequenos. Depois, mesmo que filhos não houvesse… Aos quarenta anos, amigo…

A meio da tarde o patrão chamou-o e conversaram um pouco sobre assuntos de trabalho. Depois surgiu uma alusão frequente (embora as palavras fossem muitas vezes novas, a ideia era invariavelmente velha) ao facto de o dinheiro não dar a felicidade. Ele, patrão, teria gostado, acima de tudo na vida, de escrever um livro. Dava tudo, enfim, era capaz de dar tudo o que pudesse só para isso, para escrever um livro. Era uma coisa, enfim, como dizer, uma mensagem deixada aos filhos, aos netos… Tinha umas ideias para contos, e uma delas era… E contou a história do princípio ao fim. «Que tal?», perguntou.

«Porque não tentava?», disse por dizer, já que estava ali só para isso. O outro coçou a cabeça, como se não esperasse a pergunta. Homem, era tarde. Homem, era preciso um certo treino. Era preciso, acima de tudo, estar – como é que diziam? – disponível. Ora a sua vida era uma vida de trabalho, de preocupações. «Mas você acha que sim? Acha na verdade que vale a pena tentar?»

À noite, estavam a ver teatro pela televisão quando a sogra, boa senhora tranquila e sem imaginação, que viera jantar nesse dia, suspirou e disse: «Meu Deus, o que eu desejei ser atriz!» Espantaram-se todos e espantados permaneceram enquanto ela ia falando dos seus sonhos de palco e dos papéis talhados para ela. «Mas, enfim, é a vida!», acabou por exclamar. «Quem faz aquilo que quer? A verdade é que nunca deixei de me sentir, como direi…»

«Frustrada», pensou ele. E deu consigo a recordar os bons tempos em que fora um jovem inquieto como as aves e livre como o vento, julgava-o ele, claro, um jovem que tencionava ser aviador e andar lá no alto, por sobre as nuvens. Mas houvera um problema qualquer, de visão, e o céu fora-lhe negado.

E assim correu o dia. Depois, tudo esqueceu, a sogra nunca mais falou do palco, nem o colega da marinha. O patrão também nunca mais se referiu ao livro que sonhava escrever.

Quanto à sua luzinha pessoal, houve decerto um curto-circuito.

30 de agosto de 1972

A PÉROLA E A VOZ

E de repente, há tempos, numa página de jornal, dei de caras – é um modo de dizer – com alguém que não sei onde mas à mesa, durante a refeição, abriu uma ostra e encontrou uma pérola. E a ostra não fora, claro está, metida em lata nem atravessara o mundo com a sua doençazinha de cultura para encantamento de um aventureiro qualquer, em sua casa, de pantufas. Não, ela fora uma ostra normal embora doente, e o mal de que sofrera era mesmo precioso. E digam lá que a sorte é uma história e que o nosso destino somos nós que o traçamos, digam lá uma coisa dessas. Aquele homem, sentado à mesa, não sei em que cidade de que país, acordou-me na memória a recordação de uma mulher que um dia, na minha infância, encontrou um diamante dentro dum peixe. Não, não é história, é que encontrou mesmo. Era uma mulher, por assim dizer, especializada em encontrar coisas inesperadas e importantes. Coisas e pessoas. Um brilhante no corpo de um peixe vulgaríssimo, uma nota grande aos seus pés, na rua, uma herança de alguém que havia vinte anos ela julgava morto e pobre, algures, nas Américas. Um dia, por acaso, achou também, ao telefone, uma voz. Levantara o auscultador para fazer uma ligação e a voz dissera não sei o quê. Conheceram-se, casaram, foram muito felizes. Ela não procurava, não caminhava, não olhava sequer em redor. As coisas e as pessoas vinham ter com ela. Seria o tão falado e anunciado magnetismo pessoal? Eu creio que sim, que era.

3 de setembro de 1972

A ESPECTADORA

O espetáculo era francamente péssimo. Pior do que aquilo era impossível. A companhia viera de Espanha mas devia ter ficado por lá. Tinha todo o ar de um mau grupo de amadores que resolvera dar o seu passeio pela província em autocarro alugado. Só que para aqueles a província éramos, pelos vistos, nós, e isso não estava certo. Representavam para uma grande sala quase deserta, o público tem às vezes um sexto sentido, os atores enganavam-se constantemente, o ponto tinha uma excelente voz (era o único), a peça não prestava ou se prestava – já não me lembro – tinham dado conscienciosamente cabo dela. Fora, por assim dizer, um espancamento científico. Não havia uma frase de jeito. Enfim, um desastre sem mistura. Os presentes suspiravam, entreolhavam-se aterrados, olhavam para relógios de pulso não colaborantes, mexiam-se nas cadeiras.

À minha frente, uma senhora muito bem vestida e lindamente penteada escutava com grande atenção. Era uma senhora ainda nova, ainda bonita, mas surda, a pobre. Usava aqueles aparelhozinhos nos ouvidos, com fio (agora há-os mais discretos mas naquela altura não, isto passou-se há uns oito ou nove anos), e a atenção com que escutava era quase monstruosa, dado o interesse nulo do que se passava no palco. Comecei a olhar para a senhora e a pensar várias coisas, entre outras que, coitada, era uma pena já ser tão surda e também que era triste uma pessoa interessar-se tanto pelo que lá adiante no palco se passava.

Foi então, quando toda eu era incompreensão e dó, que alguém, sentado ao meu lado, se inclinou para a frente e perguntou em voz baixa mas em todo o caso bastante audível:

– Então, que tal vai isso?

A senhora de transístor colado ao ouvido respondeu:

– Metemos outro golo agora mesmo. Estamos a ganhar.

Não era surdez. Era futebol.

10 de setembro de 1972

FAIT-DIVERS

Encontro no jornal a notícia de um jovem que, em plena via pública, se entretinha a distribuir por quem passava tudo aquilo que possuía. Como era de esperar, o referido jovem acabou por ser levado para um hospital psiquiátrico.

Esta noticiazinha sem importância faz-me pensar em como há distância, por vezes abissal, entre aquilo que ensinamos aos nossos filhos-crianças e aquilo que frequentemente desejamos encontrar neles quando adultos. Dir-se-ia mesmo que só lhes ensinamos isto e aquilo porque para tal fomos programados. Claro que não queremos que o nosso filho mate nem roube nem levante falsos testemunhos, claro que não. Mas já isso de desejar a mulher do próximo (é homem, não é assim?), de ser um tanto avaro (pensa no dia de amanhã), de ser um pouco soberbo (sabe quanto vale), de ser egoísta (sem isso ninguém se salva nesta selva-vida), mas já isso é um pouco diferente.

Que não seja agarrado, é muito feio, dizemos, por exemplo, ao bebé de mãozinha fechada sobre o rebuçado e lágrimas quase a rebentar. Um rebuçado tem tão pouca importância! E quando o bebé abre a mãozinha é um querido, enchemo-lo de beijos.

Mas se um dia, mais tarde, na via pública ou particularmente porque não gosta de dar nas vistas, o ex-bebé, agora homem feito, resolver dar tudo o que tem a quem passa? Então não há duas opiniões, e tanto a família como a sociedade acharão que ele precisa urgentemente de ser tratado.

Claro que tudo isto é puramente especulativo. Não sei quem era o mocinho da notícia, nem como foi educado, nem se tem família. O que eu queria dizer… Bem, o que eu queria dizer era, entre outras coisas, que quem seguir à risca os conselhos que lhe foram dados por pais, por mestres e por padres nos primeiros anos de vida arrisca-se a ser considerado louco ou, pelo menos, pouco certo quando chegar à idade adulta. Que até se chama da razão.

O que vale é que quase todos nós compreendemos, sem ninguém no-lo dizer, que ser criança é uma coisa e ser adulto é outra bem diferente.

1 de outubro de 1972

TURISMO

Se conseguirmos esquecer – o que às vezes até não é difícil – o trabalho das pessoas que se ocupam de hotéis, de restaurantes, etc., podemos pensar que o turismo é uma coisa mesmo engraçada. Os turistas vêm de longe oferecer, com entusiasmo, o seu muito ou pouco dinheiro pelo aluguer de um quarto, de uma mesa, de um pedaço de areia, de mar, de sol. Depois vão-se embora e outros chegam. Para o mesmo quarto, a mesma mesa, a mesma areia. Há bocados de litoral eleitos pelos deuses do turismo, se os há, e as gentes que lá vivem vendem entusiasticamente fatias diárias de astro-rei e de água verde. Ora a verdade é que, se muitas dessas pessoas procedem com honestidade indiscutível, outras há que exageram, pedem exorbitâncias pela paisagem e ainda por cima julgam que isso basta e não vale a pena esmerarem-se na comida nem no serviço. Temos encontrado aqui e além indivíduos que pensam que o mundo é vasto e superpovoado, e que, portanto, se aquele turista não voltar, haverá sempre muitos que virão. Raciocínio este perfeitamente antiturístico mas muito adotado por gente que com o turismo ganha diariamente o pão. Pão com muita manteiga, escusado será dizer.

8 de outubro de 1972

A PALAVRA «NATURAL»

Vivemos todos ou quase todos no mundo mais artificial que imaginar se pode. É de esperar que, amanhã, o seja mais ainda, o movimento é irresistível, mas isso ultrapassa por enquanto o nosso entendimento, é pura ficção científica só para iniciados.

Chegamos à vida e logo bebemos leite com DDT. Depois nunca mais paramos, o envenenamento será constante e implacável. A mesa dos Borgias é do tamanho da Terra, e os envenenados estão de acordo. Desde o ar que nos é dado respirar até aos alimentos que nos são propostos – e não temos possibilidade de escolha –, é tudo um tanto assustador. Melhor, sê-lo-ia se não estivéssemos, como estamos, mentalizados para o facto. Fala quem sabe (aqui é Julien Vladimir em *O suicídio da Humanidade*) de glutamados, nitritos de sódio, proporcionados de cálcio, diecetados de sódio, sulfatos duplos de alumínio e de potássio, butil-hidroxi-anisol, citrato de mono-isopropil, e por aí fora, que diariamente o ser humano come e bebe. E etc., claro está.

No entanto, ou talvez por isso, a palavra «natural» nunca foi tão gasta pela publicidade. Destrói-se entusiasticamente e sonha-se com o que está a ser destruído. Folheando, por acaso, alguns *magazines* portugueses e outros, encontro um produto para retirar a maquilhagem feito de frutos **naturais,** uma refeição *express* completa **natural;** um batom hidratante à base de elementos **naturais;** um champô específico **natural;** uma bebida **natural.** Etc., etc., etc.

Que significado terá tal adjetivo daqui por uns – ia escrever «séculos» mas emendo a mão e escrevo «anos» –, daqui por uns anos, portanto? Haverá algum alimento natural sem ser, claro, nas tais tribos da idade da pedra, pacientes e sem «ambições», e que por isso são capazes de sobreviver? Elas não foram, para seu bem, convidadas para o banquete.

18 de outubro de 1972

CHUVA

Quando a chuva começa é uma tristeza de vida. Procuro uma tábua de salvação, mas só se me apresenta um longo futuro de céu tapado, de sol ausente, de água em cataratas, de guarda-chuvas perdidos. Começa ela e eis-me a invejar os lisboetas provincianos, que ao menos sabem da sua utilidade para a cevada, para as hortaliças, para a azeitona. Chegam a casa ensopados mas contentes, porque aquilo que cai do céu é ouro.

Mas eu? Mas nós, os que nascemos e crescemos e naturalmente vamos morrer um dia neste campo de concentração voluntário, que de verde quase só tem os candeeiros de iluminação pública e as luzes dos semáforos e dos táxis momentaneamente livres? Mas nós, os da cidade de estrelas apagadas pela eletricidade, de flores de florista, de relva rara (que é proibido pisar), de hortas e pomares de supermercado, às vezes em lata, nós os que não conhecemos outra coisa, como havemos de perceber a chuva?

Parada, na rua, à espera do milagre de um táxi (tenho onde estar daqui por dez minutos), sinto-me náufraga numa ilha de cimento, pedra e alcatrão. Nem sonhar com o verão me consola. Está longe como tudo, e a própria primavera, para além do inverno, não é estação que inspire uma confiança ilimitada. Abril tem mesmo causado muitos dissabores por essa Europa.

Passa um homem e diz a outro homem:

– Já não era sem tempo!

– Estava a fazer muita falta – responde o outro com ar sabedor.

Estão ambos encharcados e contentes.

Desconsolada, meto-me a caminho.

1 de novembro de 1972

AS MÁQUINAS DE SEGURAR O TEMPO

Podem sorrir com superioridade. Porque neste tempo da cibernética (ah, a terrível palavra, a terrível pergunta: o que pensa V. da cibernética? Como se o entrevistado tivesse que pensar o que quer que fosse sobre tão complicado assunto!), porque no tempo dela, dizia eu, ainda estou em êxtase perante coisas tão simples, tão velhas, como a máquina de filmar e até a fotográfica, perante o gravador.

Os computadores, pois claro, esses que organizam, calculam, combinam, resolvem. Claro que as bombas que apressam tecnologicamente o fim deste vale de lágrimas, claro que os foguetões para ir à Lua, claro que os satélites. Mas aí está, não e não. Porque as minhas máquinas fazem uma coisa sensacional de que as outras são incapazes: seguram o tempo.

Encontro numa gaveta uma velha fotografia de alguém da minha família que mal conheci, que morreu quando eu era criança. Está encostada – é uma mulher ainda jovem – a um velho *Citroën* e sorri. Era feliz naquele dia. Porquê? Como era feliz? Depois adoeceu, depois morreu. Durante a sua doença talvez tenha olhado para aquele retrato e recordado um dia, um instante, um sorriso e a pessoa a quem sorria.

Ouço na fita magnética uma voz longe, uma voz que o tempo deteriorou e eu seria incapaz de ouvir, mesmo de olhos e ouvidos bem fechados ao mundo exterior, mesmo assim. Mas basta-me carregar num botão e ei-la que diz as mesmas coisas de um dia, de uma hora longe, de um instante que se perdeu.

E há, claro, o velho filme que nos traz imagens esquecidas, diluídas no tempo, como eram elas? E ali estão, que coisa extraordinária. Ali. Iguais. E se alguma diferença há, ela está nos nossos olhos, não nelas.

Podem sorrir com superioridade das minhas máquinas de segurar o tempo. Continuo a achá-las as mais maravilhosas de todas.

8 de novembro de 1972

A CRIANÇA E O BARCO

O Quim é um garotinho sem paraíso para viver nem para sonhar, porque mesmo para sonhar paraísos é necessário um mínimo de prática ou até de teoria. Os pais do Quim também não tiveram paraíso. Todos os elos com a aldeia natal da família se haviam quebrado ou gasto no passado, e ei-los pobres na cidade e seus prisioneiros para a vida. A gente humilde, recém-chegada das aldeias, sonha com umas férias no verão. Viaja de camioneta ou de comboio apinhado, mas lá adiante está o ar puro, a água boa, as coisas da terra. Mas os pobres sem nada senão isto?

O Quim tem um barco de plástico que alguém lhe deu no ano passado pelo Natal. Com receio de que se partisse, colocou-o em cima do armário, à espera de uma grande oportunidade que não chegou, a de uma ida à praia. Aqui há dois anos foi umas vezes, com o pai, mas nessa altura ainda não tinha o barco e este verão não pode ser porque a vida está cada vez mais cara, dizem lá em casa todos os dias, e o pai, coitado, trabalha ao domingo.

Numa manhã de sol resolveu-se. Foi buscar o barco e meteu-se a caminho de um jardim seu conhecido que tem ao centro um lago redondinho com um repuxo e com peixes. Estava frio e talvez por isso não havia ninguém. O menino, muito ao de leve, colocou o barco sobre a água e, sem largar o cordel, ei-lo a bordo em plena aventura. O repuxo central agitava o mar mediterrânico, e pelas profundidades submarinas passavam inquietantes tubarões avermelhados. O Quim esteve ali mais de uma hora e, entretanto, viu as cataratas de um Niágara qualquer encontrado numa história de quadrinhos, sonhou um barco pirata, avistou – ia jurar que sim – a serpente dos mares. Depois começou a chover e o barco (caravela talvez, iate nem pensar nisso) ia naufragando sem glória.

Pegou nele e regressou a casa. Chegou molhado, constipado e feliz. Coisas de menino.

22 de novembro de 1972

AS MÁQUINAS AMEAÇADAS

Os homens sentem-se ameaçados pelos computadores e a mais próxima dessas ameaças é, claro está, o desemprego. Em tudo adeptos de um antropomorfismo tranquilizador, chamamos-lhes cérebros eletrónicos, damos-lhes até, às vezes, um nome humano, pensando que assim os aproximamos de nós. Nada feito. Os computadores são máquinas frias, sem coração, que não olham a meios para atingir os fins. «Não acabarão também por perder o coração os homens que lhes seguirem as diretrizes? Não se transformarão com o tempo em *robots* de carne e osso, em simples servos da máquina?», pensamos nós, receosos desses moinhos de números, de letras, de soluções indiscutíveis, lógicas geladas, assustadoras. Mas eis que um técnico inglês, Peter Hamilton, encara o caso de um modo diferente, mostrando que os computadores é que precisam de ser protegidos e que o perigo está no homem, que pode levar até eles – pobres máquinas inocentes – a subversão. Essa subversão pode ser geralmente feita através de sistemas de programação errados, que vão originar abusos, informações falsas, etc. Ora como Hamilton pensa que dentro em pouco seremos dirigidos por computadores, uma tal subversão pode dar origem não a simples problemas de empresa, mas a autênticas catástrofes à escala nacional. Por isso propõe que todos os computadores sejam policiados interiormente e manejados por superelites, o que significa, está bem de ver, gente da inteira confiança dos governos em questão.

Sejam os computadores «cérebros» ameaçadores ou pobres máquinas ameaçadas, o certo é que parecem abrir-nos as portas para um mundo desumanizado, fatal, frio como gelo, em que os homens, as grandes maiorias, serão seres silenciosos e sem vontade própria. Rebanhos condenados à facilidade, ao deixar correr, à irresponsabilidade de quem não luta por coisa nenhuma porque não há nada por que lutar.

Não haverá? Claro que sim. Será uma questão de tempo mas o homem há de inventar novas razões que expliquem a sua estadia no mundo.

29 de novembro de 1972

AS INUTILIDADES DO NOSSO TEMPO

Um dia, num passado relativamente recente, surgiram as casas de utilidades e na altura deve ter sido formidável. Entrar uma pessoa numa loja e deparar logo ali, de chofre, com centenas e centenas de coisas úteis, de súbito indispensáveis – como tínhamos nós podido viver sem elas, como fora tal coisa possível? –, enfim, a maravilha das maravilhas. Ficava-se, por assim dizer, perdido no meio de todas aquelas utilidades, nem sabíamos qual escolher, qual preferir, qual levar já já para casa. É que tudo aquilo era tão extraordinariamente útil! Com o correr dos tempos, as utilidades foram-se aperfeiçoando, multiplicando. A eletricidade ajudou, a imaginação fez das suas, o *design* nasceu e colaborou.

Mas a sociedade de consumo cada vez consome mais vertiginosamente, cada vez é mais difícil de contentar, cada vez é, claro está, mais *blasée*. Utilidades? Claro que sim e cada vez mais. Mas só isso? E então surgiram as inutilidades engenhosas ou *gadgets*, e eis que elas invadem o mundo com poder de compra constante ou natalício. Não se pode dizer que os *gadgets* sejam sempre objetos completamente desprovidos de utilidade, mas o certo é que a sua utilidade imediata, a que lhes explica a existência, é, por assim dizer, inútil. Quase sempre, parece-me. Em lojas de inutilidades ou com secção de, vi ultimamente uma escovinha de dentes e um porta-chaves musicais, um carimbo que estampa bocas de batom em papel de carta, duas borrachas imensas com as indicações «apague os velhos amores» e «apague todas as dívidas», etc., etc., etc.

Coisas para rir, para sorrir, para esquecer. Coisas para gastar dinheiro. Inutilidades bem empacotadas em papéis bonitos e com fitas coloridas.

Mas como resistir-lhes? Quem vai pensar, ao comprá-las, que o dinheiro custa a ganhar como tudo ou que há gente com fome?

Sobretudo em quadras de loucura coletiva de dar e receber como a deste mês de dezembro!

6 de dezembro de 1972

OS DIAS INIMIGOS

Saio de casa para comprar um par de sapatos e não os encontro. Corro todas as lojas, olho para centenas de sapatos, mas aí está, os que eu queria, aqueles de que eu precisava urgentemente, não existem. No entanto, era simples, parece-me. Uns sapatos castanhos, de camurça, com meio salto. E não há nenhum par de sapatos castanhos de camurça, com meio salto. Desisto, estou quase a desistir, e, de repente, ei-los diante dos meus olhos. Exatamente aqueles. Entro, peço para os ver. O empregado, prudente, diz-me que são, de facto, muito bonitos e só um pouco mais caros do que os outros, são suíços…

– Quanto custam?

– **Oitocentos escudos.**

Deixo o sonho ali mesmo onde ele estava e atravesso a rua, direita ao homenzinho verde que a meio caminho muda de cor e um carro por pouco não me atropela. Estou ainda perturbada – com o preço dos sapatos, com aquilo da vida por um fio? –, quando uma ex-colega avança para mim, sorrindo. Um perigo, aquela mulher. É uma narradora que se ignora e que, quando encontra alguém conhecido, conta tudo com todos os pormenores. Já lhe ouvi as doenças de todos os filhos, depois houve um interregno, agora deu início às dos netos. Este de hoje teve uma hepatite e ela salvou-lhe a vida. Se não fosse ela… Sempre teve jeito para medicina, sempre se sentiu frustrada por não ter feito o curso… Enfim, coisas da vida.

Liberto-me quando posso e encontro outra pessoa que me pergunta como estou e a família. Ignoro completamente quem seja, por isso respondo como posso, cautelosamente, nem cá nem lá, mas sofro um bocado.

Quando chego à paragem do autocarro, ele acabou de partir. Começo a esperar pelo que se segue. Mas começa a chover e eu perdi, agora reparo, o guarda-chuva…

13 de dezembro de 1972

O CHAPÉU

Era por uma *passerelle* invisível que ela caminhava depois de ter aberto a porta, igualmente invisível, para além da qual ficava a terra das maravilhas onde finalmente era alguém. Recordo-a um dia, lá longe, no passado. Uma mulher cinzenta, de fato de saia e casaco, pernas musculosas de quem andou no campo e carregou com pesos, uma grande seriedade no rosto largo e um pequeno chapéu preto na cabeça. Caminhava lentamente como se arrastasse um manto e com a concentração de quem levava o mundo, o seu mundo, claro está, aos ombros. Porque os que levam aos ombros o mundo dos outros não andam aí pelas ruas aos encontrões.

Casara tarde, depois de ter servido durante mais de trinta anos e de ter juntado, conscienciosamente, dinheiro. Não comprara nada, não fora a parte nenhuma, não vivera. Juntar dinheiro era o seu objetivo. Numa caixa de ferro com cadeado, porque desconfiava dos Bancos. No fundo, devia ter medo de entregar o seu dinheiro nas mãos ímpias de um desconhecido.

Nesse dia, ei-la descendo a rua. Junto de mim, a voz familiar que me acompanhava estalou de estupefação, fez-se em cacos. «Mas é a Ce-les-te!»

Espantei-me também, embora o meu espanto fosse diferente. A Celeste! Que esquisito. Tão diferente…

«Que tem ela para estar tão diferente? Não nos viu, pois não?»

Não nos tinha visto. Éramos pessoas e quem anda por *passerelles* não vê pessoas, só a multidão sem rostos para além do foco luminoso que a acompanhava..

Hoje, ao folhear uma revista antiga, dei com uma mulher que me lembrou a Celeste daquele dia, talvez por causa de um chapéu parecido. E soube de repente que esse chapéu, de feltro, com peninha, provocara a indignação de quem me acompanhava, e que o mesmo chapéu fizera decerto parte dos sonhos de trinta anos da Celeste e a tornava nesse dia uma mulher realizada. Enfim, uma senhora.

20 de dezembro de 1972

UMA PALAVRA

Há palavras mil vezes ditas que um dia, por qualquer razão, nos agitam aos ouvidos, ou bem longe, bem fundo, nos ignorados e secretos labirintos do cérebro, uma campainha leve, breve mas eficaz. E então paramos, ficamos inquietos. Que foi? Que aconteceu? Quem nos chamou? Procuramos em redor, mas só ela, a palavra que alguém disse, que alguém acabou de dizer, está ali, no ar, ainda inteira pelos instantes que fazem a vida das palavras ditas por dizer, para gastar o tempo, preencher os espaços vazios das nossas vidas.

«Está muito bem conservada», disse, pois, alguém falando de alguém.

E a palavra surge-nos diferente, limpa da *patine* do hábito, nua e um pouco ridícula. Aquela mulher, de quem se fala, não se estragou com o tempo, teve cuidados consigo, a sua boa aparência durou, perdurou, passou os limites do que era normal, e ela permaneceu como era há uns anos.

Terá tido muitos cuidados consigo, aquela mulher, a tal, bem conservada? A que não consentiu que o tempo a estragasse, se opôs a isso? Dentro de um recipiente hermeticamente fechado, como as conservas? Mas pode-se sair de uma casa, andar pela rua, entrar noutra casa, conversar com este e com aquele, trabalhar, sem por isso abandonar o recipiente hermeticamente fechado onde se mora? Claro que sim. Há recipientes perfeitíssimos, feitos por exemplo de egoísmo, de indiferença, de distração total. Herméticos.

Não quero dizer que todas as pessoas bem conservadas sejam assim, que ideia. Não, não quero dizer isso. Há os que nada têm a ver com conservas, nem com recipientes nem com hermetismo. Estão assim porque Deus ou a Natureza o resolveram. Porque ser assim lhes coube em sorte na altura da distribuição dos dons. Mas a palavra, ouvida de repente, entre outras que não permaneceram, se diluíram neste ar, enérgico dissolvente de palavras, deixou-me às voltas com coisas sem nexo, sem utilidade, sem pés nem cabeça.

3 de janeiro de 1973

OS VELHOS

Os velhos saíram e logo ficaram na conversa, é normal.

– Quem são? – quis saber alguém que não lhes fixara os nomes na altura das apresentações.

E alguém respondeu:

– Companheiros. É assim que se intitulam.

– Não são casados?

– Claro que são. Há muitos anos, já devem ter-lhes perdido o conto. Mas ela diz que as palavras marido e mulher não têm significado para ambos, e ele corrobora. Que os filhos e os irmãos tiveram (ou têm) maridos e mulheres e que nenhum deles era (ou é) grande coisa. Eles, pelos vistos, são algo mais. Atingiram…

– A felicidade?

– Uma felicidade total, sem mistura. Podes crer que não há muita gente assim. Talvez se contem pelos dedos. E têm mais de setenta anos, vê lá. Nunca se separaram por um dia que fosse, nunca fizeram uma compra sozinhos, nunca tomaram uma decisão sem que o outro estivesse de acordo.

– Mas isso não lhes trará uma certa frustração?

– Parece que são dois corpos e uma só vontade, e que, se um desses corpos fizesse uma coisa desagradável ao outro (portanto a si próprio), isso seria terrível. Sentir-se-ia doente, pior, agredido.

– Disse ela?

– Disseram ambos. Quase ao mesmo tempo. Quase com as mesmas palavras. Falam assim muitas vezes. As mesmas coisas, compreendes? E já não se riem, já não se espantam. É normal. Estão calados e de repente dizem ambos o mesmo. Como se até a pensar estivessem juntos. Não é maravilhoso?

Acharam que sim, sem dúvida. Mas também frustrante, repetiu a pessoa de há pouco. Houve quem falasse em perda de personalidade, houve quem afirmasse que detestaria ser assim. Porque… Nessa altura houve um silêncio. Um anjo passou. E, de comum acordo, melhor, tacitamente, todos mudaram de conversa.

– Viram o filme do Polansky? – quis saber alguém.

10 de janeiro de 1973

MÚSICA DE FUNDO

É a essa que me refiro. Da outra (boa, má e péssima, mais má e péssima do que boa, a verdade diga-se), que nos entra em casa de manhã à noite, despejada por todos os transístores da vizinhança, muito haveria que dizer, mas fica para outra altura, se vier a talhe de foice. Eu queria era falar de música de fundo.

Era extremamente repousante. Dantes. Não há muito tempo, diga-se. No tempo do gira-discos, pois claro. Muitas vezes nem a ouvíamos, o que até era normal, ela não estava ali para ser escutada, não nos encontrávamos num concerto mas num restaurante, por exemplo, com amigos. Comíamos e conversávamos, e ela, a música, abafava mais ainda as outras vozes. Quando saíamos para a rua, não ouvíamos o silêncio porque ela já era uma espécie de silêncio. Macio, envolvente, tranquilizador, repousante, já disse. Claro que essa música não desapareceu por completo, não. Mas que vai sendo cada vez mais rara, disso não há a menor dúvida.

Há dias fui a uma passagem de modelos. A sala era enorme e no teto vários amplificadores de som. Logo que a locutora começou a falar, a música começou a tocar, e a uma altura tal que a locutora tinha que gritar o mais que podia para ser ouvida. E assim até ao final. Uma hora e meia talvez durante a qual os manequins iam passando os seus modelos enquanto a música berrava, a locutora – que havia ela de fazer? – gritava e os amplificadores amplificavam.

Porque a música de fundo, influenciada por este nosso tempo poluidor, recusa-se a ficar no seu lugar e saltou para primeiro plano, querendo dominar – dominando – os restantes elementos, neste caso a voz que explicava o que víamos, os modelos que passavam e que talvez fossem bonitos se não me doesse tanto a cabeça.

Não sei se a locutora saiu dali com um problema de garganta. Eu fui logo tomar um comprimido e aposto que muitas pessoas presentes fizeram o mesmo. A não ser que já estivessem vacinadas contra esse tipo de poluição.

17 de janeiro de 1973

PATROAS E CRIADAS

A jornalista Rose Marie Muraro, feminista, mas brasileira, escrevia há meses: «Fico muito irritada sempre que perguntam como é que eu, mãe de cinco filhos, cujas idades variam entre dezanove e cinco anos, consigo conciliar as minhas atividades de mãe de família com as cento e cinco atividades que exerço fora de casa. Bolas, não concilio coisa nenhuma! Sou uma das poucas privilegiadas que conseguem fazer isso. Tenho boas empregadas. Nem sequer sei fazer um café.»

Eu, que também não acho nada deprimente uma mulher ser empregada doméstica (é um trabalho honesto como qualquer outro e até mais rendoso do que muitos outros), não posso deixar de invejar as boas empregadas da Rose Marie Muraro, que até nem parece nada preocupada com a ideia de elas se poderem ir embora um dia. Talvez porque, se aquelas se forem, outras virão.

Ainda não há muitos anos – antes da atração das fábricas e, mais tarde, da debandada entusiástica para os países ricos da Europa –, a criada de servir era, entre nós, indispensável. A criada ganhava uns centos de escudos, não tinha, pois claro, horário de trabalho e, quando saía aos domingos (quase sempre era de 15 em 15 dias), a patroa sentia-se, por assim dizer, roubada. Até porque ela, patroa, não tinha dia de saída. O que era – é –, está bem de ver, outra história, a que a criada era – é – completamente estranha. E o problema das criadas era um dos principais motivos de conversa.

Ora eis um tema que está a desaparecer aqui pelo Sul da Europa. Pelo Norte já desapareceu há muito. É que grande parte das mulheres que se dedicavam a trabalhos domésticos são agora operárias ou, quando muito, mulheres a dias a tempo fixo. E, entre as que emigraram, muitas delas subiram um degrau monetário e até social, e são empregadas domésticas em Paris, Londres, Berlim. Criadas de quem pode dar-se a esse luxo. Bem pagas, portanto.

Claro que havia muitas criadas detestáveis: há gente detestável em toda a parte, mas nada pior – parece-me – do que aquela patroa-capataz que de manhã à noite perseguia a rapariga por causa do grão de pó, do colarinho que não ficara superperfeitamente passado, da sopa um pouco salgada ou levemente insossa. Claro que havia – há ainda – a patroa que trabalhava ao lado da criada porque a família era grande, ou a que trabalhava fora de casa até porque o seu ordenado era indispensável ao equilíbrio familiar. Mas eu queria era referir-me à tal patroa-capataz. Conheci várias. Estavam sempre sem pessoal porque ninguém podia aturá-las: era normal. Se ainda as há (perdi-as de vista), devem sentir-se criaturas frustradas, vítimas, enfim, que terão de limpar o pó, fazer a comida, lavar e passar a roupa, e tudo com a superperfeição que lhes é peculiar e explica a sua presença no mundo.

Mas claro que as empregadas domésticas não desapareceram por causa dessas patroas e de outras, claro que não. As razões são sociológicas e a direção dos acontecimentos irreversível. Não há mão que agarre o tempo.

27 de janeiro de 1973

CULTURA

Sabemos muitas coisas, a nossa cultura geral é razoável ou até bastante boa, somos gente informada. Enfim, lemos muito. Coisas úteis, claro. Coisas inúteis, está bem de ver. De tudo um pouco.

Nunca me esqueci do tempo que gastei e do esforço que fiz para aprender, na primária, as linhas de caminho de ferro. Todas. Na ponta da língua. Já não estou bem certa mas creio que não eram só as de cá mas também as de Angola, Moçambique e por aí fora. Para quê?, pergunto eu, se não tencionávamos, lá na escola, conduzir comboios? Para quê?, se, sendo meninas, não os conduziríamos mesmo que quiséssemos? Mas, enfim, aprendi isso, aprendemos isso. E outras coisas, tinha de ser. Úteis e inúteis, como disse. Esta das linhas... Adiante.

Somos capazes de saber que o Castelo, em Chichén Itzá, tem 364 degraus, embora nunca tenhamos ido a Chichén Itzá. É uma cultura quase só livresca, a nossa. Ainda me lembro da expressão trocista de um camponês, quando um dia, há já bastantes anos, lhe disse que era incapaz de reconhecer as árvores que por ali havia. Olhou-me com espanto e depois sorriu, superior: «Mas então o que andou a senhora a estudar se não conhece as árvores?»

É. Andei a estudar e não as conheço. Também não sei uma só linha do caminho de ferro, é bom não esquecer. Duas falhas na minha cultura geral. Entre muitas outras, claro está.

31 de janeiro de 1973

A AVÓ, OS NETOS E AS HISTÓRIAS

As avós tradicionais eram, dizem-nos, umas doces criaturas de cabelos brancos, já esquecidas de si próprias, inteiramente dedicadas à felicidade dos netos, e que sabiam contar histórias passadas num mundo diferente, onde eram novinhas e belas, e também num mundo intemporal por onde passeavam fadas, bruxas, duendes e animais falantes.

Ora, a televisão faz, parece-me, as vezes dessa avó sem lugar neste nosso mundo. E conta-nos então as aventuras do Robin dos Bosques, dos Três Mosqueteiros, do Vidoq, do Arsène Lupin, dá um salto (em intenção dos mais velhos) aos tempos isabelinos ou vitorianos, aos mais novos (não só em idade) fala exaustivamente de *cowboys,* não esquece, claro está, as bruxas e as fadas, engana-se às vezes e conta a sua história de fantasmas, insiste nos bichos (golfinhos, cangurus, etc.) que não falam mas a quem só falta falar. Ei-la também embrenhada nos tempos em que era nova, por isso o cinema mudo em doses industriais, mas também o sonoro, está bem de ver, com o Gary Cooper, a Marlene, outros, imobilizados na sua juventude eterna.

Nós, netos mais ou menos recetivos, mais ou menos exigentes, mas habituados à história antes de adormecer, vagueamos pelo tempo em que não havia bombas atómicas nem poluição, em que o mundo ainda era amplo e o dia de amanhã uma esperança verde. A história que escutamos pode ser muito boa ou muito má, mas tornou-se um hábito, e sem ela nada feito. Há quem diga que noites e noites andamos por todos os tempos menos por este em que vivemos e que, quando nos detemos nele, trata-se de um tempo-fada. Pois é. Coisas de avós, de netos e de histórias.

7 de fevereiro de 1973

O HOMEM E A SUA RAZÃO

O homem falou, ouvi-o eu. Estava agitado, senhor da sua razão (ainda estou para conhecer quem não esteja senhor da sua razão), de tão enervado tinha tiques. A razão dele era grande, adivinhava-se. As razões pequeninas são mais discretas e incertas, as criaturas segredam-nas, não as proclamam. Até porque podem estar enganadas. É que as pessoas nem sempre se sentem senhoras de tal razão. Aquele homem, porém, naquele momento, estava-o. Não o preocupava, por isso, o facto de o ouvirem, talvez até lhe agradasse um pouco de publicidade. Disse, pois, o homem:

«Tudo se tornava tão fácil se as pessoas se compreendessem, não é verdade? Eu estou disposto a esquecer, a recomeçar. Depende dela, só dela. Se falasse menos, se se curasse daquele costume de dizer o que pensa das pessoas – quem se lembra de uma coisa assim? –, se se vestisse com um pouco mais de cuidado, às vezes parece um pobre de pedir, até me coloca mal, que hão de dizer os outros? Que sou um avarento, não? Eu sou bom, gostava que todos se dessem como Deus com os anjos. Mas era preciso que ela se modificasse, claro. Assim não é possível. Quem me dera que houvesse amor neste mundo e palavras doces e nem uma frase mais alta. Ah, esse era o meu ideal. Mas, com todos os diabos, que ela se modificasse, sem isso nada feito!»

As pessoas em redor concordaram com o homem.

14 de fevereiro de 1973

SENHORAS

«Senhoras», já repararam, cujo trabalho alguém precisa, ou que oferecem o seu trabalho na página dos pequenos anúncios? São sérias, perfeitas, honestas, ativas, apresentáveis, muito educadas, dedicadas, bondosas. Podem ou devem tomar conta de crianças ou de velhos, costurar, engomar, dirigir casas de pessoas de elevada posição social – de tratamento, enfim –, trabalhos compatíveis, trabalhos para que foram educadas na futura situação de senhoras da sua casa. Mas aí está, a casa perde-se às vezes porque o homem, sobre os ombros de quem assentava toda a responsabilidade dela e dos que lá moravam, morreu ou partiu. E a mulher cada vez mais rara, felizmente, mas ainda viva neste nosso mundo, a mulher-senhora e só isso, a mulher educada, boa, ótima dona de casa mas sem enxada para a vida, encontra-se numa situação pior do que a das «mulheres» que se oferecem e se precisam na mesma página dos pequenos anúncios e que foram treinadas desde tenra idade para criadas, para mulheres de limpeza.

Pobres «senhoras» dos pequenos anúncios. Pobres seres educados por pais de outros tempos ou por pais insensatos, para um lugar que já não é indispensável no mundo de hoje: o de zeladoras do templo.

21 de fevereiro de 1973

CONVERSA

Caminhava lentamente pela rua fora. Um homem de uns cinquenta anos, gordo e rosado, um homem de vender saúde, se tal coisa estivesse à venda, era essa pelo menos a impressão que dava. Parecia, no entanto, melancólico, e teve um sobressalto quando o amigo lhe tocou no braço.

– Olá, que é feito? – disse o amigo.

Quando acabou de se sobressaltar, encolheu os ombros.

– Cá vamos, como Deus quer.

– Mas o que é que te aconteceu? – perguntou o outro, olhando-o com atenção. – Estás com uma cara esquisita, sentes-te doente? Morreu-te alguém?

– É isso.

– Quem...

– Ninguém, mas... Anda a morrer gente nos últimos tempos – disse. – Não tens reparado? Muita gente.

O outro estava espantado e sem compreender.

– Vamos daí tomar uma bica?

Foram. E então o homem gordo e rosado explicou-se.

A coisa começara havia uns dois anos. Antes disso, nada. Claro que lhe tinham morrido pessoas, o pai, por exemplo, tinha ele vinte e cinco anos. Mas aí estava, a morte do pai e mais tarde a da mãe tinham sido coisas que lhe tinham dado um grande desgosto, pois claro, mas nas quais ele só entrara com a sua dor. Sim, ele, Costa (o homem chamava-se Costa), estava de fora a assistir a um duelo: o pai e a mãe de um lado, ela do outro. Tinham ambos sido vencidos, pronto. Entretanto, outras pessoas tinham morrido, claro. O pai do Mendes, o tio do Alves. Mas de repente há dois anos…

– Há dois anos porquê?

– Sei lá! Há dois anos. Puseram-se a morrer. Pessoas que estavam no meu plano.

– No teu plano?

Enfim, pessoas da idade dele, um pouco mais velhas, um pouco mais novas. As mais novas então eram extremamente inquietantes. Morria uma e os pés dele, que tinham estado firmes na terra, punham-se a escorregar. Era como que uma prevenção, ou talvez até uma ameaça, quem sabe? Nessa altura pusera-se a reparar em volta, a ler todos os dias a necrologia, a interessar-se pelos antigos colegas de liceu. Fora mesmo a um almoço de confraternização, coisa que até aí nunca fizera, só para ver os que faltavam, para perguntar porque faltavam eles.

– É que tenho cinquenta anos.

– E depois?

– É perigoso ter-se cinquenta anos. É uma idade que começa a ser perigosa, digo-te eu.

O outro sorriu, encolheu os ombros, mas quando daí a bocado se despediram ficou pensativo. É que fazia cinquenta anos daí a dois meses.

28 de fevereiro de 1973

UMA VIDA

Logo que teve o casamento marcado despediu-se do emprego e as colegas cotizaram-se para lhe oferecerem um presente bonito. Uma delas, porém, que, pelos vistos, era parva, perguntou-lhe porque deixara de trabalhar só porque casava. Se tivesse filhos pequenos e ninguém para cuidar deles ainda se compreendia, mas assim... Ela então respondeu, muito séria, que o noivo não queria que ela trabalhasse. Ganhava o bastante para os dois. De resto, ela sempre sonhara com a sua casa bem arranjada, com a comida bem feita. Ah, o tempo não lhe ia sobejar.

– Enfim – disse a parva –, vais meter-te na casa da boneca a brincar aos jantarinhos. Que te faça bom proveito.

Fez. A ambos. Não tiveram filhos e engordaram muito. Ela sabia tudo sobre a melhor margarina, o melhor detergente, o perfume de ar mais agradável. Como ignorava o que era colesterol e que havia outro mundo que não o seu (aquele, entre as paredes da sua casa), era feliz e fazia muitas rendas. Depois do jantar o marido ia até ao café e ela arrumava a loiça e via televisão. O teatro, «quando ele era bom», entusiasmava-a.

Em suma, foi uma mulher realizada. A parva é que não percebia nada de nada.

7 de março de 1973

E TEMPO?

Sim, e tempo? E tempo para nos desligarmos da corrente contínua que nos arrasta, para pararmos um pouco, para olharmos em volta com um bocadinho de atenção, para escutarmos o mundo, para esquecermos o trabalho que amanhã – ou daqui por pouco – teremos de recomeçar, para, enfim, nos sentarmos naquela cadeira tão confortável, mesmo em frente do quadro, a ouvir no gira-discos, que tem um som mais que perfeito, aquele disco tão belo que nos ofereceram? E tempo para apreciar o conforto da cadeira, a beleza da música e do quadro, a qualidade do som?

Há pessoas a quem o tempo foi oferecido numa bandeja (de prata ou de loiça ordinária) quando chegaram ao mundo. São os ricos de bens terrenos e também os pobres destituídos de ambições. Os que vivem num palácio herdado ou numa barraca que encontraram abandonada e que os satisfaz. Aqueles para quem o trabalho não é essencial até porque a sua programação foi outra. Mas todos eles possuem o tempo, tempo pobre ou rico, tanto faz. Tempo.

Nós, as criaturas vulgares, normais, portanto gastadoras inveteradas, compradoras constantes, ambiciosas, insaciáveis, nunca totalmente felizes, ligámo-nos ou deixámo-nos ligar à corrente. Possuímos uma casa cheia de coisas que não temos tempo de apreciar, que mal temos tempo de ver. Porque os ponteiros dos relógios correm loucamente e os dias são pequenos, transbordam de coisas que não cabem dentro deles por mais que nos esforcemos por arrumá-las.

Senhores sábios, descubram uma maneira de esticar o tempo, de tornar maiores os dias, de lhes dar maior capacidade. É que sem isso não vale a pena tanto esforço para nos darem isto e aquilo, até o disco que alguém nos ofereceu e que exige atenção.

Mas… e tempo?

21 de março de 1973

NÓS, IMORTAIS

No fundo, julgamo-nos imortais, talvez porque só assim podemos sobreviver ao medo. De repente, quando alguém a quem amamos morre, quando alguém com quem falávamos todos os dias, que todos os dias encontrávamos, mesmo sem lhe falar, morre, eis-nos estupefactos e aterrorizados. Foi como que uma ameaça, uma pancadinha gelada no ombro, um adeus, até qualquer dia. E durante algumas horas (alguns dias) sentimo-nos ameaçados e vivemos no precário. Falamos então da morte e dizemos muitas frases feitas e gastas de tanto uso. Que não vale a pena lutar, declaramos com a maior seriedade e convicção. Para quê tanto trabalho, tanto esforço?, perguntamos a ninguém mas em voz alta. A voz alta é necessária e também as respostas insignificativas. Estamos no fio da navalha. Quem sabe se a morte já está em nós, embora não se tenha ainda manifestado? «Aquele lá está tranquilo, não é verdade? Coitado é de quem fica.» Coisas assim de falar por falar.

Mas, no dia seguinte ou nesse mesmo dia ou dias depois, julgamo-nos outra vez imortais. Nada de mau nos pode acontecer. E não pensamos – recusamo-nos terminantemente a pensar – em coisas assim, tão deprimentes.

28 de março de 1973

COSTURA E FICÇÃO

Era modista. Uma mulher já não muito nova mas cheia de vitalidade e de entusiasmo. O marido deixara-a em tempos, não sei porquê nem por quem, mas ela, quando se lhe referia, dizia sempre «o meu». Nunca lhe ouvi o seu nome de batismo. Seria sempre, pelos séculos dos séculos, «o meu».

A sua casa era modesta, e ela também o era. Fazia as provas na sala de jantar, que tinha plástico a tapar o tapete e os estofos das cadeiras. A mobília era rústica, com muitos recortes. Na parede um relógio de cuco. E, claro, a inevitável ceia em baixo-relevo. Ela, porém, tinha uma clientela, como dizia, fina. E enquanto pregava e despregava alfinetes, e marcava bainhas, ia contando coisas dessa gente-fada que fazia o favor de apreciar o seu trabalho. A acreditá-la, só subiam a sua escada embaixatrizes (nunca consulesas, por exemplo), condessas, esposas de ministros, de ex-ministros quando muito, todas muito boas pessoas, não desfazendo, muito finas. Falava, falava, devia divertir-se muitíssimo – ou acreditaria mesmo naquilo que dizia porque era mitómana? As suas histórias eram, às vezes, quase perfeitas, tão pormenorizadas que as tomei por autênticas até àquele dia em que num jantar encontrei, com ar feliz e muito saudável, uma senhora da nossa melhor sociedade que, segundo ela, se suicidara, a pobrezinha, e lá estava no seu jazigo do Lumiar (acho que era do Lumiar), até fora ao funeral, estava lá toda a gente. Segundo ela, a pobre senhora pusera fim aos seus dias porque o marido e a maior amiga dela… Não era original, não, mas era, isso sim, muitíssimo convincente.

Não tive coragem de lhe contar o meu encontro. Era como dizer a um escritor que a sua última obra, a que mais cara lhe era, não passava de um plágio indecente. E fiz bem. Daí em diante divertimo-nos muitíssimo, ela a contar, eu a ouvir. Não era mentirosa, nunca por nunca ser a apanhei numa mentira. Mas era, isso sim, uma ficcionista. E criava enquanto provava vestidos.

Assim foi até ao dia em que deixou de trabalhar. E as provas – poucas, verdade seja – que faço perderam muito do seu brilho e são aquilo que são, uma maçada.

18 de março de 1973

A MENSAGEM

No fim deste mês de abril de 1973, teremos crescido o bastante para nos ser possível, se não manter um diálogo com os adultos, pelo menos compreender o que eles têm – sabe-se lá há quanto tempo! – para nos dizer.

Foi em 1928 que algumas ondas da Rádio, em vez de serem refletidas pela ionosfera, prosseguiram até baterem num obstáculo desconhecido, voltando então à Terra. O obstáculo em questão não era a Lua, mas podia ser um satélite do nosso satélite. O caso, porém, foi arquivado como os crimes perfeitos que ninguém consegue descobrir. Mas agora, um jovem investigador escocês, Duncan Lunan, pôs uma hipótese a que logo aderiram investigadores de todo o mundo: a de que outra civilização, silvada algures na galáxia, teria colocado em órbita uma sonda programada, à espera – desde quando? – que estivéssemos suficientemente evoluídos para podermos entrar em contacto com ela. Ficção científica? Talvez seja, talvez não. Porque, enfim, é preciso ter-se um orgulho desmedido para se pensar que somos os únicos. Ora a verdade é que não pensamos assim. A prova é que já mandámos para as estrelas o retrato e a indicação da nossa morada.

Portanto, leitoras, no fim deste mês de abril, por estes dias – hoje, amanhã? –, Duncan Lunan está tentando captar a mensagem.

Se mensagem houver, naturalmente.

25 de Abril de 1973

VINTE E UM GRAMAS DE ALMA

Encontro a notícia num jornal italiano. Transcrevo-a: «O psiquiatra sueco Nils Jakobson declarou, após uma longa série de experiências feitas durante anos com moribundos (colocados numa balança), que a nossa alma pesa exatamente 21 gramas.»

Alma imortal, simples sopro de vida, máquina em movimento que, de súbito, parou? De qualquer modo, as almas, todas elas, as puras e as impuras, as simples, as negras, as perdidas, as almas inquietas e as serenas, as boas almas, as caridosas, as sublimes, as heroicas, as almas de Deus e as do Diabo, as almas danadas, as grandes almas e as mesquinhas, as almas fortes e as almas fracas, teriam, a acreditar no doutor Jakobson, o mesmo peso, 21 gramas, nem mais nem menos.

Aqui temos, pois, o psiquiatra sueco com a sua balança de pesar moribundos e defuntos, os primeiros ainda com alma, os outros já sem ela. É certo que *il faut de tout pour faire un monde*. Mas que é deprimente, lá isso é.

2 de maio de 1973

AS HORAS E OS DIAS

Eu gostava que houvesse relógios pendurados pela cidade, para ir sabendo das horas e dos minutos e dos segundos em que reparo que existo e talvez seja tarde. Gostaria também que esses relógios tivessem aquele calendariozinho simpático – simpático? – que nos diz qual o dia em que estamos. Mas, para serem perfeitos, deviam indicar também o mês, porque eu nem sempre sei que mês é este onde de repente me encontro.

Toda a gente que conheço usa relógio. Parece que é normal senti-lo pulsar devagarinho no nosso pulso esquerdo, não nos esquecermos de lhe dar corda. Os meus relógios andavam sempre parados ou, então, atrasavam-se perigosamente, adiantavam-se, que é a maneira de os relógios contestarem os seres humanos que lhes desagradam. Nunca tive um relógio cumpridor, bem-educado, amigo. Atrasavam-se, pois, adiantavam-se, paravam, talvez por falta de corda, ou, pior, porque a corda se quebrara. Acabei por desistir. Pergunto as horas às pessoas que encontro, é a solução. Mas gostava que houvesse relógios por aí fora, pelas ruas, relógios que não tivessem nada contra mim e evitassem isto de eu me sentir às vezes perdida no dia indiviso, no dia sem nome, na hora sem rosto.

– Que horas são? – pergunto, portanto.

Às vezes as pessoas nem olham para o pulso. Sabem. Há talvez um entendimento secreto entre o relógio e o cérebro de quem o usa. Já faz parte do indivíduo, só parará quando ele morrer.

– São tantas horas e vinte e dois minutos.

O dia, porém, ninguém me diz qual é, até porque eu não o pergunto. Quanto ao mês, nem pensar nisso. Não me atrevo. Que iriam pensar de mim as pessoas?

9 de maio de 1973

SURDEZ

Há pessoas que um dia como que deixaram de ouvir. Tinham sido ouvintes, se não perfeitas, pelo menos bastante possíveis durante a vida. Escutavam, refletiam de testa franzida, davam o conselho pedido ou sugerido ou nem isso. Geralmente ou nem isso, mas adiante.

Há, porém, pessoas que, um dia, como que ensurdeceram. O que lhes contam – o que era ainda ontem, ainda anteontem, cheio de interesse, perdeu-o. E só querem falar de si próprias. É a altura em que algumas criaturas até põem de parte as leituras e começam (e às vezes até acabam) um livro de memórias misturando os outros – inocentes – no barulho dos seus gritos.

Estas duas mulheres de meia-idade, sentadas a uma mesa de restaurante, conversaram. E a sua conversa é composta de dois longos monólogos que se interpenetram, mas que são pessoais e intransmissíveis. Agora fala uma, logo a outra, em voz baixa, de acordo, mas é como se de vez em quando gritassem por socorro. Uma delas sobretudo. A mais velha. A de olhar mais ausente. Ouço-a – sou a tal obrigada pela minha situação geográfica na sala. Diz que às vezes se sente asfixiada e também esquecida e ainda inútil neste mundo.

O caso da outra é diferente, embora semelhante. Muita gente em redor, mas se precisasse de alguém…

Cada uma delas gritava a seu modo no deserto. E ambas eram, estavam – desde quando?, porquê? – completamente surdas.

23 de maio de 1973

FOLHETINS

Bom, mau ou péssimo, o romance audiovisual entrou para ficar no nosso dia a dia, substituindo o desatualizado folhetim de jornal, que até tinha discurso indireto, uma maçada. Sonho (às vezes pesadelo) em pastilhas mais ou menos grandes, mais ou menos difíceis de engolir, eis as pessoas para cá e para lá de transístor, ou frente à televisão à hora do almoço ou à noite. De rádio nada sei, não oiço rádio, mas a televisão… Aqui temos, pois, o *roman-fleuve* de fadas VIP da Noele, capaz de enternecer muitos corações sensíveis dados a fotonovelas, as séries, quase todas igualmente más, e, milagre que às vezes acontece, até que já houve outros chamados *Forsyte, Isabel I* e *Henrique VIII –, A Família Bellamy.* Não é muito mas sempre é qualquer coisa.

O folhetim audiovisual, produto deste nosso tempo de gente que não lê ou lê pouco, é, de certo modo, uma companhia, mais uma para muitos, uma companhia importante para alguns. O filme completo passa, esquece, os seus intérpretes diluem-se na noite dos tempos. Mas a Noele, por exemplo, coitadinha, tão vazia que qualquer criatura de Deus pode imaginar que é ela, filha de pai armador, com ilha, com esposo músico, célebre, com tudo, enfim, movimentando-se em aviões da Olympic Airways, companhia do Sr. Onassis, com tudo, enfim, para ser feliz, se o dinheiro desse a felicidade. O que não é o caso. E todos estão à espera da desgraça da pobre pequena, através do Hugo, geniozinho para espectador vulgar entender.

Depois de um dia de trabalho, de frustrações, de vazio, de não-amor, de cor cinzenta, as pessoas sentam-se para ver-ouvir o folhetim. E não pensar. A maioria deles é feita para isso, parece-nos. Ora pensar um pouco ajuda às vezes muito as pessoas. O deserto não dá esperança nenhuma ao viajante.

30 de maio de 1973

QUARTOS

São prédios velhos, os desta rua, deste bairro, este prédio por exemplo. Casas grandes, não antigas, não. Velhas, caducas. Sofrem de canos sempre a romper-se, sofrem de tetos dilacerados, de paredes magoadas, de janelas por onde, no inverno, entra o frio. Casas que não são o ideal da gente jovem, que prefere fugir, arranjar andares mais pequenos mas mais confortáveis: que, afinal de contas, são, à falta de melhor, os tais cubículos alcatifados, excelentes em tempos de o teu «amor e uma cabana», mas que vão sendo, cada vez mais, exíguos, até porque as casas tendem a ir-se enchendo de pessoas e de coisas. Mas estas casas, as velhas casas do meu bairro.

Morre às vezes o marido, os filhos há muito voaram. Ficou a senhora, necessitada, e com aquela casa enorme. E a solução – a única que lhe surge, vendo bem – é a dos quartos alugados. E como acontece que as pessoas vindas daqui, dali e de além têm que morar e nem todas, ai delas, podem pagar as rendas exigidas, as senhoras têm toda a facilidade de alugar quartos. Há sempre estudantes, raparigas empregadas, homens sós. O senhorio às vezes não se importa e passa adiante, até porque a casa está a cair aos bocados e as obras são para muitas centenas de contos. Quando a inquilina em questão morrer – já decerto não falta muito – terá de as fazer. Antes disso é melhor não criar problemas de trespasse.

E estes prédios já não são compostos – como há poucos anos – de andares onde viviam famílias tranquilas. São colmeias de barulhentas abelhas sempre diferentes, renovadas. Abelhas que saem de manhã e entram à noite. Que comem ao balcão de um *snack* qualquer. Que não sabem – as pobres – o que é viver em sua casa, com gente que amem, com horas suas, com cortinas a seu gosto. E que vivem, talvez, a pensar nessa felicidade um dia. Mas quando? Como? Com que dinheiro?

6 de junho de 1973

OS IMPORTANTES

Ouço aquele homem atrás de mim, no cinema, FALANDO – e com que admiração! – de si próprio. Do que disse, do que fez, do que vai dizer, do que vai fazer. Um homem importante, sem dúvida. Tem voz disso. Uma voz pausada, definitiva. Aquele homem sabe – sabe com certeza – que se faltasse deixaria um vazio. Porque é, está-se mesmo a ver, insubstituível.

E a mulher loira que há dias conheci, reconheci? Foi ou há de ser em breve uma das mais. Se não, sentir-se-á e, com toda a razão, frustrada. Veste-se tão bem, está sempre tão a par de tudo, recebe com tanto requinte, tem uma casa tão maravilhosa, filhos tão sensacionais…

Mas no nosso dia a dia. Aquela dona de casa perfeita? E aquela mãe-como-não-há-outra? E aquele homem que triunfou e exibe de manhã à noite o *facies* do triunfador, só lhe falta a coroa de louros? E o mocinho que tirou a nota mais alta na formatura e a vai exibir o resto da vida, aposto, no queixo erguido, no sorriso superior ao mundo? E a jovem a quem disseram que ela, sim, é que devia ter sido *miss* e que logo acreditou e passou a usar no seu dia a dia um sorriso eterno e um manto invisível?

Como é que as criaturas têm um ar tão cheio de si, tão importante, tão imponente? Nunca terão tido, por uma réstia de segundo, a consciência de que não são mais do que simples formigas num formigueiro imenso, e que há centenas, milhares talvez, de protótipos por esse mundo fora? De que a sua importância é, por assim dizer, pessoal e intransmissível? De que é, acima de tudo, consequência de serem eles próprios, portanto, o centro do seu mundo e não os outros, centros de outros tantos mundos mais ou menos importantes, mais ou menos objetivos, mais ou menos lúcidos?

16 de junho de 1973

A RÁDIO

Há potenciais enormes que se perdem em conversinhas tontas que ninguém ouve, em canções sem música nem poesia, às vezes até em voz (o que é menos perigoso) noutras coisas do mesmo género. E quem é analfabeto (há mais analfabetos do que se julga, sem letras e até com elas), analfabeto continua. Estou a pensar na rádio, nessa espantosa rádio, que, através do pequeno transístor, chega aos pontos mais isolados do mundo. Claro que até entre nós ela, a rádio, tem tido os seus pontos altos e é bom não esquecer o *Tempo Zip*. Mas pondo o trigo e o joio em ambos os pratos da balança, verificamos que o trigo, lá no alto, é pequeno e leve. Em contrapartida, o prato do joio…

Muitas regiões da Terra ainda não têm televisão, mas raras são aquelas em que a rádio não faz parte dos hábitos do povo, acompanhando, por exemplo, as mulheres na lida da casa. Falando das velhas tribos ainda existentes no seu país, o romancista peruano Manuel Scorza dizia há tempos ao *L'Express* que a cultura índia estava, infelizmente, a desaparecer, e que a rádio atuava nesse desaparecimento como uma espécie de matéria dissolvente. E acrescentava: «O que o exército e a espada não conseguiram destruir está a consegui-lo a rádio. Ela destrói os últimos vestígios que nos esforçámos por conservar, na esperança de que pudessem ser pontos de partida para uma nova cultura.»

É na verdade enorme a força que a rádio tem e que pode, claro está, ser fonte de cultura ou, pelo contrário, aderir ao mau gosto e à ignorância, propondo as tais conversas vazias de sentido, folhetins melodramáticos, música péssima, publicidade maciça, etc. O que podia ser a rádio e também, pois claro, a televisão? Não sabemos. Mas suspeitamos de que poderiam ser algo de muito útil, ensinando sem dor. E para isso bastava separar com cuidado o trigo do joio. Com cuidado, porque um fado até pode ser trigo e uma ópera joio. Acontece. E ajuda assim as gentes deste mundo idólatra, cançoneteiro, comprador desenfreado, ou sonhando comprar tudo o que lhe põem diante dos olhos ou lhe gritam aos ouvidos.

25 de junho de 1973

PAISAGEM DE UM DIA

Chegarão os nossos bisnetos – os menos viajados, os meninos em liberdade vigiada nas cidades e suas satélites protegidas do sol, cegas às estrelas, que a eletricidade há muito apagou, cortadoras implacáveis de árvores, esquecidas das flores – à perfeição terrível de só conhecerem a Natureza por aquilo que dela dirão os livros? Os livros? Ora, ora. Por o que dela dirão a TV e o cinema, será talvez mais certo.

A Natureza já vai – há quanto tempo – emprestando os seus nomes antiquíssimos e puros à tecnologia, ao urbanismo, à poluição, à guerra, à morte. Às vezes, também, é certo, ao nosso dia a dia, mas isso é outra coisa.

Já na atualidade haverá – há decerto, olá se há – muito boa gente que, de tão preocupada com o trânsito e com a arrumação do carro (preocupação que até tem razão de ser, porque onde é que se arrumarão os carros daqui a uns anos, em Lisboa, por exemplo?), de tão preocupada, dizíamos, só pensa em ondas quando verdes e em parques quando de estacionamento. Outra coisa são os campos, que, para muitos, são simplesmente de futebol ou de aviação, portanto sem uma árvore, sem um arbusto, às vezes sem uma ervinha por mais pequena. Deformação profissional? Talvez, mas não só.

Há, por exemplo, os jardins de infância, o que é bonito, as crianças são flores a desabrochar. Mas há também a atmosfera de inquietação, as nuvens de poeira, os prédios-colmeia (de abelhas sem asas nem flores, como exigir-lhes mel?), as fontes de preocupação, as florestas de cimento, o mar de gente e ainda as ondas de violência e de terror, os campos (esquecemo-nos destes há pouco) de concentração. E, horror dos horrores, a ameaça, espada de Dâmocles sobre a cabeça dos homens, o cogumelo atómico.

1 de agosto de 1973

OS SABEDORES

Ela sabe, entre muitos outros saberes, que é diferente do comum dos mortais. Mas essa diferença não é complexante mas enobrecedora. Porque ela está um pouco – muito? – acima, é, por assim dizer, mais nítida, mais colorida, mais viva do que os outros. A sua sabedoria é infinita, o seu juízo seguro. E ela sabe-o.

Terá razão? Mas isso é outra história. Somos o que os outros pensam de nós, e eles pensam tantas coisas diferentes... Para uns, ela é, por exemplo, formidável. Para outros, uma maçadora terrível, de quem se deve fugir a tempo. Ela, no entanto, ignora com sobranceria essas opiniões. E é isso que a torna notável, mais nada. Está-se nas tintas para o que os outros podem pensar a seu respeito, dir-se-ia mesmo que tal coisa nunca lhe aflorou o pensamento. E, do trono onde mora, quer esteja em sua casa, na de uma pessoa conhecida, ou até num transporte coletivo, concede luzes da sua sabedoria. «Acho que deves chamar a tua nora de parte e pôr os pontos nos ii»; «Na minha opinião, o que tem de fazer é ter uma conversa muito a sério com o seu patrão» (adora conversas e pontos nos ii); «O senhor deve chamar o condutor e queixar-se»; «A senhora deve ensinar as crianças a não incomodarem as pessoas». E por aí fora.

Parte sempre com o ar contente de quem cumpriu um dever. O dela é dar conselhos, certos porque são seus. E ela sabe-o. A sua sabedoria é, como já disse, infinita e o seu juízo seguro. Se as pessoas seguissem os conselhos que lhes dá, eram decerto felizes. Mais, deviam seguir esses conselhos só porque são dela, dela, centro do mundo.

É um simples exemplo. Mas há muitas, muitas pessoas (elas e eles) que não se importam nada de nada com os outros, mas se dignam proferir palavras, distribuir luzes da sua sabedoria inata, fazer mesmo um ou outro discurso a propósito.

22 de agosto de 1973

PORQUE NÃO?

Devia ensinar-se às crianças, a todas, rapazes e raparigas, aqueles trabalhos manuais úteis, melhor, indispensáveis, ao dia a dia de todas as casas, já que nos preparamos para um amanhã sem eletricistas, canalizadores, etc., que se desloquem das oficinas onde trabalham para solucionar um pequeno-grande problema que só a nós diz respeito. É que já hoje é um caso sério encontrar um operário disponível na hora exata em que o problema surge!

Li há tempos na *Elle* um artigo de Jean Duché em que ele perguntava qual a razão por que as mulheres sempre se recusaram a esse tipo de trabalho. De facto, há operárias disto e daquilo, mas não sei de nenhuma eletricista ou canalizadora que trabalhe por conta própria. Ora, vendo bem, pensando bem, porque não?

12 de setembro de 1973

VALENTE SENHORA

Tinha a idade em que as avós de netos crescidos costumam ir à praia mas só raramente e então ficam sentadas na cadeira de lona, vestidas, pois claro, a conversar ou a ver a paisagem, a fazer renda, às vezes. Ela, porém, não era dessas. Pelos vistos não era dessas. Chegou do mar toda pingando e achou a família, filhas e genros, em pânico. Que a Lizinha e o Tó Zé andavam lá para diante a procurá-la, tinham estado todos numa aflição. Que a mãe (mãe e sogra) não devia fazer coisas assim.

– E porquê? – quis saber a senhora tirando a touca e libertando as farripas brancas. – E porquê? – insistiu, sorrindo.

– Ora porquê. Como se a mãe não soubesse. Uma pessoa da sua idade, francamente. Podia sentir-se mal. Bem sabe que o seu coração…

– Lá vêm a minha idade e o meu coração. Muito bem, ele não é formidável, eu vou fazer setenta e não sei quantos anos, e vocês querem em absoluto (é uma autêntica obsessão) que eu morra como mandam as regras […]. Uma morte como deve ser, não é verdade?

– O médico acha imprudente que a mãe tome banhos de mar. Calcule se a visse a nadar. Porque esteve a nadar, não diga que não.

– Porque havia eu de dizer que não? E o médico… Ora, ora. Está-se nas tintas para a maneira como eu vou morrer, o pobre rapaz, com tanto que fazer. Ele sabe que na minha idade (na tal idade)… Vocês também, eu também… Vamos ser francos? Um dia destes tem de ser, eu gosto de nadar e, felizmente, não sofro de reumático. Tenho dito.

Enfiou o albornoz pela cabeça e deu início à árdua tarefa de mudar de roupa.

Valente senhora.

19 de setembro de 1973

A CAÇA AO TESOURO

Todos passamos por esta vida numa constante procura do tesouro e, quando o encontramos, é a felicidade. Que é uma joia, dizemos de alguém. Que é uma pérola. Que tem um coração de ouro ou mãos de prata. Os felizes encontram-no, ao tesouro, na pessoa que amam, nos filhos. Geralmente são eles os únicos a ver o tesouro, mas isso que interessa? A nível inferior, mais *terre à terre,* procuramos e achamos tesouros sensacionais que gostamos de apregoar. A modista (um achado), a empregada (como já não há), aquela praia (ainda deserta), o restaurante (onde se come bem e barato). Às vezes nada daquilo é tão perfeito como dizemos, como julgamos, e tesouro é – pode ser – uma leve camada superficial, mas adiante.

A caça ao tesouro pode ser efetuada em antiquários e até em ferros-velhos, antes do turismo lá de fora, em aldeias recônditas, quando as havia. Velhos móveis valiosos, imagens antigas, talhas autênticas compradas por quase nada, trocadas por coisas novas e sem valor.

Mas a caça ao pequeno tesouro – cada um tem o tesouro que pode –, como entusiástica diversão bianual, surge na época breve mas agitada dos saldos. E as pessoas gastam o que podem convencidas de que encontraram o seu pequeno tesouro. Mas quem ganha ao jogo são sempre os donos das lojas, que se libertam de montes de coisas invendáveis durante o resto do ano.

26 de setembro de 1973

A CECÍLIA, COITADA

Muitas mulheres do nosso tempo – enfim, morando neste nosso tempo – não vivem por si mas através do homem com quem casaram. É ele e só ele que as torna triunfadoras ou frustradas. Algumas séries que, por exemplo, a televisão nos oferece (é um modo de dizer) à hora do almoço dão-nos uma triste ideia da mulher média americana, mulher essa para quem os dias pelos vistos se passam a inventar pequenas tramoias e pequenas chantagens (com a melhor das intenções, diga-se desde já) e que farão com que o marido seja aumentado, com que o patrão (dele) lhe reconheça o valor, com que o marido a leve a passar férias a um lado qualquer. Trata-se de séries más e com personagens caricaturadas, poderão dizer. Claro, claro. Mas, se os realizadores batem tanto na mesma tecla ou em tecla semelhante, é porque haverá um certo fundo de verdade, não?

Há dias encontrámos uma mulher, esta portuguesa e lisboeta, que não víamos há já alguns anos e perguntámos com ingenuidade como iam as coisas. Senhor, o que nos desabou sobre a cabeça! O marido não tinha ambições, era um homem que nunca passaria da cepa torta. Ela, sempre metida em casa. De resto, nem sair lhe apetecia, não tinha que vestir, era uma vergonha andar sempre com os mesmos trapos. Todos lhe passavam adiante, e ele nas calmas. Colegas, irmãos, amigos. As mulheres deles viajavam, iam ao teatro, divertiam-se. E quando se referiam a ela diziam «a Cecília, coitada».

O mais extraordinário de tudo é que tínhamos conhecido aquela mulher em solteira. Empregada. Enfim, a ganhar a vida, talvez não muito bem mas razoavelmente. Ainda por cima não tinha filhos... Compreendia-se que se aborrecesse muitíssimo, metida em casa, a remoer os seus fracassos, e que esses fracassos lhe parecessem, ao longo dos dias, enormes, únicos, insolúveis. Só não se compreendia que os atribuísse unicamente ao marido.

– Porque não voltava a trabalhar? – perguntámos. – Se trabalhasse os dias seriam menos longos e ela já não responsabilizaria só o marido, responsabilizar-se-ia também a si própria, ao patrão, à vida. Sempre haveria uma repartição de culpas, não?

Ficou pensativa. Depois deu as suas razões. Muitas. Perdera o treino. Onde é que ia arranjar um emprego, assim, do pé para a mão? Para mais, o marido não ia gostar. Etc., etc., etc.

De tudo o que disse depreendia-se, porém, que empregar-se não estava nos seus projetos e que decerto as mulheres dos amigos, dos irmãos e talvez dos colegas do marido (seus termos de comparação) não estavam empregadas. Em suma, culpá-lo a ele de todos os seus fracassos era muitíssimo mais fácil.

3 de outubro de 1973

AS AMERICANAS DAS SÉRIES

As séries americanas que a televisão transmite são destinadas, entre outras coisas, a não fatigar o espírito. Em algumas delas há mesmo gargalhadas de uma claque invisível, mas cheia de boa vontade. Até nisso somos, portanto, poupados. Podemos, vegetativamente, olhar. Há quem ria por nós. No entanto, as coisas mais simples, mais desinteressantes, mais vazias, podem dizer-nos isto e aquilo. Vejamos, pois, quem são e o que fazem as mulheres americanas das últimas séries que vimos ou estamos a ver.

A senhora Partridge, para começar, ganha a sua vida cantando (ou será tocando?) na orquestra da família; a Mary das *Solteironas* é empregada de escritório numa empresa qualquer ligada a uma qualquer televisão; aquela rapariguinha simpática de *Funny Face* andava sempre a mudar de emprego. Tivemos a Shirley (MacLaine) repórter muito *sui generis,* temos a Doris Day, *idem*. Houve uma linda enfermeira de cor chamada Julia Baker, houve a escritora que alugou a casa assombrada do capitão Gregg. Em *Little People* encontrámos uma jovem médica pediatra e uma enfermeira. E a Lucy (Lucille Ball) trabalha no escritório do cunhado.

Mas qual é o estado civil de todas estas mulheres? Pois bem, a escritora, a Lucy, a Julia e a Partridge são viúvas com filhos pequenos ou adolescentes que têm de criar e educar. Só os jovens Partridge ajudam a mãe. As *Solteironas* ambicionam casar desde o início da série; a *Funny Face,* a médica e a enfermeira de *Little People* são solteiras. Solteiras também, ou divorciadas, em todo o caso mulheres sem homem, a Shirley e a Doris. Em suma, todas estas mulheres trabalham fora de casa mas nenhuma delas é casada.

Agora as casadas. Há menos, talvez porque dos felizes não reza a história, e as séries devem tratar, por qualquer imperativo que desconhecemos, de ajuda feliz. Em todo o caso, sempre há algumas, «aquelas santas». Os maridos são advogado e escritor da TV. Elas, porém, estão em casa e aborrecem-se. Então brincam às bonecas com os filhos, passam rasteiras (sempre bem-intencionadas, diga-se de passagem) aos maridos. Também é mulher de um advogado a Liza (Eva Gabor) de *Viver no Campo*. A Debbie (Reynolds) e a irmã, protagonistas de uma série recente cujo nome não recordamos, são casadas (não recordamos também a profissão dos maridos) e passam os seus dias em casa. Em casa está também a Samantha (uma pena, com tantas possibilidades), esposa de um publicitário. Em casa está a senhora Nuovo, mulher de Arnie, operário grego promovido a diretor de empresa ou coisa parecida. Enfim, as americanas das séries (séries essas que, logicamente, devem corresponder ao ideal do americano médio) ou não têm marido e ganham melhor ou pior a sua vida e a dos filhos, ou têm-no e ficam logo em casa, muito elegantes, muito cuidadas, movimentando-se nuns cenários agradáveis, mas ao mesmo tempo – é o inverso da medalha – aborrecidas com o tamanho dos dias.

10 de outubro de 1973

DESENCONTROS

Muitos de nós encontramo-nos, um dia, adultos, incapazes já, por razões várias, de começar vida nova, a trabalhar numa profissão que não era a que desejávamos ou até aquela para que estávamos talhados. Aquele homem que desejara acima de tudo ser médico, ei-lo operário (como podiam os pais ter-lhe pago os estudos?); o outro, que é advogado (por teimosia do pai) seria feliz e sentir-se-ia realizado como engenheiro; o outro ainda, que é bancário, teria gostado de ser arqueólogo.

Recebi hoje uma carta vinda da América. Uma carta azeda, desesperada, escrita por uma mulher que é uma boa escritora mas que há anos vem tendo os seus manuscritos recusados por todos os editores. Ela é um pouco bicho do mato, não gosta da vida de sociedade, entra pela porta estreita dos desconhecidos que mandam um livro para ser julgado, um livro, sem rosto, sem voz. Sem nome. Que não é comercial, dizem-lhe. Claro que não é comercial, ela sabe-o perfeitamente. Mas também sabe que tem talento e que nunca publicará coisa nenhuma. Na carta que hoje recebi, diz-me: «Acabo de ser editada mas não se alegre antes de tempo. Eu, que sempre sonhei com o meu primeiro livro, acabo de publicar uma coisinha sobre móveis, para as senhoras interessadas aprenderem a conhecer os estilos. Tem bonequinhos desenhados, está a ver o género? Pois, olhe, encomendaram-me o texto e até mo pagaram bem. O meu primeiro livro e talvez o último. Vou fazer quarenta anos e apetece-me gritar. Mas fico calada. Tenho que ganhar a vida. Mas se tivesse um quintal acendia uma fogueira com os meus romances, coitados, tão silenciosos, para festejar este dia.»

24 de outubro de 1973

ESTE TEMPO

Habituámo-nos. Entrámos no jogo. Receosos de início, depois com entusiasmo. Não recordávamos sequer (nós, homens e mulheres do Mundo) como era dantes. Recusávamo-nos a isso. Refiro-me, claro está, aos que tiveram um **dantes,** um tempo de formigas. Porque houve, claro está, os que nasceram mais tarde e não o conheceram. Nesse tempo de formigas, chamemos-lhe assim (depois transformámo-nos, por uma estranha metamorfose, em cigarras), apagavam-se as luzes, por exemplo, ao sair de uma sala, «não por avareza mas por uma espécie de moral instintiva», como há dias escreveu Paul Guimard, no *L'Express.* Era um tempo de passajar peúgas, de uma garrafa ou um frasco ou um boião durarem anos porque se esvaziavam e enchiam de novo, de, sei lá, fazermos o possível por poupar, mesmo sem a ideia de poupar. Poupar era, enfim, natural. Esquisito seria deitar fora frascos e garrafas, deixar luzes acesas, não aproveitar peúgas ainda em bom estado. Mas, como eu dizia, a certa altura entrámos todos, ricos, remediados e pobres, no redemoinho deslumbrante da era da delapidação em que nos encontramos. Gastámos – gastamos – muito ou pouco, conforme as nossas posses, mas gastámos alegremente, impensadamente. Fomos – somos – a cigarra num mundo em que todas as formigas morreram. Então, eis-nos estupefactos e sem acreditar.

Fazerem-nos isto, a nós.

Os jornais de todos os países dizem que a despensa-natureza está a ficar vazia, mas nem todos leem os jornais, nem todos acreditam no que os jornais dizem, nem todos querem acreditar. E continuam, entre outras coisas, a olhar sem receio para as máquinas compradas a pronto ou a prestações para gelar e para aquecer, para cozinhar, passar a ferro, moer, barbear, bater, torrar, grelhar, encerar, aspirar, fazer café e fazer sumos, tocar música e até telever o mundo que nos é possível, como nos é possível. A olhá-las sem receio de que um dia, num futuro qualquer, mais ou menos próximo, elas possam vir a ser, pela força das circunstâncias, total ou parcialmente arrumadas.

Conhecemos coisas fabulosas, como o *nylon,* o plástico, os detergentes que lavam mais branco e poluem melhor, as esferográficas que se deitam fora, os recipientes *idem*, os cem à hora considerados velocidade modesta, o ar condicionado, os jatos, sei lá. Conhecemos tudo isto e muitas coisas mais num espaço de tempo brevíssimo, numa rápida era de franca delapidação que teve o seu início no pós-guerra mundial.

Há quem diga, porém, há quem receie, que essa era esteja a acabar e outra comece, esta de necessária e inevitável poupança. Poupança não só particular mas principalmente a alto nível, dos derivados do petróleo, pois claro, do próprio oxigénio que os carros e, principalmente, os jatos queimam, da própria água do mar onde os peixes morrem, da própria água dos rios que as fábricas envenenam, da própria água das nascentes cada vez mais fracas.

Mas como habituar um delapidador a poupar, num mundo onde lhe são diariamente propostas coisas atrativas, simplificadoras, atualizadas, do seu tempo, em suma?

28 de novembro de 1973

OS PRÍNCIPES ENCANTADOS

As populações femininas, pelo menos as do mundo ocidental, mesmo as mais desprovidas de bens ou de interesses, essas principalmente, adoram as histórias de amor das princesas e das rainhas (dos príncipes também, pois claro, dos reis) e vivem-nas com entusiasmo.

São as histórias de fadas do dia de hoje, e as gentes simples, ou não tanto, sempre gostaram de as ouvir, de as ler, de as ver. Por isso o êxito das fotonovelas baseadas em encontros geralmente improváveis da rapariga ou do rapaz pobre com o outro que é rico ou é célebre ou ambas as coisas. E o fim é sempre cor-de-rosa. Mas os romances dos príncipes e princesas de sangue (no cinema ou na vida real) não são só cor-de-rosa, são também de oiro e pedrarias, e a felicidade anunciada é discutível e todos se sentem um pouco felizes perante o *happy end.*

Vejamos – enfim, recordemos – o rei dos reis, esse cujos amores (Soraya, a princesa triste; Farah Diba, a gata borralheira, enfim, Cinderela) tantos rios de tinta fizeram correr em quase todo o mundo dado a este tipo de evasão, de fuga ao quotidiano cinzento. Quantas almas sonhadoras não terão gasto algum tempo de sonho com o Xá da Pérsia, primeiro torturado pelo dever e obrigado a repudiar a bela Soraya, a quem queria tanto, depois, passado um tempo decente de recuperação emocional, enamorado de uma jovem plebeia, estudante de arte em Paris, Farah Diba? Quantas?

Lendo o *Século Ilustrado* de 21 de novembro, deparámos com uma daquelas excecionais e crudelíssimas entrevistas que a grande jornalista italiana Oriana Fallaci costuma fazer aos grandes deste mundo. Desta vez a conversa travou-se entre Oriana e o Xá da Pérsia (ou Irão), no palácio real de Teerão. Onze páginas em que se tratou de assuntos candentes: o petróleo, claro, o boato de que Reza Pahlevi teria tomado uma segunda esposa, as mulheres. E acerca delas, das mulheres em geral, teria dito, segundo Oriana Fallaci, o Xá: «As coisas importantes da minha vida, as coisas que me marcaram foram bem outras. Certamente não foram os meus casamentos nem as mulheres.» E mais adiante: «Não quero parecer indelicado mas... Vocês são iguais por lei mas, desculpem-me, não por capacidade.» E mais adiante ainda: «São intriguistas, más. Todas.»

Fiquemos por aqui. Os príncipes encantados são das histórias. De fadas. Inventados, portanto.

5 de dezembro de 1973

HISTÓRIAS DE FADAS

Paredes de vidro, janelas totais, enormes vidraças que permitem ao jardim ou à varanda prolongar a casa, ou à própria casa inserir-se no jardim. (No jardim, estão a ouvir?) Terraços ensolarados. Amplas janelas que se debruçam sobre a paisagem e que deixam penetrar nas casas uma luminosidade suave. Salas de estar muito amplas. Quarto para as crianças dormirem e brincarem e estudarem depois, grande e com bastante luz, bem arejado, saudável.

Não é literatura. Encontrei tudo isto muito naturalmente proposto à leitora comum por um *magazine* feminino. Claro que podem dizer-me que há gente com dinheiro e gente sem ele, e que a gente sem dinheiro gosta às vezes de observar aquilo que nunca poderá possuir. Talvez seja isso, ou talvez seja um vestígio das histórias de fadas da nossa infância. Histórias de fadas sem fadas. Fotonovelas, romances cor-de-rosa, felicidade através da publicidade, casas de cidade grandes, claras, com jardins, lindamente decoradas, sei lá.

Conheço uma mulher sozinha, já de meia-idade, que vive numa pequena casa velha e que há anos lê todas as semanas, não sei se ao sábado se ao domingo, os anúncios de andares à venda. Ora bem, ela não tem – e nunca terá – possibilidades de comprar andar nenhum, mas aí está, sonha. O jornal fá-la libertar-se momentaneamente da casa onde vive e sonhar com madeiras exóticas, casas de banho em mármore, telefones interiores, cozinhas francesas ou italianas, divisões alcatifadas, alumínios anodizados, etc. Todo este sonho a preto e branco e em papel de jornal. Ora em papel brilhante e com lindas cores é muito mais sedutor.

Voltando, pois, ao *magazine*, que, a falar verdade, já nem sei se era português. O que, de resto, é sem importância de maior. Suponhamos que era português, e adiante. E falando nas casas que nos são propostas, se, por acaso, precisamos de casa para viver e não somos um casal sem filhos. A maioria dessas casas é torres de cubículos rodeadas por tudo menos por jardins. Onde as vidraças enormes, se até as paredes mestras são pequenas? Onde os tais jardins, se as árvores ocupam espaço habitável? Onde as janelas abrindo sobre paisagens que não existem? Onde as salas amplas? Onde isso tudo? Onde mesmo as divisões indispensáveis para nelas caberem as pessoas e os móveis?

Claro está que há príncipes e princesas nas histórias de fadas. Os outros estão de fora, são simples leitores. Vamos pois folhear os *magazines* especializados em decoração-fada, como se estivéssemos a ler um conto. E vamos partir nas asas do sonho como aquela mulher de quem vos falei. Ou então vamo-nos recusar a entrar no jogo. Quem nos pode impedir?

12 de dezembro de 1973

MAGAZINES FEMININOS

Uma boa revista dirigida ao Homem, isto é, ao ser humano, homem e mulher (mas que quase sempre é unicamente lida pelo sexo masculino, as mulheres não têm tempo ou arranjam maneira de não o ter), uma boa revista dirigida ao Homem, dizíamos, o que fornece aos seus leitores? Pois bem, comunica-lhes mais ou menos abertamente, mais ou menos objetivamente, o que se passa ali e no mundo, em política, economia, sociologia, técnica, ciência, tudo isso de um modo acessível. Fala também – sem exagero – de desporto, de literatura, de teatro, de cinema. Tem algumas páginas de atualidades, uma entrevista importante, sei lá. Em suma, procura na medida das suas possibilidades pôr o leitor a par. Procura ou deveria procurar, mas isso é outra história. Falávamos de uma boa revista.

E uma boa revista feminina? O que fornece às suas leitoras uma boa revista feminina? Pois bem, é simplesmente assustador. A maneira de lidar com os filhos. E de maquilhar os olhos. E de «segurar» um marido. De decorar o sótão ou a casa de campo. Um guia para os possíveis acidentes havidos com as máquinas caseiras. Vida prática. Como tirar aquela nódoa. Seja elegante. Este inverno usa-se. Na primavera vai usar-se. Seja bela. Culinária para dias requintados. Ementas para os dias de semana. Dietética. Saiba quantas calorias deve absorver diariamente. E o seu marido. E os seus filhos. Conheça os alimentos prejudiciais. Os *tricots* que você vai fazer num instante. Aprenda a estar sempre elegante em casa. Saiba receber os amigos. E o patrão do seu marido. E o seu patrão. Nunca apareça a ninguém com um ar desleixado. Fale com os professores do seu filho. Acompanhe-o nos estudos. Não seja uma mãe abusiva. Vão ao dentista de três em três meses. Leia o último Goncourt para não parecer parva. Não se aborreça. Seja organizada. Aprenda a descansar. Faça ginástica. Etc., etc., etc.

Às vezes há umas páginas de atualidades, uma entrevista com um ator ou atriz de nível, um capítulo de um romance. Mas o corpo da revista, o importante da revista, são conselhos, chamadas à pedra, ensinamentos, são, por assim dizer, lições de culinária, de *visagisme,* de saber viver, de educação infantil especializada, de psicologia a nível universitário. O que vale é que quem pega numa dessas excelentes revistas, chamadas *Elle, Marie France, Marie Claire,* outras (*magazines* para mulher de país rico, que ignoram a mulher de vida difícil, que a há, sem dúvida, nem que seja simplesmente a emigrada), vê os bonecos, lê uma ou outra secção que mais lhe interesse (a astrologia, por exemplo, que também diz o que se deve e não deve fazer nos dias tal e tal), passa adiante. Se assim não fosse, gastaria metade do seu dia a ler e a outra metade a sentir-se inferior, incapaz para a vida, feia, deselegante, péssima mulher e má mãe, muito má dona de casa, e por aí fora. Enfim, sentir-se-ia imensamente frustrada.

Evelyne Sullerot escreveu acerca da imprensa feminina: «Tudo aquilo que devia ser abordado com objetividade, com o sentido do limite, é dado como quem dá uma receita de cozinha, com um otimismo exagerado: "Você vai fazer isto e depois tudo correrá bem." Penso que isso contribui para criar a angústia, decerto porque se misturam os problemas com uma facilidade extraordinária; há uma mistura do realismo dos termos com uma espécie de irrealismo total dos resultados a obter. Isto só pode ser prejudicial.»

26 de dezembro de 1973

AS FRASES MORTAIS

São as *killer phrases* do dia a dia, e usamo-las à vontade, como se, de facto, não fossem, pudessem ser, mortais. Julgas que isso é original?, dizemos sem pensar duas vezes. Na tua idade julguei o mesmo, fiz o mesmo, não serviu de nada. Imaginas que vais modificar o mundo? Tu? Que ingenuidade. Tem de ser assim. Ou assado. Foi sempre. Há de ser. Mas isso não é um trabalho a sério, pois não? Um passatempo, enfim, não digo... Quando tiveres família, verás. Quando tiveres filhos, verás. Quando tiveres a minha idade, verás. Ora, pobres e ricos sempre os houve. Mas isso é uma loucura, pensa duas vezes. Dorme sobre o caso. Não te precipites. É que vais arrepender-te. Amargamente. Tão certo... Depois não podes voltar atrás. Depois é tarde. Um dia tem-se uma doença. O dia de amanhã. Depois é tarde, nada a fazer. Ela não é mulher para ti. Ou: tu não és mulher para ele. Não vale a pena. Se tiver que ser... O futuro a Deus pertence. Verás que um dia me agradeces. Verás. Verás.

Que são conselhos? Bons, excelentes conselhos? Que os damos por bem? Por amor? Sim, às vezes, muitas vezes. O que não impede que eles possam matar, à nascença, uma esperança, um sonho. Que, mesmo que não o matem, possam deixá-lo inquieto, hesitante, perplexo. Não terá razão quem falou? Porque hei de eu – eu – ir contra a corrente, arranjar problemas? Porque hei de eu – eu – fazer isto, aquilo? Porque isto e aquilo são coisas-fada, coisas que contrariam os estatutos familiares e parecem ousadas, perigosas, ameaçadoras. Claro que muitas vezes há amor em quem assim assassina o sonho, o voo, cortando as asas, ou enfraquecendo-as, pena a pena. Claro que sim. E às vezes até há razão, sensatez, em quem fala. E quem tem esperança ou vontade e reage a todas as *killer phrases* deste mundo até pode ir meter-se numa camisa de onze varas. Pois. Mas nem por isso elas são menos castradoras, menos mortais. E nem por isso as dizemos menos.

2 de janeiro de 1974

SINTOMAS

Não estou só a pensar em criaturas com a monomania das doenças (como a D. Alice) mas em pessoas relativamente influenciáveis. Essas pessoas – a leitora, por exemplo – leem num jornal ou revista um artigo de divulgação médica e logo se sentem mais ou menos perturbadas porque têm ou já tiveram um ou outro dos sintomas que ali são copiosamente referidos. Quem sabe se não terão mesmo aquela doença? Claro que com os hipocondríacos (e há muitos) a coisa é muito mais grave. E aqui entra a já referida D. Alice.

D. Alice é um caso. Conversa com alguém e fala-se de Fulano que morreu com qualquer coisa (ou se morre de velhice ou de qualquer outra coisa, não é?) ou da Sicrana que esteve muito mal. D. Alice fica logo também muito mal e sente-se mesmo às portas da morte. Porque lhe falaram dos sintomas e esse é o fraco de D. Alice. Sente-os logo no corpo e na alma.

Encontrei-a há dias. Muito enfiada.

– Mas o que tem, D. Alice?

– Não sei, mas boa coisa não é com certeza. O meu médico não me dá a atenção devida. Se fosse nos Estados Unidos…

– Mas olhe que nos Estados Unidos eles até dão consulta pelo telefone…

– Histórias, não acredite. Eles tomam é um avião para ir a outra cidade tratar de um homem pobre que só os quer a eles. Eles fazem tudo para que uma velhinha (com poucos anos de vida, está a ver?) aceite a ideia de se operar. Eles…

– D. Alice, a senhora anda a ver as séries da televisão… – suspirou.

– Não falho uma. Quando acabam sinto-me doentíssima, às vezes nem durmo a pensar que vou morrer. Sinto aquilo tudo, que quer? Também fico frustrada porque o meu médico não é como o Dr. Simon Locke nem como o Dr. Ted Stuart.

Isto disse a D. Alice. A leitora lê um artigo de divulgação médica e, se for influenciável, reconhece às vezes – julga reconhecer – este ou aquele sintoma. A leitora não é, porém, uma pessoa hipocondríaca como a D. Alice e muitas mais pessoas. Juntemos a este estado de coisas a força da imagem, a simpatia dos médicos, as doenças incuráveis que nos são mostradas com todos os seus sintomas, e, este ano, tenhamos pena dos telespectadores hipocondríacos ou simplesmente influenciáveis de Portugal.

9 de janeiro de 1974

ANÚNCIOS DE BELEZA

Tenho aqui uma página de anúncios de um jornal de 1910. Que maravilha. Vende-se por 300.00 (mas vale 450) um autotriciclo a gasolina. Vende-se também, perto da Baixa, um prédio por 3 contos, com quintal. William escreve que está bem e manda saudades. E a casa Benjanim e Figueiras anuncia uma nova e linda valsa, *Como esquecer-te?* No capítulo beleza alguém assegura que para fazer nascer o cabelo e a barba, não se conhece nada superior ao óleo de tartaruga. E encontro ainda um creme de *herbe divine* e um creme das damas que dá brancura e formosura sem igual ao rosto. Folheando ocasionalmente uma coleção do *Je Fais Tout,* esta de 1905, reparo também nos produtos de beleza à base de pérolas verdadeiras (em pó) à venda em Paris, na perfumaria *La Perle* do Boulevard des Capucines 35.

E a referida perfumaria anuncia que um bonito catálogo com retratos e afirmações elogiosas das mais belas artistas de Paris será enviado gratuitamente a todas as leitoras que o pedirem.

Os anúncios de hoje são muito mais diretos e gelados. Não há prédios (com quintal, vejam só) na Baixa, os Williams não mandam saudades em anúncio e as valsas deram o que tinham a dar. Só no capítulo da beleza é que o sonho, a fada madrinha, o milagre se mantêm. É certo que há muito palavreado científico ou pseudocientífico, é certo. Mas, de vez em quando, por entre a alantoína e polissacarídeo sulfatado, eis que nos são propostos princípios ativos, naturais de algas marinhas, de ouriços e estrelas-do-mar (não será tratamento de sereias?), eis que nos são propostas pérolas não verdadeiras como as do Boulevard des Capucines em 1906, mas de caviar, porque cada grão de caviar fresco é um ovo pronto a viver, uma pérola carregada de todo o fluxo da vida marinha. Claro que nos falam de flores, de legumes, de plantas verdes. Estamos no tempo da ecologia, em que ao mesmo tempo destruímos e valorizamos a Natureza em geral, e a cosmética aderiu à tendência. Mas o seu grande trunfo continua a ser o mar. Por isso as algas, os ouriços, as estrelas, o caviar. E também (ou sobretudo) esse plâncton tão rico e ainda tão misterioso.

16 de janeiro de 1974

COMO VAI SER?

Como vai ser?

Porque aquele tempo – dantes, tempo de poupar por educação, por tradição, por necessidade também, claro está, tempo de não estragar, até por sentirmos, por suspeitarmos, que isso era errado, indigno, perigoso, quem sabe? – era um tempo de senhoras em sua casa, de homens em seus empregos. Eles ganhavam melhor ou pior a vida, elas poupavam e até amealhavam. Um tempo de formigas em que ser-se cigarra era muitíssimo malvisto. Já uns séculos antes, La Fontaine… É certo que Jean Anouilh atualizou a fábula, e a sua cigarra, tendo cantado todo o verão em muitos casinos e *boîtes*, «*se trouva fort bien pourvue/quand la bise fût venue*». Era uma fábula do nosso tempo, a de Anouilh, mas o que é o nosso tempo? Onde estamos? É que tudo corre a uma velocidade assustadora. Não temos, por assim dizer, presente. Vivemos no passado e já no futuro. Como será amanhã? Logo à noite como será? Seguimos em frente ou andamos para trás?

Mas aquele tempo. Apagavam-se luzes quando passávamos de uma divisão da casa para outra, quando chegávamos ao fim do corredor. Sempre. Ninguém se esquecia. Guardavam-se os cartuxos de papel pardo que seriam novamente utilizados, e as garrafas não se deitavam fora, nem os frascos, nem os boiões. Havia também em todas as casas alguém muito habilidoso (a mãe, a avó, a tia), que cosia meias, alargava vestidos e casacos, voltava-os quando estavam ruços, adaptava aos mais novos a roupa que já não servia aos mais velhos. É possível que ainda existam mães assim, avós, tias. Mas as exceções não fazem as regras.

Ora como vai ser, se, como dizem, a era da alegre (ou nem isso) delapidação está a chegar ao fim, e se aproxima a passos largos a da poupança por necessidade? É que as senhoras de sua casa, as donas de casa e mais nada têm vindo a desaparecer, e não só por causa da emancipação da mulher mas também (mas principalmente) devido ao custo de vida. Ela, a vida, está cada dia – não é exagero – mais cara, e até dois ordenados são por vezes insuficientes para a sobrevivência da família. Onde o tempo livre para coser, passajar, fazer do velho novo, onde? Onde o tempo necessário para poupar, se as mulheres-mães, tias, avós chegam a casa tarde, cansadas, impacientes, após um dia de trabalho e um longo, difícil trajeto de autocarro, metropolitano ou mesmo comboio?

Como vai ser?

23 de janeiro de 1974

FRASE SEM RAÍZES

Uma frase sem raízes por entre palavras amassadas em som, à hora do almoço num restaurante popular. De súbito, compreende-se-lhe o sentido e olha-se para a mesa ao lado onde dois homens conversam. «Se ela se portasse mal, ele tirava-lhe logo o filho», dissera pois um dos homens, o mais novo. O mais velho limitara-se a acenar afirmativamente como quem se encontra perante uma verdade indiscutível, ainda estava a acenar afirmativamente quando alguém olhou e deixou de olhar.

A frase em si, o conteúdo da frase, enfim, dava pano para mangas, mas, por qualquer razão, o que naquela altura mais impressionou o ouvido (ou a alma) de quem estava na outra mesa foi aquilo de a mulher em questão **se portar** ou **não se portar mal.** Não que houvesse nada de extraordinário, claro que não, em palavras tão usadas, tão gastas, tão tradicionais. Palavras reservadas a crianças malcriadas e a mulheres indignas. Porque quem diz, quem pensa, que um homem se porta mal? Quem diz, quem pensa tal coisa?

Mas há mais palavras por qualquer razão destinadas à mulher, ou antes, palavras que, quando se lhe referem, adquirem um sentido diferente. **Honesta,** por exemplo. **Séria,** por exemplo. Um homem sério ou honesto é um indivíduo incapaz de uma atitude pouco clara ou até escura, pouco lisa ou até muito sinuosa. Uma mulher, porém, até pode ser uma amiga perigosa, uma delatora no trabalho. Pode ser tudo isso e também uma mulher séria e honesta. Porque para muito boa gente a honestidade da mulher, a sua seriedade, é unicamente de caráter sexual. Ela é, portanto, séria e honesta não para com a sociedade mas para com o marido. É a ele depois que compete ser sério e honesto para com a sociedade, não para com a mulher, está bem de ver.

Aqui há tempos alguém falou a alguém num caso de partilhas em que uma mulher tinha muito simplesmente roubado um irmão.

E esse «alguém», que era pelo irmão roubado mas incapaz de uma mentira – o seu a seu dono, dizia que a tal era boa mãe e boa esposa, seriíssima, enfim, não havia nada a dizer.

Há frases e ideias feitas que têm, na verdade, a vida longa.

30 de janeiro de 1974

O VEDETISMO E O TRABALHO CASEIRO

Muitas atrizes, até boas atrizes, do teatro e do cinema sentem uma grande necessidade de dizer de vez em quando ao seu público que desculpem lá o facto de elas cantarem ou dançarem ou representarem muito bem, porque também sabem cozinhar menos mal. E ei-las de aventalzinho, belas e penteadas, maquilhadas que é um gosto, sorrindo ao fotógrafo-público e mexendo uma panela qualquer sobre o fogão. Sophia Loren, que até é uma excelente atriz a nível mundial, publicou mesmo um livro de culinária da sua autoria, espécie de álibi, com que nos vem decerto dizer que também é uma mulher como as outras, como se já não bastassem os rios de tinta das suas maternidades.

De vez em quando, uma mulher que conseguiu notoriedade artística é entrevistada. E a certa altura, por sua própria vontade ou porque a tal é levada pelo entrevistador, lá vêm as crianças, e a excelente mãe que ela é, e como gosta de cozinhar, de ser, enfim, dona de casa (é mesmo esse o seu *hobby* predileto).

Faz às vezes uma certa impressão esta necessidade que as mulheres têm de se desculpar do trabalho não tradicional, não só feminino, que executam. Mas serão elas que pensam assim ou o público que exige uma tal atitude? De um ou de outro modo, se folhearmos com atenção umas dezenas de revistas femininas ou de cinema dos últimos tempos, ficaremos espantadas – ou tranquilas –

com a quantidade de boas esposas, mães amantíssimas, cozinheiras perfeitas e donas de casa por vocação que há entre as vedetas.

O que até está certo, mas impressiona um pouco, assim apregoado aos quatro ventos e fotografado a quatro cores. Porque... o que temos nós a ver com isso?

13 de fevereiro de 1974

A EVASÃO DE CADA UM

Muitas mulheres recusam a fotonovela, o folhetim radiofónico ou o romance cor-de-rosa (o que, segundo o nosso critério, só lhes fica bem), mas mergulham de olhos fechados, é um modo de dizer, mergulham, enfim, impensadamente noutros romances cor-de-rosa ou histórias de fadas que constantemente lhes (nos) são propostos pela imprensa feminina e não só por ela. Referindo-se à culinária requintada e lindamente fotografada a cores pela *Elle,* o ensaísta Roland Barthes escreveu em *Mitologias:* «... a vocação "distinta" da revista proíbe-a de abordar os problemas reais da alimentação (e o problema real não é o de encontrar cerejas para espetar numa perdiz, é o de encontrar a perdiz, isto é, pagá-la)». De facto, uma certa culinária, uma certa moda, uma certa decoração publicadas por uma imprensa que afinal de contas se dirige ao grande público, isto é, a um público de capacidade monetária mais ou menos limitada só pode ser cor-de-rosa, como os tais romances que muitas mulheres recusam. Comer com os olhos, diz-se às vezes. E são-nos propostos lindos pratos que parecem autênticas obras de arte, cozinhas ideais, vestidos maravilhosos usados por mulheres sensacionais, salas luxuosas, quartos de sonho. Tudo moderno, caro, lindamente fotografado. Tudo inacessível à maioria das pessoas. E, já agora, porque não às pessoas em carne e osso? Mas serão mesmo em carne e osso? Ou será um mundo paralelo aquele em que vivem? Um mundo de *yachts,* ilhas particulares, aeroportos, estações de montanha, mares do Sul (se é inverno aqui), neve (se aqui é verão). Um mundo onde não há empregos, nem rendas de casa, nem ordenados que não chegam, nem falta de tempo para o que é necessário ser feito.

Então, em vez de nos irritarmos contra essas pessoas sem problemas, damos connosco a ler a história de fadas. Onde há pessoas, modas, decorações, culinárias, etc. Onde até há problemas. Páginas e páginas de problemas para quem não tem problemas.

20 de fevereiro de 1974

UM COPO

E a pouco e pouco, um copo – um copo, por exemplo – deixou de ser um «pequeno vaso próprio para beber» e transformou-se num objeto belo, quase precioso, tranquilizador por fazer parte integrante de um conjunto de coisas que provam o bom gosto e as possibilidades monetárias de quem o tem. Era indispensável à vida – datará de quando o primeiro vaso para beber? – e ficou algo que, se se quebrar, quando se quebra, deixa o seu possuidor triste e mais pobre. «Era de cristal!», lamenta-se uma voz como se ele tivesse morrido e lhe recordasse as virtudes – hábito que faz parte do ritual da morte. Era, de facto, de cristal, uma pena.

A empregada – ou a mulher a dias – não liga, porém, importância àquela dor. Partiu um copo, e depois? Nada mais natural, parece-lhe. Ainda não é bastante *snob* para respeitar os objetos que a rodeiam, objetos esses que, ainda por cima, não lhe pertencem.

– A senhora devia era comprar uns copos de plástico muito bonitos que há ali na drogaria – sugeriu a empregada em quem estou a pensar à patroa em quem estou a pensar igualmente. – Não se partem e duram uma vida.

A senhora ficou tão mal impressionada que nem deu resposta. Voltou-lhe as costas e entrou na primeira porta que era a da casa de jantar, onde a mobília Renascença, as louças da Companhia das Índias e as pratas antigas logo lhe restituíram uma certa tranquilidade.

27 de fevereiro de 1974

CASAS

São enormes parques de estacionamento as grandes cidades e suas satélites, e os homens também começam a ser arrumados à noite em garagens humanas, onde, por preço cada vez menos acessível, lhes é consentido que durmam. Saem de manhã, à pressa (têm que apanhar o comboio ou o autocarro, têm que aproveitar a hora de menos trânsito os mais felizes), voltam já de noite, exaustos, só a pensar em jantar, em ver um pouco de televisão, em dormir. De que lhes serve a casa senão para isso, para dormir?

Eis-nos preocupados com uma coisa chamada decoração. Mais ou menos preocupados com isso, quando, naturalmente, uma tal preocupação é possível. Há casos em que a preocupação máxima é, naturalmente, um número de divisões que não obriguem a viver em promiscuidade, uma renda que não seja proibida, coisas assim.

Mas as garagens onde os homens moram. Por homens entenda-se, claro está, homens, mulheres e crianças. E as mulheres saem também de manhã, muitas vezes, e entram ao fim da tarde, cansadas, para continuar com a outra profissão, a primeira, a de mãe de família, vulgo dona de casa. E ei-la a preparar o jantar, a interessar-se pelos problemas do marido e dos filhos, como é possível? Mas é, elas existem e às vezes até se preocupam com o seu aspeto físico, com o aspeto físico da casa onde moram, recusando terminantemente a ideia de que aquilo não é afinal de contas uma casa para viver mas um albergue noturno.

As crianças fazem os deveres para o dia seguinte e quando está bom tempo vão às vezes brincar para a rua. Que rua? Uma rua sem árvores nem relva, nem uma ervinha sequer a brotar por entre as pedras. Uma rua-garagem, uma rua-pista de corridas, uma rua--campo de futebol apesar disso tudo. Uma rua-perigo, naturalmente, e ainda por cima desprovida de mistério. Que pode esperar-se de cidades assim, onde a eletricidade apaga as estrelas, onde os telhados tapam a Lua, onde as antenas de televisão tornam invisíveis os velhos para-raios que nos protegiam das tempestades, onde as flores secaram, onde em lugar de árvores há candeeiros?

No entanto, todos afluem a estas cidades, cheios de esperança não se sabe em quê. E então alugam um quarto ou uma casa de duas assoalhadas, de três (quase um luxo), e ei-los a correr, como que de súbito ligados à corrente.

Para quê este móvel e não aquele? Para quê esta cor e não a outra? Quem é que «mora» e tem tempo (já não digo dinheiro) para bizantinices dessas, quem? Um cenário agradável para não ser praticamente usado. Eis uma das atitudes – estranhas, pensando bem – de todos nós. Enfim, dos que, como já disse, podem dar-se a um tal luxo.

13 de março de 1974

LIVROS DE TABACARIA

Naqueles escaparates giratórios que há em quase todas as livrarias e tabacarias, os livros chamados de bolso estão arrumados por famílias, com um certo critério; nas tabacarias não, nas tabacarias eles estão colocados como calha. As capas são lindamente coloridas e brilhantes, muito chamativas. Na sua maioria, trata-se de livros estrangeiros: franceses, ingleses, alemães. Nos escaparates das tabacarias predominam os volumes *disposables,* chamemos-lhes assim. A pessoa lê e deita fora. São em geral livros de ler uma vez e pronto, policiais, de espionagem, da série negra, quem vai guardá-los? Um ou outro cor-de-rosa, também, de vez em quando. As Noëles *Aux Quatre Vents* são, por exemplo, muito frequentes. E esses já não digo que não façam parte de muito boas (é um modo de dizer) bibliotecas.

Gosto dos escaparates giratórios das tabacarias porque gosto de encontrar a agulha em palheiro. Sempre que entro numa livraria (sem um objetivo em vista) vejo demasiadas coisas boas, sinto-me perdida, sei lá o que hei de comprar. Há estantes só de livros de *poche,* se eu quiser gastar pouco dinheiro, ou melhor, se eu só puder gastar pouco dinheiro. Mas o meu olhar desliza por todas aquelas lombadas, e uma faz-me logo esquecer a outra, às vezes chego ao fim e já não sei o que deixei para trás. Ao passo que naqueles escaparates de tabacaria, há a procura e a descoberta, há, enfim, o momento – nem sempre, claro está, mas de vez em quando – em que acho o tesouro.

Tenho aqui dois livros, por acaso escritos por duas mulheres, e que recentemente comprei em tabacarias do meu bairro. Livros póstumos, ambos. Ambos livros de cartas. Escreveram-nos Gabrielle Russier e Albertine Sarrazin. Duas mulheres que do hospital ou da prisão escreveram cartas como quem grita. Cartas de amor, de amizade, de esperança, de desespero. Cartas escritas em excelente francês clássico as da professora contestatária mas de «boas famílias», na excelente linguagem típica de certo «meio» social a que pertenceu as da romancista de *L'Astragale.* Um ali, outro além, encontrei-os a ambos, despregados e esquecidos, por entre coloridas *pin-ups,* assassinos, maníacos, espiões e Noëles.

20 de março de 1974

ENCONTRO

Ela disse:

– Que história! É que o tempo dilui (dissolve?) os nomes e também as vozes, os rostos. Tudo aquilo tinha perdido a nitidez, a realidade, pois claro, e elas eram uma série de vagos fantasmas, jovens ectoplasmas de bata branca, encarnados (mal) em mulheres adultas. Sabes como é?

Eu não sabia, e ela ficou pensativa.

– Também eu não, antes daquele dia – disse, por fim. – É que, na verdade, nunca mais tinha visto nenhuma e nunca mais tinha pensado em nenhuma. A vida, não é verdade? E depois, de súbito, no mesmo dia… Pela manhã encontrei a Madalena no jornal, malograda extinta, vê lá TV. Tão simpática, tão saudável, a Madalena, que procurei e encontrei com esforço na carteira junto à janela… À noite, no cinema, mesmo à minha frente, a Júlia. Depois das perguntas da praxe e dos inevitáveis «há quantos anos!», «como o tempo passa!», etc., apanhou-me em três tempos para a tarde de sábado em sua casa, onde, pelos vistos, havia todos os meses (ou seria todos os anos?) um encontro de «sobreviventes». «Tão engraçado, não calculas. Vais ver.» Fui ver. De resto, tinha ficado logo imobilizada, mosca na teia das palavras, das frases, mosca condenada, percebes? Não arranjei maneira de me desculpar, só mais tarde é que me ocorreram as respostas ou as desculpas, sempre fui assim. Senhor, a tarde mais deprimente que é possível imaginar. Sabes o que são quatro mulheres sem nada, mas então nada de comum comigo?

»Eu era a recém-nascida. As outras estavam, pelo menos, a par de coisas importantes, como o facto de a Cecília ter cinco filhos e um marido médico, de a Adélia gostar muito de fazer rosetas, de a Alice não ter casado e a Júlia ir no seu segundo matrimónio. Falou-se de viagens, e a Adélia nunca saíra do país, só Badajoz. As outras, pelo contrário, conheciam a Alemanha (a Júlia vivera lá), a França, a Inglaterra. Veio o chá e também aí fiquei a saber que uma delas fazia dieta, outra era muito gulosa, a terceira não tinha problemas de alimentação, a quarta tinha alguns. E falou-se de ginástica, de crianças, do problema das empregadas domésticas e também, claro está, da pobre Madalena que lá ficara no Lumiar.

»Ouvia-as. Tinha um sorriso colado na cara. Sentia-me muito deprimida e concorria para tal, suponho, a velocidade com que a Adélia ia fazendo rosetas.

»Quando houve um silêncio, levantei-me apressadamente. Disse que tinha onde estar às seis e meia e prometi voltar. Até deixei o telefone para ninguém desconfiar da minha boa vontade.

– Vais estar doente nesse dia – disse-lhe eu.

– Vou estar qualquer coisa nesse dia, asseguro-te. E vou esquecê-las. Naquele tempo, dantes, eram meninas de bata branca e tudo havia a esperar delas. Agora... Bem, é, de facto, melhor esquecer. Foi demasiado deprimente, como já te disse e repito. E o pior é que desde aquele dia ando a pensar em como é que elas me terão visto. Que história!

27 de março de 1974

OS QUE SABEM

Sempre admirei as pessoas que sabem muito, que sabem logo, quando nascem, por assim dizer, que, enfim, chegam a este vale de lágrimas ricas de uma sabedoria que faz com que ponham sempre os pés em chão conhecido, confortável, melhor, em chão como que previamente preparado para os seus passos. São pessoas que nem sequer podemos acusar de oportunismo (aquele lugar ao sol foi-lhes oferecido, insistiram mesmo para que o aceitassem), de interesse (casaram ricas, é certo, mas por amor), e trouxeram consigo, logo à chegada, beleza, simpatia, inteligência, critério de escolha. Porque sempre podiam ter recusado aquele emprego ou não ter reconhecido aquele amor, claro que podiam.

Conheço duas ou três pessoas dessas, não mais. Mas duas ou três já é muito numa vida. O marido perdeu o emprego, mas já estava separada do marido; a mulher teve uma doença incurável mas nessa altura já não gostava da mulher, ela era mesmo um fardo; o filho não quis estudar, mas na carreira que escolheu [...] é muito mais feliz, de que serve um DR? Enfim, tudo corre sempre pelo melhor no melhor dos mundos, como dizia o Pangloss.

Sorte? Claro que sim. E quem não acredita na sorte é porque não tem o costume ou a curiosidade (perigosa, é certo) de olhar em volta para as raríssimas criaturas que não são formigas no formigueiro. E que sabem.

3 de abril de 1974

TER RAZÃO

Ter razão é talvez uma das características mais perigosas do ser humano. Quem é que diz «Eu não tenho (ou não tive em dada altura) razão para fazer o que fiz, para dizer o que disse»? Mais ainda, quem é que o pensa? Quem é que diz, portanto (ou pensa), «Fiz isto ou aquilo porque me conveio, porque me apeteceu, em suma. Disse mal de **A,** claramente ou aos pedacinhos, enfim, "tramei" **A** porque isso me colocou bem, me foi útil, me foi muito simplesmente agradável. De resto, a razão estava do meu lado, **A** era uma catástrofe»? Quem é que diz (ou pensa) «Cortei relações com **B** porque a sua presença me incomodava ou até porque **B** passou muito simplesmente um dia por mim sem me falar, a mim que sou o centro do mundo, do meu mundo. Pois não tenho razão»? Quem faz perguntas destas em voz alta ou mesmo em silêncio, quem? Quem é que diz, que pensa, «sou um mau amigo, um mau colega, um mau camarada, um mau empregado ou um mau patrão, um mau ser humano, em suma»? Quem, se as pessoas, todas elas, têm a razão por si, e os outros são sempre os únicos responsáveis das suas atitudes?

Ter razão, pois, particular ou coletiva, sem raciocinar (raciocinar para quê se a razão está do meu lado?) é uma das nossas características mais perigosas. A nível familiar, de trabalho, social, a outros níveis, a todos os níveis.

10 de abril de 1974

CASAL FELIZ

Quando ouço dizer «casal feliz» lembro-me sempre deles, e não os vejo há muitos anos, talvez tenham morrido, já não eram novos nessa altura. **Ainda** eram novos, o que é bem diferente. Tinham aquela idade em que algumas pessoas conseguem viver melhor do que no passado. Então engordam um pouco – ou até muito –, têm um bom carro, a mulher exibe joias e casacos de *astrakan* com gola de *vison.* E também, diga-se de passagem, cremes antirrugas e cabelo de uma cor inesperada. Ela, a mulher em quem estou a pensar, surgiu um dia de cabelo acajou, lembro-me muito bem. Mas foi tudo. Porque não possuíam carro, mesmo mau, e de joias e de peles nem é bom falar. Só tinham engordado, isso sim. Eram um casal modesto e sem filhos que vivia no prédio em frente. Também não tinham empregada – criada nesse tempo – e ela devia trabalhar muito porque o marido andava sempre impecável e a D. Alice da mercearia dizia com unção que ela era uma grande dona de casa.

Ao domingo jantavam fora, e era uma coisa bonita vê-los sair. Como se tivessem acabado de ser condecorados, ou melhor, como se o pano tivesse corrido e eles enfrentassem – ela principalmente – o seu público. Estavam como que maquilhados e quase belos. Melhor, ainda belos. Ainda novos. Caminhavam pela rua abaixo, devagar, como os reis a quem o manto e a coroa pesam, mas que não podem mostrar. Descer a rua, pelo braço dele, assim, era decerto para ela um momento exaltante.

Lembro-me deles quando ouço dizer «casal feliz». Talvez tenham morrido, talvez tenham vivido até ao fim o mais egoisticamente que imaginar se pode, dentro da sua redoma de vidro (de dois lugares) sem saber que o mundo era grande e eles dois míseros micróbios sem valor.

Um horror ou uma maravilha?

24 de abril de 1974

TRÊS DIAS

Ela esperara, entre muita outra gente que esperava, para pedir três dias sem escritório, e isso porque a mãe estava a morrer e era urgente preenchê-los com essa morte. A burocracia, porém, tinha sorrido largo, superior, incrédula, pela boca de um funcionário especializado em incredulidades dessas, sabedor de todas as coisas de papel azul, áridas, hirtas, secas e lógicas, sensatas, em suma. Estar alguém a morrer não era coisa com existência – ali – oficial. Ter morrido, sim. Tinha morrido a mãe dela? Então…

Não dormia há uma semana, não comia. Nunca pensara que a mãe, tão constante ali, no seu posto, no seu lugar obrigatório – mas não burocrático, não –, no seu lugar de mãe desde que ela chegara ao mundo, pudesse morrer um dia, mas o médico dissera-lhe aquilo mesmo, embora por outras palavras. Que a mãe estava a morrer.

À hora da partida precisava de estar junto dela; não havia de a entregar toda inteira nas mãos tão assustadoramente hábeis, eficientes, mas estranhas das enfermeiras. Tinha de estar perto, de lhe sorrir, de lhe dizer que tudo estava a correr pelo melhor, que um dia destes ia voltar para casa. Tinha de lhe dizer isso tudo, mesmo que ela não ouvisse, tinha de gastar nela, no seu rosto macilento, todo o amor subitamente desnecessário mas urgente que os seus olhos pudessem mostrar. Mas, para ter esses dias, fora necessário ir ali explicar o problema.

Conseguira-os por fim, apesar do sorriso de quem não quer ser «levado», do suspiro de quem faz, por fim, um favor. Mas à saída tinha dado consigo a recear que a mãe não morresse naqueles três dias. E foi quando teve consciência desse receio que sentiu, pela primeira vez na sua ainda curta vida, ódio não sabia porquê nem por quem. Ódio, em todo o caso.

22 de maio de 1974

HISTÓRIA ANTIGA

Conheci-as em tempos, perdi-as pelo caminho. São complicados os caminhos da vida. Mas não foi uma perda terrível, diga-se desde já. Conhecimentos assim, cuja existência nada explica, a não ser o acaso, adeus, passem muito bem. Quando as encontrei era novinha e tinha olhos espantados, na forma e não somente nela. As pessoas causavam-me espanto, admiração, deslumbramento, indignação. Com aquelas era um pouco disso tudo. Não tinham nada que deslumbrasse ninguém.

Eram dois parasitas convictos e duas incitadoras ao crime, com a aparência enganadora de frágeis mulheres. Mãe e filha. Ambas loiras, de olhos azuis, de aparência suave. Vestiam-se muito bem e ninguém percebia – ninguém percebeu até certa altura – como isso podia acontecer. O marido e pai tinha um ordenado modesto, enfim, relativamente modesto, e elas não trabalhavam, nem tal coisa, ia jurar, lhes passara algum dia pelas cabeças. Pertenciam à categoria das lindas mulheres ociosas a quem tudo é devido só porque são mulheres e ainda por cima são belas. Havia-as nesse tempo, suponho que ainda as há, embora, claro, cada vez em número mais reduzido. Fêmeas devoradoras, aranhas, louva-a-deus, coisas assim. Já tinham nascido promovidas a isso, a filha pelo menos era óbvio. O homem, marido ou pai, devia trabalhar para elas, devia ouvir – lavagem de cérebro *avant la lettre*? – todas as suas censuras. A mãe dizia, a filha aprovava. Que os outros conseguiam tudo e ele nada. Que era um pobre homem. Que era incapaz de tomar uma atitude. Que metia dó (uns dias). Que elas eram umas vítimas (outros dias). Visse a mulher do X, as filhas do Y, como andavam vestidas. Elas até tinham vergonha de sair à rua. Elas nunca iam a parte nenhuma. Elas...

O pobre homem era mesmo um pobre homem, e a prova disso é que aceitava, de ombros vergados, todas as recriminações e julgava-se, na verdade, culpado da frustração delas.

E, então, contaram-me há dias, acabara por fazer um desfalque. Ora, como as histórias da vida não têm muitas vezes *happy end,* nem fim moral, ele não pôde repor o dinheiro, foi preso, e a mulher armou-se em vítima «desse louco». Mãe e filha foram muito lamentadas.

12 de junho de 1974

ALICE E A CONSTRUÇÃO CIVIL

O título pode parecer um pouco estranho, mas eu conto. Porque o ensinamento pode vir para alguns (neste caso concreto, para algumas) de onde ninguém o espera. Note-se que tudo isto me foi contado. Pela Alice, que encontrei há dias e não via há uns bons anos. Claro que a Alice não se chama Alice, mas isso é sem importância. O que interessa é que ela tem vinte e oito anos de vida, cinco de casamento e não tem filhos. Da última vez que a tinha visto (há cinco anos e picos), ela era uma jovem noiva tradicional. Há dias, porém, encontrei uma mulher desembaraçada e senhora da sua vida. Mas o que me interessa neste momento não é falar da Alice, pois claro, mas da influência da construção civil na vida da Alice.

Disse-me a Alice:

– Quando você me conheceu, eu tinha um ideal de vida: uma bonita casa bem arranjada (por mim), onde recebesse os amigos, boa comida (feita também por mim), seis filhos pelo menos (sempre adorei crianças) e muitos livros que me ensinassem a ser uma mãe perfeita. Parece que as mães agora têm que ler muitos livros, ou então são péssimas – disse com um sorriso que já não tinha nada a ver com a Alice de outros tempos, mas tudo com a atual. – Depois – prosseguiu –, as coisas estragaram-se. Quero dizer, nunca chegaram a realizar-se. Não encontrámos a casa sonhada ou até não sonhada. Como ele trabalhava até tarde, não nos convinha viver fora de Lisboa, e as casas que visitámos tinham rendas absolutamente proibitivas. O meu sonho foi pois arrumado (mal) num quarto alugado com serventia de cozinha, um horror. Só dois anos depois pudemos ter casa nossa, uma casa com duas divisões, cozinha e casa de banho, onde ainda hoje moramos. Por duas divisões quero dizer dois cubículos. Como a casa dos meus pais, lá no Norte, era grande, tanto o quarto alugado como, depois, os dois cubículos davam-me uma certa sensação de claustrofobia. E tiraram-me por completo a vontade de enfeitar a casa (casa?), receber os amigos, ter filhos. Havia de deitar as crianças em prateleiras? Claro que me senti frustrada, claro que sim, mas…

– Não procurou outra casa?

– Até certa altura não fiz outra coisa senão procurar outra casa. Depois desisti. É que as rendas eram, na verdade, impossíveis e o meu marido não tinha um ordenado por aí além. Para ver se conseguia mais algum dinheiro e também por causa da tal claustrofobia, arranjei um *part-time*. Depois passei a trabalhar a tempo inteiro. Que ficava eu a fazer em casa toda a manhã? O meu almoço? Ele comia na cantina, não é? Na verdade era muito traumatizante ficar ali naqueles dois cubículos (ainda mais pequenos porque os móveis que tínhamos ido comprando em solteiros eram móveis vulgares, concebidos para casas vulgares). Então passei a tempo inteiro. Ganho razoavelmente. Enfim, sinto-me independente.

– Mas, se ganha razoavelmente, já podia arranjar uma casa maior, ter os filhos que desejava.

– Que ideia. É que, se eu tivesse filhos, era obrigada a deixar o emprego (não tenho ninguém que me tomasse conta deles) e sem emprego não havia dinheiro para a tal renda de casa maior. Sabe quanto eles pedem hoje por uma casa de quatro divisões? De resto, olhe, já não estou interessada. Habituei-me ao trabalho, habituei-me a bastar-me a mim própria. Levar o dia a compor o cenário, a fazer pitéus excelentes, a ler muitos livros sobre a educação das crianças, já não seria para mim a felicidade. Habituamo-nos às coisas, não é? O que pensa da alienação da mulher? Tenho uma colega que se interessa muito por esse problema.

Por isso estou aqui a homenagear (em nome da Alice ou da colega da Alice) a construção civil e também, como é óbvio, os senhorios. Eles são duas grandes forças que, sem se darem conta, ajudam a mulher na conquista dos seus direitos e também, é bom não esquecer, ajudam a estabelecer um certo equilíbrio demográfico. Parece-me. Talvez eu esteja enganada, mas pelo menos no caso da Alice (que não se chama Alice e queria ter seis filhos) foi assim. Portanto...

12 de junho de 1974

BORDADOS

Os trabalhos chamados femininos, sem utilidade imediata, melhor, com utilidade mas forçada, rebuscada, desnecessária, sempre me causaram uma grande impressão. Eles eram (são?) produto das mãos de fada, das fadas do lar, que, talvez devido a uma categoria de fadas, não tinham que ganhar a vida ou então não sabiam que fazer ao tempo. Onde há fadas dessas no veloz mundo de hoje? Existirão mesmo? Serei eu que não as reconheço quando as encontro? Francamente, não sei. O meu tempo não é de fadas e não compreendo esta urgência em gastar o tempo a tantos pontos ou malha por minuto, e isso para ninguém se agasalhar, para ninguém se vestir, para não ser indispensável a ninguém.

Vem isto a propósito de um jogo de damas bordado a azul e vermelho, que encontrei num dos últimos números de um *magazine* feminino, vindo de além-Pirenéus. Por milagre, as damas, as pretas e as brancas, eram de madeira, cheguei a recear o pior. O tabuleiro – chamemos-lhe assim – é que era uma beleza a azul e vermelho, como já disse, e, segundo li, a ponto húngaro.

É estranho, não? As mulheres vão conquistando, é certo que em percentagem reduzidíssima, lugares preponderantes, em todo o mundo surgem movimentos feministas, mas *faire tapisserie* tem vida dura e resiste a tudo, até mesmo à certeza de que «comprar feito sai mais barato». Porque, e a imaginação, e o requinte, e o feito à mão? E ainda, é bom não esquecer, aquela necessidade que as mulheres têm de não estar quietas, de não descansar nas horas que deviam ser de descanso? Basta reparar naquelas mulheres-máquinas, *robots* que se ignoram, que, em salas de espera, em comboios, nos carros elétricos que restam, fazem velozmente rosetas e argolinhas, movendo ao de leve os lábios como se estivessem *ex aequo* ligadas à corrente e em transe místico.

19 de junho de 1974

QUADRO CRONOLÓGICO

DOS TEXTOS DE MARIA JUDITE DE CARVALHO PUBLICADOS NO SUPLEMENTO «MULHER» DO *DIÁRIO DE LISBOA* (1971-1974)

TÍTULOS	Data	Número	Volume
DIÁRIO DE UMA DONA DE CASA	13-01-1971	17264	50
	20-01-1971	17270	50
	27-01-1971	17277	50
	03-02-1971	17284	50
	10-02-1971	17291	50
	17-02-1971	17298	50
	24-02-1971	17304	50
	03-03-1971	17311	50
	10-03-1971	17318	50
	17-03-1971	17325	50
	24-03-1971	17332	50
	31-03-1971	17339	50
	14-04-1971	17353	51
	21-04-1971	17360	51
	28-04-1971	17367	51
	05-05-1971	17373	51
	12-05-1971	17380	51
	19-05-1971	17387	51
	26-05-1971	17394	51
	02-06-1971	17401	51
	09-06-1971	17408	51
	16-06-1971	17414	51

TÍTULOS	Data	Número	Volume
DIÁRIOS	23-06-1971	17421	51
	30-06-1971	17428	51
	07-07-1971	17435	51
	14-07-1971	17442	51
	21-07-1971	17449	51
	28-07-1971	17456	51
	11-08-1971	17470	51
	18-08-1971	17477	51
	25-08-1971	17484	51
	01-09-1971	17491	51
	08-09-1971	17498	51
	15-09-1971	17505	51
	22-09-1971	17512	51
	29-09-1971	17519	51
	06-10-1971	17525	51
	08-10-1971	17527	51
	11-10-1971	17530	51
	12-10-1971	17531	51
	13-10-1971	17532	51
	14-10-1971	17533	51
	19-10-1971	17538	51
	21-10-1971	17540	51
	23-10-1971	17542	51
	24-10-1971	17543	51
	26-10-1971	17545	51
	27-10-1971	17546	51
	30-10-1971	17549	51
	01-11-1971	17551	51
	02-11-1971	17552	51
	04-11-1971	17554	51
	05-11-1971	17555	51
	06-11-1971	17556	51

TÍTULOS	Data	Número	Volume
	07-11-1971	17557	51
	08-11-1971	17558	51
	09-11-1971	17559	51
	11-11-1971	17561	51
	12-11-1971	17562	51
	14-11-1971	17563	51
	17-11-1971	17567	51
	18-11-1971	17568	51
	19-11-1971	17569	51
	20-11-1971	17570	51
	23-11-1971	17573	51
	24-11-1971	17574	51
	25-11-1971	17575	51
	27-11-1971	17577	51
	28-11-1971	17578	51
	29-11-1971	17579	51
	30-11-1971	17580	51
	10-12-1971	17589	51
	11-12-1971	17590	51
	13-12-1971	17592	51
	16-12-1971	17595	51
	17-12-1971	17596	51
	18-12-1971	17597	51
	24-12-1971	17603	51
	26-12-1971	17604	51
	27-12-1971	17605	51
	28-12-1971	17606	51
	30-12-1971	17608	51
	05-01-1972	17613	51
	06-01-1972	17614	51
	07-01-1972	17615	51
	08-01-1972	17616	51

TÍTULOS	Data	Número	Volume
	10-01-1972	17618	51
	13-01-1972	17622	51
	14-01-1972	17623	51
	16-01-1972	17625	51
	18-01-1972	17626	51
	19-01-1972	17627	51
	25-01-1972	17633	51
	31-01-1972	17639	51
	01-02-1972	17640	51
	04-02-1972	17643	51
	06-02-1972	17645	51
TEXTOS TITULADOS			
Ficção ao vivo	07-02-1972	17646	51
Nós e os outros	08-02-1972	17647	51
Cabelo explica (O)	09-02-1972	17648	51
Poluindo a poluição	14-02-1972	17653	51
Para meditar	16-02-1972	17654	51
Ano dois mil (O)	18-02-19T	17656	51
Glória e «Ms»	20-02-197	17658	51
Diário	25-02-1972	17663	51
Sonho de grandeza	26-02-1972	17664	51
Transplantações, ainda pressa	01-03-1972	17668	51
Conversa	02-03-1972	17669	51
Vulcões, estrelas e caixotes do lixo	05-03-1972	17672	51
Gula é pecado?	06-03-1972	17673	51
Venenos a domicílio	09-03-1972	17677	51
Futuro assustador	13-03-1972	17680	51
Misses e canções	14-03-1972	17681	51
Viagem	19-03-1972	17686	51
Tábua que passa (A)	21-03-1972	17688	51
Velhas coisas (As)	02-04-1972	17700	51
Com pés de lã	04-04-1972	17702	51

TÍTULOS	Data	Número	Volume
Plantas têm medo (As)	12-04-1972	17711	52
Contos de fadas (Os)	16-04-1972	17714	52
Diário	17-04-1972	17715	52
Mulher mãe (A)	23-04-1972	17721	52
Encontro não marcado	26-04-1972	17724	52
Terrível encontro a sós (O)	28-05-1972	17755	52
Telefones com lupa	02-07-1972	17789	52
Sala e *living*	09-07-1972	17796	52
Nós, poupados	16-07-1972	17803	52
Tudo sentado	23-07-1972	17810	52
Nova eficácia (A)	30-07-1972	17817	52
Imprensa feminina	09-08-1972	17827	52
Falsidade (A)	13-08-1972	17831	52
Meia hora	16-08-1972	17834	52
Maior-Menor	20-08-1972	17838	52
Um dia	30-08-1972	17849	52
Pérola e a voz (A)	03-09-1972	17852	52
Espectadora (A)	10-09-1972	17859	52
Fait-divers	01-10-1972	17880	52
Turismo	08-10-1972	17886	52
Palavra «natural» (A)	18-10-1972	17896	52
Chuva	01-11-1972	17910	52
Máquinas de segurar o tempo (As)	08-11-1972	17917	52
Criança e o barco (A)	22-11-1972	17931	52
Máquinas ameaçadas (As)	29-11-1972	17938	52
Inutilidades do nosso tempo (As)	06-12-1972	17944	52
Dias inimigos (Os)	13-12-1972	17951	52
Chapéu (O)	20-12-1972	17958	52
Palavra (Uma)	03-01-1973	17970	52
Velhos (Os)	10-01-1973	17977	52
Música de fundo	17-01-1973	17984	52
Patroas e criadas	25-01-1973	17991	52

TÍTULOS	Data	Número	Volume
Cultura	31-01-1973	17998	52
Avó, os netos e as histórias (A)	07-02-1973	18005	52
Homem e a sua razão (O)	14-02-1973	18013	52
Senhoras	21-02-1973	18019	52
Conversa	28-02-1973	18026	52
Vida (Uma)	07-03-1973	18032	52
E tempo?	21-03-1973	18046	52
Nós, imortais	28-03-1973	18053	52
Costura e ficção	18-04-1973	18074	53
Mensagem (A)	25-04-1973	18082	53
Vinte e um gramas de alma	02-05-1973	18087	53
Horas e os dias (As)	09-05-1973	18094	53
Surdez	23-05-1973	18108	53
Folhetins	30-05-1973	18115	53
Quartos	06-06-1973	18122	53
Importantes (Os)	13-06-1973	18127	53
Rádio (A)	25-07-1973	18171	53
Paisagem de um dia	01-08-1973	18178	53
Sabedores (Os)	22-08-1973	18198	53
Importantes (Os)	05-09-1973	18212	53
Porque não?	12-09-1973	18219	53
Valente senhora	19-09-1973	18226	53
Caça ao tesouro (A)	26-09-1973	18233	53
Cecília, coitada (A)	03-10-1973	18240	53
Americanas das séries (As)	10-10-1973	18246	53
Desencontros	24-10-1973	18260	53
Este tempo	28-11-1973	18295	53
Príncipes encantados (Os)	05-12-1973	18301	53
Histórias de fadas	12-12-1973	18308	53
Magazines femininos	26-12-1973	18321	53
Frases mortais (As)	02-01-1974	18327	53
Sintomas	09-01-1974	18334	53

TÍTULOS	Data	Número	Volume
Anúncios de beleza	16-01-1974	18341	53
Como vai ser?	23-01-1974	18348	53
Frases sem raízes	30-01-1974	18355	53
Vedetismo e o trabalho caseiro (O)	13-02-1974	18369	53
Evasão de cada um (A)	20-02-1974	18376	53
Copo (Um)	27-02-1974	18382	53
Casas	13-03-1974	18396	53
Livros de tabacaria	20-03-1974	18403	53
Encontro	27-03-1974	18411	53
Os que sabem	03-04-1974	18418	53
Ter razão	10-04-1974	18424	54
Casal feliz	24-04-1974	18438	54
Três dias	22-05-1974	18465	54
História Antiga	12-06-1974	18483	54
Alice e a construção civil	12-06-1974	18483	54
Bordados	19-06-1974	18489	54